Zu diesem Buch

In der malerischen Kleinstadt Oberrosendorf ist die Landesgartenschau gerade angelaufen, als eine talentierte Softball-Spielerin von heute auf morgen verschwindet.

Andreas Wunderberg, der Geschäftsführer der Landesgartenschaugesellschaft, ist ihr größter Fan und bei jedem ihrer Spiele anwesend. Tatsächlich ist er der Einzige, der über ihren Verbleib Bescheid weiß. Doch das darf niemand erfahren. Akribisch ist Andreas Wunderberg neben seinen Verpflichtungen auf der Landesgartenschau, wo es vor allem um hohe Besucherzahlen geht, damit beschäftigt, jeden Verdacht von sich abzulenken.

Dass das neue sportliche Talent, das die Verschwundene ersetzen soll, ausgerechnet an ihm enormes Interesse zeigt, ist dabei alles andere als förderlich.

Jutta Geiger wohnt seit 1998 im Markgräflerland. Von 2012 bis 2020 war sie als freie Journalistin in der Region tätig. Während der Corona-Pandemie entstand dieser Roman. Inzwischen wechselte sie den Beruf und verfolgt das Schreiben nur noch hobbymäßig.

Weiterer Titel der Autorin:

Das Leben ist bunt. Minutengeschichten aus dem Markgräflerland

Jutta Geiger

Tulpengrab

Roman

Bibliografische Information der Deutschen Nationalbibliothek:
Die Deutsche Nationalbibliothek verzeichnet diese Publika-
tion in der Deutschen Nationalbibliografie; detaillierte bibliografische Daten sind im Internet über http://dnb.dnb.de
abrufbar.

Titelbild: Jutta Geiger

Titelgestaltung: Dr. Ulrich Geiger

Herstellung und Verlag: BoD – Books on Demand, Norder-
stedt

ISBN: 978-3-7519-5473-0

Für Uli

Prolog

Sie fiel. Wie in Zeitlupe sah er, wie sie rücklings stürzte, mit den Armen rudernd, nach einer letzten Möglichkeit suchend, die den Absturz aufhalten könnte. Ihre Augen waren weit aufgerissen vor ungläubigem Staunen. Doch da war nichts außer Leere unter ihr. Gut 20 Meter war der Übergang hoch, der die Straße überspannte und den Durchgang in der Stadtmauer mit dem neu gestalteten Stadtgarten am Weibelsee verband, der sozusagen den Vorgarten des Landesgartenschaugeländes bildete. Die vielen Straßenlaternen, die im Zuge der Landesgartenschau auch im Weibelseepark aufgestellt worden waren, sorgten für kaltweißes Licht, das die Szenerie beleuchtete. Auch der gesamte Übergang, der von der Stadtmauer zum Aufzug führte, war hell erleuchtet , so dass keine Millisekunde ihres Sturzes unbeleuchtet gewesen wäre.

Unter ihr befand sich ein Beet mit roten, weißen und gelben Tulpen. Ihre blonde Lockenmähne umrahmte beim Fallen ihr Gesicht, das mit jedem Meter, den sie stürzte, kleiner wurde. Dann schlug sie auf. Es war ein dumpfer Ton, mit dem ihr Körper von der feuchten Erde am Weiterfallen gehindert wurde.

Reglos lag sie da, während er, drei Treppenstufen auf einmal nehmend, zu ihr hinunterrannte. Mit offenen Augen starrte sie den Himmel an, reagierte nicht, als er seine Hand vor ihren Augen langsam hin und her bewegte um zu sehen, ob sie sie fokussieren konnte. Was tun? Einen Notarzt rufen? Hier kam jede Hilfe zu spät. Der Verdacht würde auf ihn fallen, was unbedingt zu vermeiden war.

Er, Andreas Wunderberg, der Geschäftsführer der Landesgartenschau, durfte nicht mit diesem Tod in Verbindung gebracht werden. Daher galt es nun, überlegt, aber schnell zu handeln. Sein Blick fiel auf die Uhr. Es war 2.30 Uhr in der Nacht.

Sie wirkte wie ein Wesen aus einer anderen Welt, so hübsch, so durchtrainiert. Apropos durchtrainiert, es würde sicher nicht leicht sein, sie von hier wegzuschaffen, denn er verbrachte nicht all seine spärliche Freizeit im Sportstudio beim Hanteltraining oder mit Baseball-Training, so wie sie das tat. Getan hat, korrigierte er sich im Geiste.

Er würde sie nie wieder spielen sehen, sie, Samantha Siederling, den Superstar der Softballerinnen, das Aushängeschild des Oberrosendorfer Kings and Queens-Baseballclubs. Ihretwegen hatte er bisher bei jedem Heimspiel der Damenmannschaft im Baseballpark gesessen und ihr zugejubelt. Ihretwegen hatte er es sogar selbst mit dem Baseballspielen probiert. Er war der Freizeitmannschaft beigetreten, in der Männer und Frauen gemeinsam spielten. Leider hatten die Frauen, die dort spielten, nichts von Samantha. Sie entsprachen ihr weder vom Aussehen, noch vom Können her. Gut, warum auch hätten sie in der Freizeitmannschaft spielen sollen, hätten sie Samanthas Talent? In diesem Fall würden sie natürlich in der Frauenmannschaft am Ligabetrieb teilnehmen. Doch auch dort war keine, die mit Samantha vergleichbar war, es waren eher Durchschnittsdamen oder graue Mäuse. Und nun lag sie hier vor ihm, in einem Tulpenfeld, völlig reg- und leblos.

Es waren Tulpen der Sorte Ballerina, extra spät blühende Tulpen, die extra auf Andreas' Wunsch hin angepflanzt worden waren. Er hatte diese Sorte bei der Bundesgartenschau in Heilbronn vor wenigen Jahren als besonders edel und hübsch empfunden und hatte darauf bestanden, diese auch in Oberrosendorf anzupflanzen. Denn Tulpen gehörten seines Erachtens zwingend auf eine Landesgartenschau, doch waren die normalen Sorten Ende April meist schon verblüht.

Nun lag sie ausgerechnet in diesem Beet mit seinen Tulpen. Ein böses Omen?

Er musste sie hier wegbringen, so lange er noch konnte. Mit einem Ruck riss er sie am Arm hoch und warf sie sich über die Schulter. Dass sie so schwer sein würde, damit hatte er nicht gerechnet. Fast ging er unter ihrem Gewicht in die Knie. Wie war denn das möglich? Sie sah immer so schlank und grazil aus auf dem Platz. Aber wahrscheinlich bestand sie nur aus Knochen und jeder Menge Muskelmasse, was im Ergebnis eben doch jede Menge Kilos ergab – zumindest, um sie herumzutragen. Doch nun wohin mit ihr?

Erst einmal musste er die Leiche verstecken, bis er sich überlegt hatte, wo er sie dauerhaft deponieren könnte. Am naheliegendsten wäre ja, das Beet einfach tiefer zu graben und sie dort unten zu entsorgen. Aber das würde auffallen. Er musste improvisieren. Sein Blick fiel auf den Aufzugschacht, der wie ein Mahnmal in den Himmel ragte. Wie viel Begeisterung hatte dieses Ding in der Bevölkerung ausgelöst, als Bürgermeister und Gemeinderat das Bauwerk beschlossen hatten. Lange schon war in der Einwohnerschaft der Wunsch dagewesen, die Stadtmauer in Richtung Weibelsee zu öffnen, um kürzere Wege zum Naherholungsgebiet zu schaffen. Und im Zuge der Landesgartenschau war die Aussichtsplattform auf der Stadtmauer durch einen breiten Übergang mit dem neuen Aufzug- und Treppenturm verbunden worden, der nicht nur kurze Wege ins Naherholungsgebiet ermöglichte, sondern auch noch futuristisch aussah.

Fürs Erste kam ihm dieser Aufzugschacht nun wie gerufen. Denn erst kürzlich hatten darin Wartungsarbeiten stattgefunden. Kaum waren die Monteure nach getaner Arbeit gegangen, war aufgefallen, dass im Aufzugschacht noch Licht brannte. Er hatte selbst für Abhilfe sorgen müssen, denn bei der Aufzugfirma hatte er telefonisch niemanden mehr erreicht. Also hatte er die Aufzugtür geöffnet, die sich genau über der Aufzugkabine befand, war auf deren Dach gestiegen und hatte dort den Lichtschalter gefunden, den er betätigen musste, um wieder Dunkelheit im Aufzugschacht einkehren zu lassen. Genau dort würde er sie platzieren, bis ihm etwas Besseres einfiele: auf dem Dach der Aufzugkabine.

Doch das hieß, erst einmal mit der Leiche Treppen zu steigen. Als er am Aufzug ankam, war er schon schweißgebadet, seine Knie zitterten. Er drückte den Knopf, um sicher zu stellen, dass sich die Kabine unten befand. Dann machte er sich an den Aufstieg, Stufe um Stufe die Treppe hinauf, die als luftiges Konstrukt rings um den Aufzugschacht führte, so dass man stets eine Aussicht auf das Gelände hatte. Er musste sich zwingen, einen Fuß vor den anderen zu setzen, bis er endlich mit schmerzenden Beinen in der ersten Etage ankam.

Warum es hier, mittendrin zwischen Boden und Übergang zur Stadtmauer mehrere Halte für den Aufzug gab, war ihm noch nie logisch erschienen. Wer sollte diese nutzen, aus welchem Grund? Leute, die sich überschätzten, die auf halber Strecke beschlossen, außer Puste zu sein und doch lieber den Aufzug zu besteigen? Gab es solche Leute? Egal. Jetzt waren diese Etagenzugänge genau das, was er brauchte.

Schnaufend wie eine alte Dampflok verharrte Andreas vor der Aufzugtür und legte Samantha auf dem Boden ab. Dann öffnete er mit dem Dreikantschlüssel, den er stets mit sich führte, weil dieser sich als nützliches Utensil für alles mögliche entpuppt hatte, die Tür zum Aufzugschacht und spähte hinein.

Dort, etwas unterhalb war das Kabinendach, genau wie geplant. Er sprang darauf und zog Samantha zu sich herunter. Hier, auf diesem Dach, sollte sie vorerst liegenbleiben, bis ihm eine dauerhafte Lösung eingefallen war. Andreas kletterte mühsam wieder hinaus, zog die Aufzugtüren zu und blickte sich um.

Sein Atem ging stoßweise. Nach dieser Anstrengung hätte er sich am liebsten hingelegt, Arme und Beine gelockert und gewartet, bis er wieder richtig atmen konnte, doch er unterließ das lieber. Nach wie vor war alles um ihn herum ruhig, ganz Oberrosendorf schien zu schlafen. Nach ein paar Atemzügen, bei denen er sich auf das Geländer abstützte, meinte er, wieder so weit erholt zu sein, dass er die weiteren Schritte angehen konnte.

Er schlich langsam die Treppe wieder hinunter, zurück zu dem Tulpenbeet, in dem sie gelandet war. Hier war ein deutlich sichtbarer Bereich, in dem die grazilen Tulpen niedergedrückt worden waren. Wie sollte er das vertuschen? Da fiel sein Blick auf einen überquellenden Abfalleimer. Das war die Lösung! Er würde den Inhalt mehrerer Abfallbehälter auf das Tulpenbeet schütten. Das Werk randalierender Jugendlicher.

Jugendliche waren zu den unmöglichsten Zeiten im Stadtgarten am Weibelsee unterwegs und bevölkerten gerne den eigens für sie neu geschaffenen Skaterbereich westlich des Weibelsees. Jugendliche waren auch der Grund dafür, warum Andreas Wunderberg höchstpersönlich sich vorgenommen hatte, immer wieder in der Nacht unterwegs zu sein und den nicht eingezäunten Weibelseepark zu kontrollieren.

Und in dieser Nacht hatte er sie gesehen, Samantha. Dass sie sich ebenfalls mitten in der Nacht hier aufhielt, hatte er nicht erwartet. Was machte sie zu nachtschlafender Zeit hier? Traf sie sich mit einem Verehrer? Aber sie hatte doch einen Freund, so viel er wusste. Irgend so einen sportlichen Typen aus dem Fußballverein, den man auf jedem Fest antraf – meist ohne Samantha, dafür grundsätzlich mit Zigarette und Bierglas. Fuhr Samantha zweigleisig? Hatte sie neben ihrem offiziellen Freund noch eine Liebschaft am Laufen, die sie nachts traf? Aber da war niemand außer ihr. Sie stand am Geländer und starrte in ihr Handy.

Andreas bildete sich ein, aus dem Handy Geräusche zu hören. Telefonierte sie mit Lautsprecher? Aber sie sagte nichts, sie beobachtete nur das Display. Schaute sie sich einen Film an? Hier, mitten in der Nacht? Absurd. Er verharrte still und bewegungslos und beobachtete sie aus der Ferne.

Dann hatte er all seinen Mut zusammen genommen und war leise auf sie zugegangen, hatte sich einen Ruck gegeben und sie angesprochen:

»Hallo Samantha, was machst du denn hier, so mitten in der Nacht?«

Sie war herumgefahren, hatte ihn nicht kommen hören, nicht damit gerechnet, dass außer ihr noch jemand hier sein könnte. An den Rest konnte und wollte er sich momentan nicht erinnern. Er hatte ihren Sturz nicht verhindern können. Er hatte noch nach ihr gegriffen, doch da war nur Luft zwischen seinen Fingern gewesen, als sie in die Tiefe stürzte.

Auch bei dem Müllbehälter war der Dreikantschlüssel von Vorteil, um den Sammelbehälter bequem nach vorne zu kippen und so den Müllbeutel mitsamt Inhalt besser entnehmen zu können. Er schüttete den Müll großzügig über das Tulpenbeet, ließ jedoch einen kleinen Rest zurück, um nicht die Mitarbeiter des Betriebshofes stutzig zu machen, deren erster Weg morgens über dieses Gelände hier führte, um sich des Mülls anzunehmen. Mit drei anderen Mülleimern verfuhr er ebenso. Nun hatte sich das Tulpenbeet in ein unansehnliches Müllsammelsurium verwandelt. Er begutachtete ein letztes Mal sein Werk.

Doch was war das? Dort glitzerte etwas, direkt neben dem Beet. Ein Handy. Samanthas Handy! Dass er darauf nicht gekommen war!? Wie gut, dass er es gefunden hatte! Vor Aufregung hatte er daran gar nicht mehr gedacht. Nicht auszudenken, wenn es ein anderer im Beet gefunden hätte. Oder noch schlimmer, wenn Samantha es nicht verloren und es plötzlich im Aufzugschacht zu klingeln begonnen hätte! Er musste vorsichtiger sein, mahnte er sich selbst, so ein Fehler durfte ihm nicht noch einmal unterlaufen!

Er hob das Glitzerteil auf und sah es sich näher an. Er drückte auf den Einschaltknopf. Das Gerät verlangte eine PIN. Wäre ja auch zu schön gewesen, wenn er so einfach hätte herausfinden können, was sie sich zuletzt auf ihrem Display angesehen hatte. Aber immerhin war das ein Handy von der Sorte, bei der man den Akku herausnehmen konnte. Schnell entfernte er ihn, so dass das Teil keinerlei Geräusche mehr von sich geben konnte. Dann steckte er beides ein und machte sich auf den Heimweg.

Kapitel 1

Der Wecker klingelte. Es war Montagmorgen, ein ganz normaler Arbeitstag für Andreas Wunderberg, 6.30 Uhr in der Früh.

Er wohnte schon sein ganzes Leben lang in Oberrosendorf, einer pittoresken Stadt am Rhein mit ungefähr 19.000 Einwohnern. Die hübschen Fachwerkhäuser im Ortskern, in dessen Zentrum eine Festwiese zum Feiern traditioneller Feste einlud, waren von einer Stadtmauer umgeben, die noch größtenteils erhalten war. Aufgrund ihrer Beliebtheit war die Stadt ständig gewachsen und nach drei Seiten erstreckten sich inzwischen die meisten Straßen außerhalb der Stadtmauer. Auch ein großes Industriegebiet, das im Süden der Stadt bis fast an den Rhein reichte, gehörte zur Stadt. Oberrosendorf lag einen Steinwurf entfernt von dem großen Fluss. Auf dem Gelände zwischen Rhein und Weibelseepark war seit ein paar Tagen die Landesgartenschau in vollem Gange und lockte viele Besucher mit ihren besonderen Gärten, den zwei Tiergehegen, den zahlreichen Spielmöglichkeiten für Kinder, der Liegewiese direkt am Rheinufer und den Rheinkolonnaden oberhalb der Liegewiese, wo kleine Souvenirläden und Kioske sowie das Gourmet-Restaurant „Fliegender Fisch" angesiedelt waren.

Neben dem hübschen Ortsbild war es vor allem der Ansiedlung zweier finanzstarker Industriebetriebe zu verdanken, dass Oberrosendorf mit unzähligen Discountern und Supermärkten gesegnet war, die sich ein Stück außerhalb der Stadt östlich auf der grünen Wiese zu einem Shoppingparadies zusammengeballt hatten. Auch zahlreiche Sportvereine hatten sich in der Stadt angesiedelt und erfreuten sich zahlreicher Mitglieder. So war man in Oberrosendorf stolz, nicht nur die gängigen Sportarten wie Fußball, Karate oder Leichtathletik anbieten zu können, auch Reiten, Rudern, und sogar Baseball und American Football hatten sich in Oberrosendorf etabliert.

Andreas Wunderberg kroch aus seinem Bett und ging ins Bad. Er betrachtete sich im Spiegel. Er war ein ganz und gar durchschnittlicher Mann Mitte 40. Braunes, glattes Haar, praktisch geschnitten, grüngraue Augen, ein passables Gesicht und darunter ein Körper, der mit 1,75 Metern ebenso durchschnittlich war, wie seine Figur, denn er war weder rundlich noch besonders schlank.

Er wunderte sich über sich selbst. Wie hatte er einfach so schlafen können, nach diesem nächtlichen Erlebnis? Die Frau seines Lebens war tot! Wobei – er musste sich korrigieren – die Erscheinung, wie er sich die Frau seines Lebens vorgestellt hatte, war tot.

Samantha hatte er bis zu ihrem nächtlichen Aufeinandertreffen gar nicht gekannt, nie mit ihr gesprochen, wie auch? Als Zuschauer hatte er sie angefeuert, ihr zugejubelt, sich für sie gefreut, wenn sie Punkte für das Team geholt und ihre Mannschaft gewonnen hatte. Er hatte sich gefreut, wenn er Fotos von ihr in der Presse gefunden hatte, denn der Verein war in den örtlichen Medien sowie auf Facebook und Instagram gut vertreten und meist fanden sich dort auch Actionfotos von Samantha, denn ohne ihre Punktejägerin wäre die Damenmannschaft lange nicht so erfolgreich gewesen.

Nach dieser Nacht sah er es als Vorteil, dass er sie nur aus der Ferne bewundert hatte. Kein Mensch würde ihn mit ihr in Verbindung bringen, ihn in irgendeiner Art verdächtigen.

Rasch zog er sich an, ging in die Küche und fügte dem Kaffee aus der Maschine einen Schuss flüssige Sahne sowie einen Teelöffel Rohrohrzucker hinzu. Genussvoll rührte er um und setzte sich damit an den Küchentisch. Dieses Morgenritual ließ er sich nicht entgehen und schon gar nicht durch eine Leiche verderben! Das war einfach seine Art, den Tag zu beginnen.

Anschließend verließ er sein Haus in der Unterstadt.

Er würde sich einen neuen Zeitvertreib für die Wochenenden suchen müssen. Die Spiele der Softballdamen würden ohne Samantha auf dem Platz für ihn völlig reizlos sein.

Noch immer keine Nachricht von Samantha.

Michael Mahrer schaute verwundert auf sein Handy. Seine letzte Whatsapp-Nachricht von gestern Abend hatte sie gelesen, aber nicht beantwortet. »Schlaf gut, Süße!«, stand dort als letzter Eintrag.

Gut, sie war manchmal etwas zickig, ließ ihn gerne zappeln und in Einzelfällen hörte er auch über Tage nichts von ihr. Sie wohnten nicht zusammen, waren erst seit einem Dreivierteljahr ein Paar. Sie hatten sich im Sportstudio kennengelernt, wo sie oft zeitgleich trainierten. Sie im neonpinkfarbenen Outfit, das ihre tolle Figur besonders gut betonte, er im sündteuren Trikot vom FC Bayern München. Er hatte sie angesprochen und zu einem Drink an der Bar eingeladen, sie hatte zugestimmt. Ihrer Vorliebe für den Baseballsport, oder besser gesagt Softball, wie es bei den Damen hieß, konnte er jedoch nichts abgewinnen. Fußball war sein Ding – aber bitte nur als Männersport!

Sie trainierte dreimal die Woche auf dem Baseballplatz, er auf dem Kickplatz. Meist hatten sie auch beide ein Punkt-Spiel am Wochenende. Er hatte einmal bei einem ihrer Heim-spiele unter den Zuschauern gesessen und sich gefragt, ob die Leute tatsächlich des Spieles oder nur Samanthas wegen gekommen waren. Sie machte wirklich eine gute Figur auf dem Platz mit ihren blonden Locken, wenn sie den Ball viele Meter weit übers Feld hinweg schlug und dann losrannte. Der Sinn des Spieles war ihm aber bis heute nicht klar, von daher hatte er es bei dem einen Mal belassen, selbst wenn er spielfrei hatte. Dann unterstützte er doch lieber die zweite Mannschaft seines Fußballvereins, indem er ihnen vom Spiel-feldrand aus zusah.

Fußball – das war seine Welt. Im Anschluss ans Training noch gemeinsam ein Bier trinken, ein paar Zigarettchen rau-chen und über die neuesten Ereignisse in Oberrosendorf plaudern. Samantha hingegen ging nach dem Training direkt nach Hause, achtete auf genügend Schlaf und trank so gut wie nie Alkohol, Zigarettenrauch vermied sie ebenfalls. Alko-hol und Zigaretten würden ihrer Figur schaden, ebenso wie Fleisch und Kohlenhydrate, hatte sie ihm erklärt. Nun gut, je-dem das Seine!

Michael verstaute das Handy wieder in seinem Rucksack, seine Frühstückspause war zu Ende. Wer nicht wollte, sollte es bleiben lassen.

»Irgendwelche Besonderheiten heute?«, fragte Andreas Wunderberg seine Mitarbeiter bei der 11-Uhr-Besprechung, die sie jeden Tag abhielten, um auf dem neuesten Stand zu sein. Bei diesen Treffen wurden die Besucherzahlen des Vor-tages mitgeteilt, wie viele Besucher aktuell schon auf dem Gelände waren, die Wetterprognose gecheckt, Hochrechnungen durchgegangen und Zwischenfälle besprochen.

»Jugendliche haben eines der Tulpenbeete im Stadtpark am Weibelsee beschädigt«, teilte Simon Lorbeer mit, der tagsüber auf dem Landesgartenschaugelände sowie am Weibelsee patrouillierte, und Abhilfe für akute Probleme schuf.

»Ist es schlimm?«, fragte Andreas bemüht unaufgeregt nach.

»Wir haben den Müll, den sie auf dem Beet verteilt haben, aufgelesen. Die Tulpen, die zu sehr beschädigt waren, habe ich entfernen lassen, das Gärtnerteam tauscht sie derzeit aus. Ist also demnächst wieder wie neu«, antwortete der Kollege.

Das läuft ja besser als gedacht, freute sich Andreas still und leise und griff zu seiner Kaffeetasse.

Samanthas Handy hatte er zusammen mit dem ausgebauten Akku am Morgen auf dem Weg zur Arbeit in einer Mülltonne am Straßenrand entsorgt, als die Müllabfuhr gerade in die Straße einbog. Montags war in Oberrosendorf Restmüllleerung, das Handy war somit sehr zeitnah auf Nimmerwiedersehen verschwunden und man würde keinerlei Verbindung zwischen ihnen beiden herstellen können.

»Hat jemand was von Samantha gehört?«, fragte Coach Damian beim Softballtraining in die Runde. Er wunderte sich, dass seine Vorzeigesportlerin nicht pünktlich zum Training erschienen war oder ihm zumindest eine Nachricht geschickt hatte, dass sie sich verspäten würde. Jedenfalls fehlte sie unentschuldigt.

Die Mädchen schüttelten den Kopf.

Samantha war eher Einzelgängerin, unternahm nie irgendetwas gemeinsam mit den anderen Spielerinnen. Diese gingen gerne nach dem Training noch ins Clubheim. Zum einen konnte man dort noch einen Drink zu sich nehmen und herrlich plaudern, zum anderen traf man dort auf die jungen Männer des Ortes, da das Clubheim der Baseballer sich großer Beliebtheit erfreute und an Spieltagen grundsätzlich gut besucht war. Manchmal radelten die jungen Frauen auch gemeinsam ins Rhein-Freibad, das sich im nördlichen Nachbarort befand, oder gingen spontan Eis essen auf dem Oberrosendorfer Festplatz. Samantha hatte sich diesen Unternehmungen nie angeschlossen. Sie achtete auf eine nicht zu ausufernde Lebensweise und trainierte hart – das mochte der Coach so an ihr. Noch dazu war sie die Beste seines Softballteams, eine Garantin für Punkte und der Grund dafür, dass die Oberrosendorfer Kings and Queens die Tabellenspitze innehatten.

Erfolgreich war sie jedoch nicht nur im Sport. Sie war Autorin und schrieb Bücher über Ernährung und Fitness. Wahrscheinlich war sie mal wieder »im Flow«, wie sie es nannte und das Schreiben lief gut, so dass sie es nicht für eine Trainingseinheit unterbrechen wollte. Aber bisher hatte sie dann zumindest Bescheid gesagt und war nicht einfach weggeblieben. Stieg ihr der Erfolg zu Kopf? Meinte sie, die Regeln galten nur für die anderen Mädels des Teams? Er würde mal ein ernstes Wörtchen mit ihr reden müssen. Für dieses Mal wollte er es gut sein lassen.

»Vier Runden um den Platz joggen, dann treffen wir uns hier wieder für die Dehnübungen«, wies der Coach die Damen an, die auf sein Kommando hin lostrotteten.

Kapitel 2

Mittwochvormittag. Michael wunderte sich. Noch immer keine Nachricht von Samantha. Was hatte sie nur wieder? Hatte er irgend etwas zu ihr gesagt, das sie hätte in den falschen Hals bekommen können? Er war sich keiner Schuld bewusst. Er hatte darauf verzichtet, sie anzurufen oder ihr weitere Nachrichten zu schicken, er wollte ihr nicht das Gefühl geben, ihr nachzulaufen. Erst sollte sie sich bei ihm melden, er hatte schließlich auch seinen Stolz!

Es hieß also, weiter abzuwarten. Mal sehen, wer den längeren Atem hatte. Irgendwann würde sie sich schon melden. Vielleicht hatte sie sich auch in Arbeit eingegraben und wollte nicht gestört werden. Das hatte es alles schon gegeben. Oder war sie verreist? Er hatte irgendetwas im Hinterkopf, dass sie von einer Messe gesprochen hatte, wo es um Gesundheit gegangen war. In Stuttgart? Wann war das doch gleich? War die nicht erst im Mai? Jetzt hatten sie Ende April, die Landesgartenschau war gerade erst vor wenigen Tagen mit einer feierlichen Zeremonie eröffnet worden. In jeder Zeitung war ausführlich darüber berichtet worden, so als gäbe es sonst nichts Wichtiges.

Michael konnte nicht nachvollziehen, was so besonders sein sollte an dieser Ansammlung von Blumenbeeten, Büschen und Fallobstwiesen, dass die Leute sich die Mühe machten, von wer weiß woher nach Oberrosendorf zu fahren, um sich das anzusehen. Als gäbe es sonst keine Blumenbeete.

Geärgert hatte er sich vor allem über die elend lang andauernden Bauarbeiten im Vorfeld der Gartenschau. Der Weg am Rhein entlang, wo er immer gerne joggen gewesen war, um sich fit zu halten, war bereits drei Jahre vor der Blumenschau gesperrt worden. Er hasste diese Geheimniskrämerei. Die Bevölkerung dürfe die Veränderungen in der Landschaft erst bei der Eröffnung sehen und nutzen, hieß es von offizieller Seite. Na wunderbar. Und dafür wurden die Sportler ihres Wegenetzes beraubt.

Michael war wirklich froh, dass dieses Jahr diese Blümchenschau endlich stattfand und danach alles wieder sein würde wie früher. Wäre es nach ihm gegangen, er hätte das ganze Naturspektakel und die Besuchermassen nicht gebraucht.

Hätte die Stadtverwaltung doch lieber in ein gescheites Stadion investiert. Eine große Tribüne, am liebsten überdacht, und zwar sowohl am Rasen- als auch am Kunstrasenplatz, das wäre seine Vorstellung von Sportförderung. Und die beiden Plätze beheizen, so dass man auch im Winter ungestört trainieren und spielen konnte. Außerdem hätte er sich eine Verpflegungsstation beim Kunstrasen gewünscht, damit die Zuschauer möglichst kurze Wege hatten, um an ihr Bier zu kommen. Und natürlich sollte es dort auch etwas Essbares geben. Wurstwecken und Steak mit Brot beispielsweise. Er war sich sicher, dass deutlich mehr Zuschauer kämen, würden sie direkt am Platz verpflegt werden können. Doch er schweifte mit seinen Gedanken ab.

Das Geld war in die Landesgartenschau geflossen, mit ihrem Rosengarten, ihrem japanischen Garten mitsamt Teehaus, ihrer Brückenkonstruktion zwischen Gartenschaugelände und neuem Hotel, ihrem Kakteenhaus, ihrem Palmenwald, ihrem Streichelzoogehege, ihrem Kamelgehege mitsamt Reitmöglichkeit, ihrem Heilkräutergarten sowie ihren Rheinkolonnaden. Und irgendwas mit Insekten hatten die von der Stadt noch geplant. Ein Bienenhotel? Nein, wie war das noch gleich? Ein Schmetterlingshaus, das war es. Das war aber noch nicht eröffnet, das folgte erst noch.

Den Hochseilgarten hingegen, den er echt cool gefunden hätte, hatten sie wieder verworfen. Das wäre mal eine Attraktion nach seinem Geschmack gewesen. Durch die Bäume turnen wie Tarzan. Auf die Insel im Rhein hätten sie den hinüberbauen wollen. Man wäre also in schwindelerregender Höhe auf Seilen über den Rhein geklettert. Michael konnte sich das gut vorstellen. Das hätte die jungen Leute der Stadt angesprochen. Stattdessen hatten sie dann die Skaterbahn am Weibelsee nach den neuesten Richtlinien gebaut. Wie langweilig! Wo war da der Nervenkitzel? Er hatte den Eindruck, dass die Landesgartenschau sowieso nur etwas für Langweiler war.

Die Besucherzahlen sahen bisher gut aus, das war ebenfalls ständig in der Presse zu erfahren. Im ganzen Ort traf man plötzlich diese fremden Leute, die nur wegen der Schau gekommen waren. Die sollten sich lieber mal die tollen Sportstadien anschauen, die Oberrosendorf zu bieten hatte. Und die tollen Mannschaften! Nun baute sein Fußballverein sogar noch ein weiteres Spielfeld im Hinblick auf das diesjährige Traditions-Sommerturnier. Dafür lohnte es sich, nach Oberrosendorf zu fahren, egal von wie weit weg. Aber für Blumen?

Hatte sich Samantha je zu dieser Blumenschau geäußert? Michael überlegte. Er hatte ihr einmal einen Strauß roter Rosen geschenkt, die hatte es im Supermarkt gerade an der Kasse billig gegeben, als er dort wegen Zigaretten anstand. Seine Kumpels hatten gemeint, Frauen würden auf so was Romantisches stehen. Samantha hatte ihn nur mit einem Naserümpfen angesehen, ihn gefragt, ob er sich bewusst wäre, dass auf Blumen aus dem Gewächshaus Unmengen an Spritzmittel kleben würden, so dass diese Blumen die Qualität der Luft im Raum gewaltig herabsetzen würden. Was sie nicht alles wusste! Er hatte nur mit den Schultern gezuckt, sie hatte die Blumen mitsamt Vase auf den Balkon gestellt. Ganz wegwerfen wollte sie die Rosen wohl doch nicht, aber Freude darüber hatte sie auch nicht empfunden, da war er sich sicher.

Das war das einzige Mal gewesen, dass er einen Versuch unternommen hatte, sie mit etwas Romantischem zu überraschen. Blumen waren seither kein Thema mehr gewesen, weder als Strauß noch sonst in irgendeiner Form.

Er bildete sich sogar ein, dass Samantha ähnlich ärgerlich darüber gewesen war wie er, dass die Wege am Rhein gesperrt waren. Sie war dort oft mit dem Fahrrad entlang geradelt bis nach Niederknotel. Dort hatte sie dann zwei Stunden in der Therme verbracht und war wieder zurückgefahren. Klar, man konnte immer noch irgendwie mit dem Fahrrad in den Thermenort gelangen, aber lange nicht auf so hübschen Wegen, wie am Rhein entlang. Und auch er hatte seine Joggingstrecke verlegen müssen und lief inzwischen ganz andere Wege.

Doch wie war das nun mit Samantha, wo war sie? Er konnte sich nicht an das genaue Messedatum erinnern, er hatte nicht wirklich zugehört, als sie laut überlegt hatte, dort hinzufahren, denn ihm war dieser Körperkult und das Getue um das Abnehmen völlig egal.

Michael liebte seinen Körper, so wie er war. Hauptsache, er konnte kicken und kam trotz Zigarettenkonsums nicht aus der Puste.

Auch im Büro der Landesgartenschau ging alles seinen normalen Gang. Keine Vorkommnisse auf dem Gelände, die

Besucherzahlen waren in Ordnung, da das Wetter seit Anfang April bestens war. Nicht zu heiß, nicht zu trocken. Es musste nicht übermäßig gewässert werden, und die Besucher nutzten gerne die Außenlokalitäten, so dass auch im Gastronomiebereich in den neu angelegten Rheinkolonnaden der Umsatz stimmte. So durfte es weitergehen.

Trotzdem war der Geschäftsführer blasser als sonst, fuhr bei jedem kleinsten Geräusch zusammen. Er musste sich etwas einfallen lassen, einen anderen Platz für die Leiche finden, das war Andreas klar. Irgendwann würde Samanthas Leichnam im Aufzugschacht anfangen zu stinken, vielleicht sogar Insekten anziehen? War das nicht so, dass dann irgendwann mit kriechenden Maden zu rechnen war? Es schüttelte ihn bei dem Gedanken daran. Das war eine schnelle Lösung gewesen, nichts von Dauer. Doch wohin mit ihr? Es musste eine Ruhestätte sein, an der keiner nachsehen würde, so dass er nur noch einmal Hand anlegen müsste, bevor er sie endgültig los war.

Ihm kam da ein Gedanke. Die Fußball-Clique veranstaltete jedes Jahr ihr traditionelles Sommerturnier und war gerade dabei, ein weiteres Rasenfeld anzulegen. Momentan sah das Ganze noch aus wie ein Acker, da demnächst die automatische Bewässerung im Boden verlegt werden sollte. Wenn er den richtigen Moment erwischen würde, wäre das eine ideale Gelegenheit. Bestimmt würde man sich nicht ständig an das Erdreich wagen, um die unterirdische Bewässerungsanlage nicht zu beschädigen. Und sollte in einigen Jahren doch einmal etwas zu reparieren sein, würde man auf Knochen stoßen. Bis dahin war längst Gras über die Sache gewachsen. Vielleicht wohnte er dann schon lange nicht mehr hier, wer konnte das schon sagen, in so einer schnelllebigen Zeit?

»Sag mal, Mike, du bist doch im Organisationsteam des Fußballvereins wegen des Sommerturniers, oder?«, sprach Andreas seinen Kollegen an. Dieser blickte ihn erstaunt an:

»Ja, warum?«.

»Wie weit seid ihr denn mit dem neuen Platz, kommt ihr gut voran?«

»Demnächst wird die automatische Bewässerung verlegt. Ich glaube, nächstes Wochenende soll das stattfinden. Willst du vielleicht mithelfen? Wir können jeden Mann gebrauchen!«

»Ich merke es mir«, meinte Andreas ausweichend, »mal sehen, ob es mir in den Terminplan passt.«

Das war also eindeutig zu spät. Andreas musste einen anderen Plan fassen. Er hatte auch schon eine Idee.

Auch bei dieser Trainingseinheit fehlte Samantha. Coach Damian ärgerte sich. Was waren das für Staralüren, dass sie sich weder abmeldete, noch pünktlich zum Training erschien? Auch die anderen Mädchen hatten nichts von Samantha gehört, doch das wunderte ihn nicht.

»Ich kann mal bei ihrem Freund nachfragen, ob der was weiß«, schlug Amelie vor, »der wohnt bei mir in der Straße.«

Es war nach 22 Uhr als es bei Michael Mahrer läutete. Wahrscheinlich kam Samantha direkt vom Training und wollte ihm mitteilen, dass ihr Handy defekt sei, überlegte Michael, als er die Haustür öffnete. Draußen stand jedoch nicht Samantha, sondern eine der anderen Spielerinnen.

»Entschuldige die späte Störung«, meinte sie verlegen, »ich wollte nur mal fragen, was mit Samantha los ist. Sie war schon das zweite Mal in Folge nicht im Training. Geht es ihr nicht gut?«

Michael sah sie entgeistert an. »Sie war nicht im Training?« wiederholte er fragend.

»Nein, und sie hat sich auch nicht abgemeldet«, bestätigte Amelie. »Der Coach ist daher ziemlich sauer. Ich dachte, du weißt doch sicher, wo sie steckt?«

»Ich habe keine Ahnung!«, entgegnete Michael, »hat sie nicht irgendwas von einer Messe in Stuttgart gesagt, wo sie hinwollte?«

»Aber dann hätte sie doch dem Coach Bescheid gesagt«, entgegnete die junge Frau. Beide schwiegen, jeder von ihnen in seine eigenen Gedanken vertieft.

»Na dann«, meinte Amelie, hob die Hand zum Gruß, drehte sich um und ging.

Michael starrte vor sich hin. Er verstand Samantha nicht. Wo war sie nur und was dachte sie sich dabei, ohne Bescheid zu sagen zu verreisen? Er schloss die Tür und griff nach seinem Handy, das er auf dem Sofa abgelegt hatte. Bis eben hatte er hier gemütlich vor dem Fernseher gesessen und hatte zwischen den Programmen hin und her gezappt, ein kühles Bier neben sich.

Er kontrollierte wieder einmal, ob eine Whatsapp-Nachricht gekommen war. Doch wie auch in den Tagen zuvor lag von Samantha keine Nachricht vor. Musste er sich Sorgen machen? Sollte er die Polizei benachrichtigen? Zu dumm, dass er keinen Schlüssel zu ihrer Wohnung hatte, sonst hätte er mal bei ihr vorbeigesehen. Er rang mit sich. Den nächsten Tag würde er noch abwarten, dann würde er die Polizei verständigen. Vielleicht war sie ja verunglückt und lag im Koma im Krankenhaus. Bei Samantha musste man mit allem rechnen.

Unterdessen war Andreas Wunderberg zu Hause mit Vorbereitungen für das Umbetten der Leiche beschäftigt. Mehrere riesige Müllsäcke hatte er bereit gelegt, außerdem Klebeband und ein Taschenmesser. Zusätzlich hatte er einen dichten Wollschal herausgesucht, den er sich um Mund und Nase binden wollte, bevor er den Aufzugschacht öffnen würde. Er rechnete damit, dass die Verwesung schon eingesetzt hatte und wollte sich die unangenehmen Gerüche am liebsten ersparen. Ein Paar Gummihandschuhe lag ganz oben auf den Utensilien.

Nun hieß es, Ruhe zu bewahren und nicht einzuschlafen. Doch so aufgeregt wie er war, war an Schlaf gar nicht zu denken, ebenso wenig wie die letzten Nächte. Unruhig hatte er sich hin und her geworfen, war ständig aufgefahren, dann wieder eingenickt, hatte von Samantha geträumt, die nach ihm rief, und wenn er sich ihr näherte, krochen Maden aus ihren leeren Augenhöhlen. Michael schüttelte sich. Und er fragte sich immer und immer wieder, warum ihm das alles hatte passieren müssen.

Warum nur hatte er sie angesprochen? Warum hatte er dem Anhimmeln aus der Ferne ein Ende bereitet und war mit ihr in Kontakt getreten? Er hätte sie still beobachten und einfach weggehen können. Doch nun war es nicht mehr rückgängig zu machen. Idiot, schalt er sich innerlich, du hättest auch nach ihrem Sturz einfach weggehen können. Kein Mensch hätte dich mit ihr in Verbindung gebracht. Sie wäre am nächsten Morgen im Beet gefunden worden und alles wäre seinen Gang gegangen. Jetzt hast du eine Leiche an den Hacken und jede Menge Probleme!

Zornig über sich selbst griff er zu einer Flasche Limonade. Jetzt nur keine Fehler begehen. Nüchtern bleiben gehörte dazu, nicht, dass er noch mehr Fehler machte, weil er nicht ganz bei Sinnen war. Eigentlich hätte er lieber einen Schnaps getrunken. Wenn er sich vorstellte, was für ein Anblick ihn im Aufzugschacht erwartete, wurde ihm speiübel.

Ganz in schwarz gehüllt verließ Andreas gegen 2 Uhr in der Früh sein Haus durch die Kellertüre, lief durch den Garten, der auf zwei Seiten zu den Nachbarn hin hohe Hecken hatte zur rückwärtigen Gartentüre und begab sich auf den kleinen Fußweg, der sich hinter seinem Garten befand. Eigentlich herrschte dort richtige Wildnis. Andreas wohnte im nördlichen Wohngebiet, außerhalb der Stadtmauer und hinter seinem Haus begann ein dicht bewachsenes Waldstück. Er hatte sich irgendwann den Spaß gemacht, einen kleinen Trampelpfad anzulegen, auf dem er nach gut 100 Metern auf einen offiziellen Wanderweg stieß. Dort waren grundsätzlich nur Hundebesitzer unterwegs und auch das äußerst selten. Eigentlich gehörte dieses Waldstück Andreas ganz alleine. Zumindest fühlte er sich dort fast wie in der Einöde, fernab von stark frequentierten Spazierwegen.

Das Plätschern des Baches, der neben dem Wanderweg verlief, übertönte alle Geräusche, die Andreas hätte verursachen können. Im Stechschritt machte er sich auf den Weg zum Stadtpark am Weibelsee. Keine Menschenseele war unterwegs, genau wie er sich das gedacht hatte.

Doch ausgerechnet in der Nähe des Aufzugschachtes hörte er Geräusche. Das durfte doch nicht wahr sein, da waren wieder einmal ein paar Jugendliche unterwegs. Um diese Uhrzeit! Konnten die nicht zu Hause friedlich in ihren Betten liegen und schlafen, wie das normale Leute zu nachtschlafender Zeit taten? Nein.

Scheinbar machten sie hinten an der Skaterbahn ein Gelage. Sollte er sich trotzdem zu Samantha in den Schacht begeben? Jeder Tag, den er länger wartete, würde die Verwesung vorantreiben. Er musste da rein und tätig werden!

Aus der Ferne spähte er hinüber zu dem Bereich, wo die Jugendlichen scheinbar ein Lagerfeuer angezündet hatten.

Gut, der Platz war betoniert, da sollte erst einmal nichts passieren.

Vorsichtig schlich sich Andreas zu dem Aufzugschacht. Um in die 1. Etage zu gelangen musste er einmal um den Aufzug herum die Treppe hinauf, das hieß, er würde auf mindestens einer Seite voll im Blickfeld der Jugendlichen sein – gesetztenfalls, sie sahen in diesem Moment zu ihm hinüber. Dass der Park aufgrund der vielen Straßenlaternen nicht völlig im Dunkeln lag, erschwerte die Sache dabei noch.

Andreas schlich mit angehaltenem Atem, so langsam er nur konnte, möglichst ohne ruckartige Bewegungen zu machen, die Treppe hinauf. Sein Herz klopfte dabei so laut, dass er sich einbildete, man müsste es bis zur Skaterbahn hören. Doch es schien zu klappen, er blieb unbemerkt, die Jugendlichen waren mit sich selbst beschäftigt. Erleichtert kam er auf der ersten Etage an, öffnete wie beim letzten Mal unter Zuhilfenahme des Schlüssels die Verriegelung der Aufzugtüre, schob die Türelemente beiseite und spähte in den Schacht. Dann erstarrte er.

Die Aufzugkabine war nicht unter ihm! Er blickte nach oben. Dort, ganz oben unter dem Dach verharrte sie. Das durfte doch nicht wahr sein! Normalerweise war die Ruheposition doch ganz unten, nicht ganz oben, was sollte denn das nun wieder? Hatte sich denn alles gegen ihn verschworen? Wenn er jetzt den Knopf drückte, würden die Jugendlichen auf ihn aufmerksam, denn der Aufzug verursachte Geräusche. Vor allem musste er dazu erst einmal wieder hinunter, um unten auf den Knopf zu drücken. Es war zum Ausrasten! Andreas hätte am liebsten seine Wut hinausgebrüllt, beherrschte sich aber.

In diesem Moment hörte er in der Nähe Autotüren zuschlagen. Hastig sah er sich um. Hinter ihm war nichts, aber bei den Jugendlichen im Skaterpark tat sich etwas. Ein Polizeiauto hatte dort gehalten, zwei Beamte waren ausgestiegen und gingen nun auf die Jugendlichen zu. Wahrscheinlich hatte jemand von den umliegenden Häusern den Feuerschein gesehen und Alarm geschlagen. Auch das noch. Andreas beobachtete, wie die Beamten auf die Jugendlichen einredeten und auf das Lagerfeuer deuteten. Wahrscheinlich wurden die jungen Leute nun aufgefordert, das Feuer zu löschen. Aber womit?

Einer der Polizisten ging zurück zum Fahrzeug und holte einen Feuerlöscher. Was die nicht alles dabei hatten! Die Jugendlichen schienen von der Idee wenig begeistert. Sie wirkten außerdem ziemlich angetrunken, denn sie wankten etwas und fingen an, die Polizisten anzupöbeln, wurden laut, versuchten, den Beamten mit dem Feuerlöscher abzuwehren.

Jetzt oder nie war die Gelegenheit, wieder nach unten zu huschen, denn im Trubel würde keiner zu ihm hinüberschauen.

Andreas flitzte die Treppe hinunter und spähte wieder zu dem Tumult hinüber. Die waren voll mit sich beschäftigt, der andere Beamte schien im Wagen Verstärkung anzufordern.

Die Jugendlichen hatten sich wie eine Schutzwand vor dem Lagerfeuer aufgebaut und schrien die Polizisten an. Würde es in diesem Moment jemandem auffallen, wenn sich der Aufzug in Bewegung setzte? Andreas drückte auf den Knopf. Mit unvorstellbar lautem Knacken setzte sich die Kabine in Bewegung zu ihm hinunter. Er hielt den Atem an und blickte gehetzt in Richtung Lagerfeuer. Dort schienen jedoch alle mit sich selbst beschäftigt zu sein, keiner schaute in seine Richtung.

Dann war der Aufzug unten angekommen, die Tür ging auf. Auch das noch! Daran hatte er nicht gedacht. Heller Lichtschein fiel aus der Aufzugkabine und beleuchtete Andreas und die Nacht um ihn herum. Zwar war die Türe auf der von den Jugendlichen abgewandten Seite, doch Andreas erschien es, als hätte jemand einen Scheinwerfer auf ihn gerichtet. Wie festgenagelt stand er da, bis die Tür sich wieder schloss und es erneut dunkel wurde. Andreas' Herz raste, er spürte wie Schweiß aus allen Poren seines Körpers zu rinnen begann. Er traute sich kaum, zur Skaterbahn hinüberzuschauen.

Dort war inzwischen ein zweites Polizeiauto eingetroffen. Konnte es wirklich sein, dass er noch immer nicht bemerkt worden war?

Wieder schlich er, einem schwarzen Panther gleich, jedoch mit deutlich wackligen Knien, die Treppe in die erste Etage hinauf. Er konnte beobachten, dass dort drüben heftig diskutiert wurde und zwischenzeitlich einer der Beamten damit beschäftigt war, die Feuerstelle mit Löschschaum zu bedecken.

Andreas atmete tief ein und aus, zwang sich, das Zittern seiner Hände zu unterdrücken, zückte seinen Dreikantschlüssel, entriegelte damit die Aufzugtüre und schob sie auf. Ein unangenehmer Geruch schlug ihm entgegen. War dieser Geruch tatsächlich nur hier vorhanden? Unten, als die Aufzugtür sich geöffnet hatte, war ihm nichts aufgefallen. Oder lag das an dem Schrecken, den er bekommen hatte, als er in helles Licht getaucht worden war? War der Geruch schon längst jemandem aufgefallen? Hatte ihn jemand bei der Stadtverwaltung gemeldet? Wussten die Bescheid? Andreas' Knie drohten nachzugeben, doch jetzt gab es kein Zurück mehr.

Schnell schlang sich Andreas den Schal um Mund und Nase und kletterte hinunter auf das Kabinendach zu Samantha. Die war nicht mehr der strahlende Stern, der sie zuvor gewesen war. Oder, den Andreas in ihr gesehen hatte? Er wollte nicht länger darüber nachdenken. Doch was da vor ihm lag, ließ ihm den Atem stocken, so eklig war der Anblick.

Schnell breitete er einen der stabilen Müllsäcke, die er vorsorglich zu Hause schon aufgeschnitten hatte, über sie. Er legte ihn diagonal, so dass zwei der Ecken über Kopf und Füße hinausragten. Dann wuchtete er Samanthas Körper mitsamt der Plastikbedeckung herum, so dass sie nun auf dem Sack lag. Die Ecken an allen vier Seiten schlug er zur Leiche um und klebte sie mit Panzertape auf der Leiche fest. Darauf kam es nun auch nicht mehr an, sie spürte es ja nicht. Und an dieser Optik war sowieso nichts mehr kaputt zu machen. Dann wiederholte er das Ganze, bis auch die zweite Seite bedeckt und verklebt war. Die beiden anderen Säcke nutzte er ebenfalls als Umhüllung und klebte diese fest, bis ein übergroßes Plastikpaket mit unzähligen Klebestreifen vor ihm lag.

Der Anblick erinnerte ihn an einen völlig überdimensionierten Raupenkokon. Hier würde keine Luft hinein- und keine Made herauskommen, falls schon irgendwelche Tiere ihre Eier im Leichnam abgelegt hatten. Das wäre also geschafft. Doch an ein Aufatmen war noch nicht zu denken. Dies war erst der Anfang seiner Aktion gewesen, wenn auch der ekligste.

Andreas lauschte. Er hatte sich so sehr auf sein Tun konzentriert, dass er die Jugendlichen und Polizisten völlig ausgeblendet hatte. Nichts war zu hören. Er kletterte aus dem Aufzugschacht und blinzelte um die Ecke.

Das Lagerfeuer war gelöscht, Jugendliche und Polizisten waren verschwunden. Das hoffte er zumindest. Es hätte ihm gerade noch gefehlt, dass die jungen Leute hier noch herumstreiften und ihn aufspürten. Aber alles schien ruhig zu sein. Dann kam nun der nächste Schritt.

Erneut kletterte Andreas in den Schacht, wuchtete das Paket hoch, schob es über den Rand nach draußen, sprang hinterher und schloss so leise er konnte die Aufzugtüre von Hand. Er verstaute den schwarzen Schal und bückte sich dann, um das Paket zu schultern. Das war nun noch viel schlechter zu transportieren als beim ersten Mal. Andreas befürchtete, es würde herunterrutschen und verkrampfte daher seinen Arm, der die plastikummantelte Samantha auf seiner Schulter hielt. Noch ein tiefer Atemzug, dann ging es an den Abstieg.

Langsam schlich er die Treppe wieder hinunter und begab sich dann in die Seitenstraße, wo er am Abend sein Auto geparkt hatte. Er öffnete den Kofferraum, warf das Paket hinein und schloss ihn. Geschafft! Er lehnte sich erschöpft an seinen Wagen und versuchte, die Anspannung in seinem Körper loszuwerden, alle Muskeln loszulassen. Einatmen, ausatmen. Dann weiter zum nächsten Schritt.

Andreas setzte sich hinter das Lenkrad seines Wagens und betete still, dass auch der nächste Teil seiner Aktion gelingen möge. Dann ließ er den Wagen an und fuhr los. Sein Ziel war die Kleingartenanlage, die zwischen südlichem Ende der Landesgartenschau und Weibelseepark lag, in der sein Kumpel Peter eine Parzelle besaß.

Peter Stark war passionierter Gartenliebhaber. Der 52-Jährige war am Waldrand einer Gartensiedlung aufgewachsen, war jeden Tag zum Spielen im Grünen gewesen und konnte sich ein Leben ohne Natur nicht vorstellen. Grünzeug, selbstgezüchtetes Gemüse und saisonale Blumensträuße, die aus dem eigenen Garten stammten, waren für ihn so selbstverständlich wie für andere Leute die jährliche Urlaubsreise. Seine Freunde und Bekannten lachten deswegen über ihn, nannten ihn scherzhaft „Naturbursche", doch ihm war das egal. Und wie oft schon hatte er einem von ihnen aushelfen müssen, wenn es um einen frischen Blumenstrauß für die Ehefrau ging und der Gatte wieder einmal den Hochzeits- oder Kennenlerntag vergessen hatte! Dann kamen sie stets zu ihm gekrochen und fragten an, ob er nicht schnell ein paar Blümchen abschneiden könne, sie würden ihm dafür auch das nächste Mal drei Bier ausgeben.

Peter selbst hatte weder Frau noch Freundin. Er und die Natur, das genügte völlig. Gerne übernachtete er während der Sommermonate in seinem Freiluftzimmer, wie er seine Parzelle liebevoll nannte, die am südlichen Rand der Kleingartenanlage lag und westlich an die Straße grenzte, hinter der das Landesgartenschaugelände lag.

Im Zuge der Landesgartenschau war die Anlage komplett saniert und zum Vorzeigeobjekt aufgepimpt worden. Die meterhohe Hecke auf den beiden Seiten zu den Straßen hin hatte er auf 1,20 Meter kürzen müssen, damit etwaige Zaungäste, sprich Landesgartenschaubesucher, sehen konnten, was er in seinem Garten trieb. Seither fühlte er sich wie ein Zootier, das von den Besuchern angeglotzt wurde. Diesen Garten hatte er ausschließlich für sich gestaltet, hatte seine Wünsche in die Tat umgesetzt. Er wollte nicht von außen dabei beobachtet werden, wie er sich an Unkraut und Gemüse zu schaffen machte, dabei schwitzte und rackerte, während die anderen in frisch gebügelten Hemden und Blusen um ihn herum standen. Doch es half alles nichts. Wenn er die Hecken nicht kürzen würde, verlöre er das Grundstück, hieß es auf dem Rathaus. Also hatte er sich schweren Herzens den Auflagen gebeugt.

Gut, die Generalsanierung hatte auch etwas Gutes, denn die Kleingartenanlage verfügte nun über fließendes Wasser und Strom. Somit konnte er seine kleine Hütte auf den modernsten Stand bringen. Er hatte ein Klappbett darin untergebracht, eine Kochnische, einen Fernseher und – am allerwichtigsten: eine Gefriertruhe. In ihr lagerten – bereits für ein bis vier Personen portioniert – die Wildschweine, die er heimlich schoss und dann professionell weiterverarbeitete, schließlich war er gelernter Metzger.

Jetzt, Ende April, war die Wildsaison jedoch beendet und nur noch wenige der Gefrierbeutel voll Fleisch fanden sich ganz unten auf dem Boden der großen Gefriertruhe, in der locker eine Leiche Platz hatte.

Peter war für drei Wochen Urlaub nach Kroatien aufgebrochen. Sein Freund Andreas Wunderberg hatte wie immer den Schlüssel für Grundstück und Gartenlaube erhalten, um nach dem Rechten zu sehen und die Pflanzen zu gießen, denn nichts war schlimmer, als nach einem erholsamen Urlaub in seinem Gartenstückchen nur noch verdorrtes Grünzeug und Gemüse vorzufinden.

Mit der Leiche über der Schulter betrat Andreas durch das Gartentor an der westlich gelegenen Straße die Parzelle seines Freundes. Zum Glück hatte Peter ein Außengrundstück, so dass Andreas nicht allzu weit laufen musste mit seiner ungewöhnlichen Fracht.

Von Weitem hätte man denken können, er trage eine Teppichrolle über der Schulter, wenn auch die Uhrzeit für einen Teppichtransport äußerst ungewöhnlich war.

Leise und langsam tastete sich Andreas Schritt für Schritt voran, denn es war in der Schrebergartenanlage absolut stockdunkel. Warum man den Stadtpark am Weibelsee mit zahlreichen Straßenlaternen versehen hatte, die Schrebergartensiedlung jedoch weiterhin im Dunkeln beließ, war Andreas nicht klar. Jetzt hätte er durchaus etwas Licht von Seiten der Straßenbeleuchtung auf das Grundstück gebrauchen können. Aber aufgrund der Bewölkung war kein Mond am Himmel erkennbar, der wenigstens für spärliches Licht hätte sorgen können.

Für Andreas war diese Dunkelheit problematisch. Schon tagsüber waren seine Augen nicht die besten, jetzt, bei Nacht, waren sie geradezu nutzlos. Und so oft war er dann doch noch nicht hier gewesen, als dass er sich hätte blind zurechtfinden können.

Er strauchelte. Verflixt, was lag da nur auf dem Boden, war das ein Gartenschlauch? Fast hätte ihn das Hindernis zu Fall gebracht! Er konnte gerade noch einen lauten Fluch unterdrücken, ruderte mit den Armen, bis er das Gleichgewicht wieder hergestellt hatte.

Vor Schreck zitternd und das Herz in der Brust kurz vor dem Zerspringen, ging er weiter, immer mit einem Fuß nach vorne tastend, wie ein Blinder.

Endlich kam er an der Hütte an. Vorsichtig ging er in die Knie und ließ das verschnürte Paket von seiner Schulter auf den Boden gleiten. Er richtete sich wieder auf und musste einige Atemzüge verstreichen lassen, um sich zu beruhigen. Dann suchte er in der Jackentasche nach dem Schlüssel. Wo zum Kuckuck war der denn nun? Es war ein kleiner Schlüsselbund mit einem Ring, an dem sich zwei Schlüssel sowie ein Broccoli aus Kunststoff befanden.

Er leerte beide Jackentaschen aus, aber da war er nicht. Das durfte doch nicht wahr sein! Wo war dieser verflixte Schlüssel? In Gedanken ging er alle bisherigen Schritte noch einmal durch.

Zu Hause hatte er das Bündel aus Schal, Schere, Klebeband und Müllsäcken bereit gelegt, den Schlüssel für die Gartenparzelle obenauf. Also musste er ihn doch eingesteckt haben, der Rest war ja schließlich auch da gewesen.

Er öffnete den Reißverschluss seiner Jacke. Waren da Innentaschen, in die er den Schlüssel vielleicht gesteckt hatte? Nein, nichts dergleichen. Also blieben nur die Außentaschen, die er bereits durchsucht hatte.

Ihn durchzuckte eine Erkenntnis: Beim Herausziehen des Schals vor dem Aufzugschacht war der Schlüssel möglicherweise herausgefallen. Dann würde er jetzt dort liegen. Ihm entfuhr ein Stöhnen. Alles, nur das nicht! Andreas war zum Heulen zumute. Er würde zurückfahren müssen und den Schlüssel suchen.

Wenn er Glück hatte lag er vielleicht im Auto? War er ihm dort aus der Tasche gefallen? Das war ein kleiner Hoffnungsschimmer und wäre schnell nachgeprüft.

Behutsam tastete er sich wieder zurück in Richtung Gartentor zur Straße. Bei jedem Schritt prüfte er zuvor den Boden mit einem ausgestreckten Fuß, ob da ein Hindernis lag. Die Arme streckte er vor sich aus um sicherzustellen, dass er gegen kein Hindernis auf Kopfhöhe prallte, denn irgendwo stand hier ein Baum.

Da er dem herumliegenden Schlauch nicht wieder begegnete, schien er einen anderen Weg eingeschlagen zu haben, als zuvor. Endlich erreichte er die Hecke und bewegte sich daran entlang, bis er das Gartentor gefunden hatte, durch das er die Parzelle verließ.

Zurück am Wagen öffnete er die Fahrertür und ging in die Knie. Nun erlaubte er sich tatsächlich, die Taschenlampenfunktion seines Handys zu nutzen, um den Bodenbereich seines Fahrzeugs zu beleuchten. Doch so sehr er auch suchte und in jede Ecke kroch, die Fußmatten anhob und ausschüttelte – da war kein Schlüssel!

Das bedeutete, er musste die Leiche zurück in seinen Wagen schaffen und wieder zum Weibelseepark fahren, um dort nach dem Schlüssel zu suchen. Hoffentlich fand er ihn dort! Also zurück zur Hütte.

Ein drittes Mal durchquerte er das Gartenstück, anscheinend auf noch einem anderen Weg, denn dieses Mal war er froh um seine Arme, die ihm anzeigten, dass herabhängende

Äste eines Baumes im Weg waren. Als er schließlich bei der verpackten Leiche ankam, war er völlig entnervt. Er setzte sich neben sie auf den Boden, vergrub das Gesicht in seinen Händen und war nahe daran, loszuheulen, riss sich dann aber zusammen. Jammern war völlig nutzlos, er musste dringend tätig werden! Also erhob sich Andreas, wuchtete sich das skurrile Paket wieder einmal auf die Schulter und trat den Rückweg zum Auto an.

Fast wäre er unterwegs noch einmal gestolpert. Vergrößerte sich dieser Garten eigentlich bei Nacht? Tagsüber war Andreas dieses Gartenstückchen eher wie ein Park im Handtaschenformat vorgekommen, nun bei Nacht und seiner absoluten Nachtblindheit torkelte er so verloren umher, als wäre er auf der riesigen Festwiese unterwegs. Das ergab doch alles keinen Sinn!

Irgendwann erreichte er die Hecke und tastete sich an ihr entlang bis zum Gartentor. Er verließ dieses grüne Labyrinth, um Samantha zurück in den Kofferraum seines Wagens zu legen.

Täuschte er sich, oder hatte er da ein Geräusch gehört? Seine Nerven lagen blank. Jetzt nichts wie hinters Steuer und los!

Andreas parkte nahe des Stadtgartens am Weibelsee. Voller Anspannung machte er sich wieder auf den Weg zum Aufzug und erklomm die Treppen bis zur ersten Etage. Obwohl alles um ihn herum still und verlassen war, traute er sich nicht, das Licht seines Handys einzuschalten. Er durfte hier nicht gesehen werden. Was hätte er sonst sagen sollen, wenn jemand von ihm wissen wollte, wonach er suchte, so mitten in der Nacht? Also half es nichts, er musste auf die Knie und den Boden abtasten.

Er fand absolut nichts, nicht einmal ein Steinchen oder sonst irgend etwas. Ob ihm der Schlüssel im Schacht auf dem Kabinendach aus der Tasche gefallen war? Da ihm nichts anderes einfiel, musste er nachsehen. Als er aufstand und den Dreikantschlüssel hervorholen wollte, hörte er ein Geräusch. Was war das?

Er lauschte und versuchte irgendetwas zu erkennen. Da war jemand! Er spähte in Richtung des Parkrands, wo er dank der Straßenbeleuchtung eine Silhouette ausmachen konnte. Tatsächlich, da lief jemand. Um diese Uhrzeit? Ein Mann, doch er war nicht alleine. Da war ein riesiger Schäferhund. Wer führte denn seinen Hund um diese Uhrzeit aus? Konnte der Hundebesitzer nicht schlafen?

Andreas' Blick fiel auf seine Uhr. 4.30 Uhr. Schon? Nun erst wurde ihm bewusst, wie viel Zeit ihn die Aktion am Aufzug, das Auftauchen der Jugendlichen, das Verpacken der Leiche, das Hin- und Hertransportieren gekostet hatte. Ab sofort musste er mit Frühaufstehern rechnen, das Weitersuchen konnte er sich abschminken.

Nun hieß es, ungesehen zurück zum Wagen zu kommen und nach Hause zu fahren. Mit der Leiche im Kofferraum. Das war doch alles nur ein böser Traum! Was konnte er tun, um zu erwachen?

Eine halbe Stunde später stand Andreas, wieder einmal mit der Leiche über der Schulter, im Keller seines Elternhauses. Heute freute er sich, dass er einen Singlehaushalt führte, denn er wollte sich gar nicht ausmalen was hätte passieren können, hätte er noch Frau und Kinder im Haus.

Er öffnete die Türe zum Vorratskeller, aus dem ihn leere Regale angähnten. Für ihn alleine lohnte eine Vorratshaltung nicht. Er ging oft auswärts essen, denn er sah keinen Sinn darin, für eine Person zu kochen. Außerdem hasste er es, einkaufen zu gehen und an den Supermarktkassen endlos in der Schlange zu stehen, weil er nur nach Feierabend und am Wochenende einkaufen konnte, wenn jeder andere Arbeitnehmer auch unterwegs war, so dass es besonders lang dauerte, bis man den Laden endlich wieder verlassen konnte.

Außerdem waren Andreas' Kochkünste nicht die tollsten. So beschränkte er sich bei seinen Einkäufen auf Getränke, Tiefkühl- und Fertiggerichte. Die waren meist einfach und schnell in der Zubereitung – und ebenso schnell gegessen.

Doch hier im Keller befand sich das, was er auch im Garten seines Kumpels Peter gesucht hatte: eine Gefriertruhe. Sie war ein Überbleibsel aus der Zeit seiner Eltern. In den Zeiten, in denen sie noch hier lebten und die Kinder noch alle zu Hause gewohnt hatten, war diese Gefriertruhe Gold wert gewesen. Seitdem Andreas allein im Haus wohnte, war sie leer. Er hatte keine Lust gehabt, sie zu entsorgen, hatte einfach den Stecker gezogen und seither stand sie da. Ihm war es egal, er benötigte den Platz nicht. Und nun war sie der ideale Aufbewahrungsort für Samantha – immer in der Hoffnung, das gute alte Teil würde noch funktionieren. Denn eine ungekühlte Leiche, da war er sich sicher, würde über kurz oder lang beginnen zu verwesen und zu zerfließen, ganz egal, wie gut er sie verpackt hatte.

Er öffnete den Deckel der Truhe und ließ das überdimensionierte Plastikpaket hineinfallen. Zack, Deckel zu.

Er suchte nach dem Stecker und schickte ein Stoßgebet zum Himmel: »Oh bitte, du uralte Truhe, leiste mir gute Dienste und geh einfach an!«. Ob das etwas nutzte? Bei der Pechsträhne, in der er sich gerade befand, würde es wahrscheinlich gleich einen Kurzschluss geben und das Haus würde beginnen zu brennen, er selbst würde einen Stromschlag erleiden und daran sterben und die Feuerwehr würde nach dem Löschen zwei verkohlte Leichen im Keller finden, die eine davon mit einer geschmolzenen Plastikummantelung.

Schluss jetzt mit dem Unsinn, befahl sich Andreas, jetzt reiß dich mal zusammen!

Beherzt steckte er den Stecker in die Steckdose. Kein Kurzschluss, kein Funkensprühen.

Als er den Schalter umlegte, hörte er ein leises Surr-Geräusch, das Gerät sprang an.

»Yes!«, rief Andreas mit geballter Faust, er freute sich, dass er dieses Mal Glück hatte.

Warum war ihm diese alte Gefriertruhe nicht gleich eingefallen? Er hätte sich den Weg in die Kleingartenanlage sparen können, das Rumtasten im Dunkeln, alles völlig umsonst. Hier, im Keller seines Hauses, würde sicherlich niemand nach Samantha Siederling suchen. Er war gerettet!

Kapitel 3

Michael Mahrer drückte die Anruf-beenden-Taste seines Handys. Er hatte den Polizeiposten in Oberrosendorf darüber informiert, dass seine Freundin seit Sonntag verschwunden war.

Ob die Polizei nun irgendetwas unternahm, wusste er nicht. Der Beamte war freundlich gewesen und hatte sich Name und Anschrift von Samantha geben lassen, hatte wissen wollen, wann er sie das letzte Mal gesehen und gesprochen hatte, hatte sich für die Meldung bedankt und dann aufgelegt. Nun konnte er nur noch abwarten.

Wenn er es richtig wusste, hatte Samantha keine Geschwister. Sie stammte aus Kiel, das wusste er, doch warum es sie nach Oberrosendorf verschlagen hatte, hatte sie ihm nie erzählt und er hatte auch nicht nachgefragt. Rund um ihn herum wohnten lauter Leute, die keine Einheimischen waren. Sie waren wegen eines Arbeitsplatzes in die Gegend gezogen, des Wetters wegen, weil die Stadt so hübsch war oder warum auch immer. Michael war das alles egal.

Er hatte Samantha auch nie von ihren Eltern erzählen hören. Lebten diese überhaupt noch? Zu Weihnachten war sie jedenfalls nicht in die Heimat gefahren, so wie das viele Leute taten, sie hatte die Feiertage mit ihm hier verbracht, was aber nicht heißen musste, dass sie nicht irgendwo Familie hatte.

Ach, egal, die Polizei würde sich darum kümmern, er hatte seine Pflicht getan. Die Frühstückspause war beendet, er musste wieder an seinen Arbeitsplatz.

Andreas Wunderberg sah schlecht aus an diesem Morgen. Dunkle Ringe unter den Augen, blasse Haut. Er hatte nach dem Verstauen der Leiche und der kurzen Freude über das Funktionieren des alten Geräts gleich geduscht und sich einen starken Kaffee einverleibt, um die Müdigkeit zu vertreiben. War es Müdigkeit? Nein, eher die totale Erschöpfung.

Diese Samantha hatte ihn innerhalb weniger Tage vom einigermaßen attraktiven Mittvierziger in ein seelisches Wrack verwandelt. Er fühlte sich wie ein Zombie, der kaum noch schlief, war wie gerädert, mit schmerzenden Gliedern und überlasteten Muskeln. Und seine Nerven waren bis zum Zerreißen angespannt.

Doch das sollte sich nun ändern. Nun ruhte die Tote bei ihm zu Hause und alles war gut.

Nur mit einem Ohr hörte er bei der Frühbesprechung zu. In der Nacht war es zu einem Zwischenfall im Weibelseepark gekommen, Jugendliche hatten randaliert und versucht, den Skaterpark anzuzünden.

Was du nicht sagst, dachte Andreas im Stillen. Aber das war ja wohl völlig übertrieben, wer hatte denn das Gerücht in die Welt gesetzt, sie hätten den Skaterpark anzünden wollen?

»Wie kommst du darauf, dass sie den Skaterpark abflammen wollten?«, fragte er daher seinen Kollegen.

»So sah es zumindest aus«, antwortete dieser, »überall lagen Reste eines gelöschten Feuers und die Polizei war mit vier Personen im Einsatz!«

»Da sagst du es selbst: Die Polizei war im Einsatz! Meinst du nicht, dass bei einem echten Brandstiftungsversuch die Feuerwehr hätte kommen müssen?«

Sein Kollege zuckte mit den Schultern: »Ich mein ja nur. Sollen wir das aufnehmen in die Meldeliste für den Bürgermeister?«

Bürgermeister Antonio Krapox bestand darauf, einmal in der Woche über besondere Vorkommnisse auf der Landesgartenschau informiert zu werden, woraus er seine Mitarbeiter der Stabsstelle dann eine Pressemeldung formulieren ließ. Denn die Landesgartenschau war das Vorzeigeprojekt des Stadtoberhaupts und sein ganzer Stolz.

Es war schon eine große Überraschung gewesen, als es dem Rathauschef damals gelungen war, dieses besondere Ereignis nach Oberrosendorf zu holen. Und viele Einwohner waren sich einig darüber, dass es alleine dem Charme des Bürgermeisters zu verdanken gewesen war, dass das Komitee, das darüber zu entscheiden hatte, tatsächlich Oberrosendorf den Zuschlag gegeben hatte. Denn Antonio Krapox war ein besonderer Bürgermeister. Er war 60 Jahre alt, sah aber aus, als wäre er höchstens 50. Er trug einen Dreitagebart, der noch immer so schwarz war wie sein Haupthaar, besaß eine durchtrainierte Figur und versprühte den typischen Charme des Südländers. Diesen hatte er seiner italienischen Mutter zu verdanken, die damals einen Deutschen geheiratet hatte.

Natürlich hoffte der Rathauschef eher auf erfreuliche als auf unerfreuliche Nachrichten, von daher winkte Wunderberg ab und schüttelte den Kopf:

»Lass gut sein, Hubert, es ist ja nichts weiter passiert, wenn ich das richtig verstanden habe, oder wurde irgendetwas wirklich beschädigt und muss repariert werden?«

Hubert verneinte.

»Dann lass die Stelle säubern und gut ist es«, wies Andreas seinen Untergebenen an. Dass ihm das Stadtoberhaupt zu diesem Vorfall noch Fragen stellte, fehlte ihm gerade noch. Nicht, dass ihm aus Versehen herausrutschte, dass doch alles nicht so schlimm war, die Jugendlichen nur ein Lagerfeuerchen gemacht hatten und jemand maßlos übertrieben hatte.

Er, Andreas Wunderberg, war nicht dort vor Ort gewesen – zumindest sollte es so aussehen.

Was ihn jedoch immer noch beschäftigte, war der fehlende Schlüssel. Wo konnte er diesen nur verloren haben? Er musste tatsächlich noch einmal in den Aufzugschacht klettern und dort danach suchen.

Andreas ging an den Schrank, in dem sich der Ordner mit den Unterlagen zum Aufzug befand. Er wusste, dass dieser monatlich gewartet wurde und nun galt es, den letzten Termin herauszufinden. Da stand es: Der Aufzug war direkt vor dem Startschuss der Landesgartenschau noch einmal überprüft worden, also hatte er noch mindestens 14 Tage Zeit, aktiv zu werden. Doch nun wollte er erst einmal beobachten, wie es weiterging.

Kapitel 4

Am Freitagmorgen war in der örtlichen Zeitung zu lesen, dass in Oberrosendorf die 26-jährige Samantha Siederling vermisst wurde. Zuletzt gesehen worden war sie am Sonntagspätnachmittag auf dem Baseballplatz, wo sie dem Punktspiel der Herren zugesehen hatte. Die Polizei bat um Hinweise aus der Bevölkerung.

Hinweise auf ein Gewaltverbrechen hatten die Polizeibeamten nicht gefunden, als sie in die Zweizimmerwohnung der jungen Frau, die sich in einem Sechsfamilienhaus befand, eingedrungen waren. In der Nachbarschaft hatte niemand irgend etwas beobachtet, Samantha hatte zurückgezogen gelebt, war immer kurz angebunden gewesen, hatte zwar gegrüßt, war aber nie auf ein Gespräch stehengeblieben, wenn man sich zufällig im Treppenhaus traf. Einen Mann hatte sie auch nie mit nach Hause gebracht. Freundinnen? Keiner wusste etwas. Es war auch keine laute Musik aus ihrer Wohnung gedrungen, keine Partys bis in die Nacht, kein Zigarettenrauch auf dem Balkon, kein Hund zum Gassi führen. Sie sei auch tagsüber zu Hause gewesen, war zu erfahren, was sie arbeitete wusste eigentlich niemand. Doch zumindest das hatten die Beamten inzwischen herausgefunden.

Auf ihrem Schreibtisch hatten sie handschriftliche Notizen, ein Tagebuch und ein ausgedrucktes Manuskript ihres neuen Buches mit dem Titel »Fit wie ein Turnschuh« gefunden.

Im Regal befanden sich neben unzähligen Ernährungs- und Fitnessratgebern auch drei Bücher, die sie selbst geschrieben hatte, sie war also in der Gesundheitsszene durchaus als Autorin etabliert.

Ansonsten war die Wohnung sehr aufgeräumt und spartanisch eingerichtet. Das Wohnzimmer bestand nur aus Fernseher und Sofa, in einer Ecke stand eine zusammengerollte Yoga-Matte an der Wand. Wahrscheinlich übte und praktizierte sie hier das, was sie anschließend in ihren Büchern verbreitete.

Im Schlaf- und Arbeitszimmer stand nur ein Schrank, dessen Inhalt verriet, dass sich alles in ihrem Leben um Sport und Gesundheit drehte.

Kein einziger Schuh mit hohem Absatz, dafür Sportschuhe in verschiedenen Ausführungen und Farbgebungen, irgendetwas, was einer der Beamten als Barfußschuhe betitelte und ein ganzes Fach, in dem ihre Baseballausrüstung deponiert war, angefangen beim Face-Shield über diverse Hosen und Shirts, Fang- und Schlaghandschuhe sowie Schläger. Und im Rucksack fanden sich Schuhe, die zweifellos Baseballschuhe waren. Der Rest ihres Schranks bestand aus Unterwäsche, unzähligen Sporthosen und jeder Menge Shirts mit und ohne Ärmel, die ebenfalls alle workouttauglich waren. Hatte diese Frau auch nur ein einziges Kleid besessen? Falls ja, hatte sie es jedenfalls nicht in ihrem Kleiderschrank aufbewahrt.

Was die Beamten besonders erstaunte, waren die zwei Personenwaagen, von denen eine im Badezimmer, die andere neben ihrem Arbeitsplatz stand. Wozu brauchte ein Mensch für sich alleine zwei Personenwaagen? Hatte sie keiner ihrer Waagen getraut, musste sie auf der zweiten bestätigen, dass die Angabe der ersten stimmte? Über der Waage im Badezimmer hing ein handgeschriebener Plan, auf dem sie jeden Tag penibel ihr Gewicht eingetragen hatte. Tendenz gleichbleibend. Wozu wog man sich täglich, wenn man im Monat höchstens Schwankungen von einem Kilo hatte? Frauen waren schon seltsame Wesen.

Der Kühlschrank enthielt Mineralwasser, Diätwurst, Diätbutter, fettarme Milch, fettarmen Joghurt ohne Geschmack und einen noch originalverpackten Eisbergsalat. Keine vergammelten Lebensmittel, alles noch innerhalb des Mindesthaltbarkeitsdatums. Aber was erwartete man auch, wenn die Frau erst vor knapp einer Woche verschwunden war?

Der Gesamtzustand der Wohnung ließ weder darauf schließen, dass sie verreist oder überstürzt aufgebrochen war. Eigentlich sah die Wohnung nicht einmal nach Wohnung aus, sie hatte nichts Gemütliches, Einladendes, Kuscheliges, Anheimelndes. Sie war äußerst zweckmäßig eingerichtet, ohne jeden Schnickschnack und vor den Fenstern hingen Lamellenvorhänge, wie man sie aus Büros oder Arztpraxen kannte, die man bei Bedarf schließen konnte, damit keiner hereinsah.

Es existierten an den Wänden auch keine Gemälde, Poster oder Fotos, wie man sie in anderen Wohnungen antraf. Die Wände waren reinweiß. Weder Medaillen noch Pokale schmückten das Regal in ihrem Arbeitszimmer. Hier fanden sich ausschließlich Bücher.

In einem Ordner im Schrank hatten sich persönliche Unterlagen befunden, hieraus wurde ersichtlich, dass die junge Frau ein Studium der Sportwissenschaften abgeschlossen hatte und in einem separaten Teil des Ordners hatte sie Zeitungsausschnitte über sich selbst gesammelt, in denen es um ihre sportlichen sowie schriftstellerischen Erfolge ging.

Im Zuge der Suche nach Samantha waren die Beamten auch beim Training auf dem Baseballplatz gewesen, hatten ihre Mitspielerinnen befragt und den Coach. Keiner wusste Privates von ihr, alle beschrieben sie als höflich und freundlich, aber ansonsten unnahbar und sehr gesundheitsbewusst.

Am Sonntag war sie bei einem Heimspiel der Männer gesehen worden, saß jedoch abseits und hatte sich mit niemandem unterhalten. Sie hatte auch beim Catering nichts gekauft, jemand hatte sie eine Flasche Wasser trinken sehen, aber das Mitbringen von Speisen und Getränken war jedem selbst überlassen, somit konnte auch hier keine Aussage getätigt oder Rückschlüsse gezogen werden.

Gemeldet war Samantha Siederling seit 5 Jahren in Oberrosendorf, sie hatte alleine gelebt, ihre Eltern waren bereits tot, Geschwister hatte sie keine, als Verwandtschaft war nur ein Onkel väterlicherseits auszumachen gewesen, der aber angab, seit Jahrzehnten keinen Kontakt zu ihr gehabt zu haben, was somit auch nicht weiterhalf. Sie war wie vom Erdboden verschluckt.

Natürlich waren die Beamten auch dem Hinweis ihres Freundes auf die Messe in Stuttgart nachgegangen. Diese war jedoch erst im Mai.

Der Buchverlag, in dem sie ihre Bücher veröffentlichte, beschrieb sie als pünktliche Autorin, die Abgabefristen penibel einhielt. Was sie einreichte war nahezu fehlerfrei, gut durchstrukturiert, bestens recherchiert und ließ eigentlich keine Wünsche offen. Der Lektor hatte kaum Arbeit mit ihren Manuskripten.

Samantha Siederling schien ein Übermensch gewesen zu sein. Aalglatt, ohne Ecken und Kanten, Perfektionistin durch und durch. Was sie anpackte gelang. Die Erfolgsgeschichte einer schönen jungen Frau, die Gesundheit und Sportlichkeit zu ihrer Religion erhoben hatte.

Und wo war dieses Vorzeigemodell des weiblichen Geschlechts nun?

Kapitel 5

»Sag mal, Andreas, hast du gelesen, dass dieses Vorzeige-sternchen aus dem Baseballclub vermisst wird? Diese Sarah Dingsbums«, wurde Andreas Wunderberg nach einem völlig ereignislosen Wochenende bei der Frühbesprechung von seinem Kollegen Randolf Wester angesprochen.

»Samantha heißt sie, Samantha Siederling«, korrigierte Andreas automatisch, biss sich dann aber auf die Zunge.

»Dann eben Samantha. Hast du nicht sogar wegen ihr das Baseballspielen angefangen?«, bohrte Randolf weiter.

»Ja, und auch nach ein paar Monaten wieder ganz schnell aufgehört. Ich bin, was Ballsportarten angeht, völlig talent-frei. Aber wie kommst du darauf, dass ich wegen Samantha angefangen haben könnte? Ich wollte das einfach mal auspro-bieren, so wie andere Leute mal einen Schnupperkurs auf dem Golfplatz machen. Wir haben hier eben Baseball, also habe ich das ausprobiert«, versuchte sich Andreas herauszu-reden.

»Ja, aber einen American Football Verein haben wir auch, der ist nur unwesentlich weiter entfernt!«, stichelte sein Kol-lege weiter: »Gib es doch zu, du stehst auf die! Hast du sie vielleicht heimlich mit zu dir genommen und hältst sie nun in deinem Keller gefangen? Nicht umsonst wohnst du in so ei-nem großen Haus ganz alleine, wer weiß, was man da alles finden würde, wenn man sich mal umsähe!«. Randolf lachte über sein eigenes Geplapper und grinste Andreas süffisant an.

Andreas wurde heiß und kalt. Konnte dieser Typ hellsehen? Woher wusste er, dass Samantha derzeit in seinem Kellerraum lagerte? War seine Leidenschaft für dieses weibliche Superexemplar denn so offensichtlich gewesen? Er hätte das nie für möglich gehalten! Was sollte er nun sagen?

Aber Randolf hatte sich schon wieder den vor ihm liegenden Papieren zugewandt.

»Schaut mal, was heute Morgen gefunden wurde«, rief Selina Sauermann, die Assistentin, die mit frischem Kaffee auf einem Tablett ins Zimmer kam. Wie immer kam sie unpünktlich und platzte mitten in die Frühbesprechung, anstatt gleich zu Beginn da zu sein. Neben den Kaffeetassen lag ein Schlüsselbund mit zwei Schlüsseln, deren Ring von einem Broccoli aus Kunststoff geschmückt wurde.

Andreas bekam beim Anblick des Schlüsselrings fast Zuckungen.

»Wo hat man das denn gefunden?«, fragte er wie nebenbei und streckte die Finger nach dem Schlüsselbund aus.

»Irgendwo beim Aufzug«, entgegnete Selina und schnappte sich den Schlüssel, bevor Andreas ihn ergreifen konnte. »Hat bestimmt irgendein Tourist am Wochenende dort verloren. So gut wie das Wetter am Wochenende war, waren ja wohl Massen an Besuchern unterwegs. Ist also kein Wunder, wenn da irgendwer was verliert. Der Schlüssel wird jetzt fotografiert und in meiner Liste von Fundstücken erfasst, dann schicke ich ihn weiter ans Rathaus, wo er im Fundbüro bei all den anderen Fundsachen aufbewahrt wird«, verkündete sie voller Tatendrang.

Auch das noch. Sollte er hinausposaunen, dass er den Besitzer des Schlüssels kannte und ihn haben wollte um ihn weiterzugeben? Nein, nur nichts unternehmen, was ihn irgendwie mit dem Weibelseepark und diesem Schlüssel in Verbindung bringen konnte. Aber er wollte auch nicht, dass sein Schlüssel, oder besser gesagt der von ihm verlorene Schlüssel irgendwo katalogisiert wurde.

»Warte«, sagte er daher, »der Schlüssel ist nicht so wichtig. Ich hab etwas, das wirklich eilig ist. Da sind ein paar Unterlagen, die musst du bitte für mich kopieren. Jetzt gleich«. Er lief vom Besprechungstisch, der in seinem Büro stand, hinüber zu seinem Schreibtisch und kramte in der Schublade. Da lagen die Planungsunterlagen für den Hochseilgarten, der auf der Insel im Rhein geplant, aber dann verworfen worden war, weil der Untergrund nicht geeignet gewesen war.

»Der Hochseilgarten? Dein Ernst? Ist das nicht Schnee von vorgestern?«, fragte die Assistentin skeptisch.

»Nein, wir überlegen gerade, das Projekt in etwas anderer Form an anderer Stelle wiederzubeleben«, behauptete Andreas und versuchte, möglichst überzeugend zu klingen. »Ist aber noch streng geheim, also bitte hänge es nicht an die große Glocke und sprich mit keinem darüber!«, fügte er hinzu.

»Und warum machst du es dann nicht selbst, wenn das so streng geheim ist?«, fragte Selina aufmüpfig. Sie hasste es, wenn sie zum Kopieren oder Kaffeekochen degradiert wurde, als hätte sie keinen Grips im Kopf. Das konnte jede Aushilfe erledigen, sie war sich für so einen anspruchslosen Auftrag zu schade.

»Weil ich jetzt ganz dringend telefonieren muss, das kann nicht warten!«, entgegnete Andreas und griff demonstrativ zum Telefon. Er schien aber warten zu wollen, bis sie aus dem Zimmer war, denn er schaute sie abwartend und auffordernd zugleich an.

»So viele Geheimnisse«, murmelte Selina leise vor sich hin, verließ aber den Raum mit den Unterlagen, während sie den

Schlüssel wieder auf das Tablett gelegt hatte. Wenigstens das klappte also.

Kaum war sie zur Tür hinaus, legte Andreas wieder auf und erklärte seinem Kollegen, der ihn wegen des Hochseilgartens noch immer völlig verdutzt anstarrte, dass er erst die Nummer heraussuchen müsse und es wirklich ein geheimes Telefonat sei, das er alleine und jetzt sofort durchführen müsse.

»Und unsere Frühbesprechung?«, fragte Randolf völlig entgeistert.

»Ach, die Zahlen holen wir morgen nach, nimm deinen Kaffee mit und geh deinem Tagesgeschäft nach«, winkte Andreas ab und sah seinen Kollegen abwartend an.

Endlich erhob sich Randolf, griff sich eine der Kaffeetassen vom Tablett und schlurfte zur Bürotür. Mit einem zweifelnden Blick zurück auf seinen Chef verließ er das Büro und machte sich auf den Weg in sein eigenes.

Das war der Moment, auf den Andreas gewartet hatte. Schnell sprang er auf, flitzte zum Besprechungstisch und nahm den Schlüssel von Peters Gartenparzelle vom Tablett. Anschließend verstaute er ihn in einer Innentasche seines Rucksacks, den er tagsüber immer in seinem Schreibtischunterschrank liegen hatte. Wenigstens konnte er sich auf diese Weise einen nächtlichen Ausflug in den Aufzugschacht sparen.

Nur Minuten später kam Selina mit den kopierten Unterlagen erneut ins Zimmer. Suchend blickte sie sich auf dem Besprechungstisch um.

»Wo ist denn jetzt der Schlüssel?«, fragte sie verwundert.

»Ich kümmere mich selbst darum, Selina, danke. Ich muss sowieso gleich ins Rathaus rüber, da gebe ich ihn dann im Fundbüro bei den Damen ab.«

Selina starrte ihn mit einer hochgezogen Augenbraue an. Sie glaubte ihm nicht, da war sich Andreas sicher. Ohne ein weiteres Wort legte sie ihm Originale und Kopien hin und ging hinaus. Und Andreas kam nun um einen kurzen Besuch im Rathaus nicht herum. Der Weg war nicht weit, sowohl das Rathaus als auch das Büro der Landesgartenschaugesellschaft lagen an der großen Festwiese, nur an verschiedenen Seiten davon. So, wie er seine Assistentin einschätzte, würde sie genau beobachten, ob er tatsächlich ging. Aber das kam ihm wie gerufen. Er würde ein Schwätzchen mit irgendjemandem aus dem Bauamt halten und sich anschließend auf dem Rückweg noch eine Kugel Eis gönnen.

Am Abend auf dem Baseballplatz herrschte bedrückte Stimmung. Am Samstag hatten sie ein Auswärtsspiel in Darmstadt bestreiten müssen und waren sang- und klanglos untergegangen. Nicht nur, weil ihre beste Spielerin fehlte, sondern auch, weil sich alle Gedanken um ihr Verschwinden machten. Keiner konnte nachvollziehen wohin die Vorzeigespielerin verschwunden war.

Zwei Männer betraten das Spielfeld, während die Mädchen ihre Runden liefen, um sich aufzuwärmen. Sie sprachen Coach Damian an, der die Männer argwöhnisch musterte. Schon wieder Polizei? Der eine trug einen großen Rucksack auf dem Rücken, der andere hatte ein Notizbuch in der Hand. Oder war das die Kripo? Fragend sah er die beiden an.

»Wir suchen Samantha Siederling«, erklärte der mit dem Notizblock und stellte sich vor: »Frank Meurer, vom Mega-Sport-Magazin, und das hier ist unser Fotograf, Jürgen Sommer«, sagte er und deutete dabei auf den Mann mit dem Rucksack. »Samantha erwartet uns.«

Ach, sieh mal einer an, jetzt ist schon die Sportpresse auf die Dame aufmerksam geworden, dachte Damian und gleichzeitig bekam er ein ganz ungutes Gefühl.

»Sind sie mit ihr verabredet?«, fragte er nach.

»Ja, wir haben vor 14 Tagen telefoniert und den heutigen Termin vereinbart«, bestätigte der, der sich als Frank Meurer vorgestellt hatte.

»Wissen Sie, nicht nur Sie suchen nach Samantha, wir auch«, erklärte Coach Damian den beiden Herren, die ihn völlig ratlos anstarrten. »Seit über einer Woche ist Samantha verschwunden«, erklärte der Coach den Pressevertretern, »und keiner weiß, wo sie steckt. Die Polizei sucht auch schon nach ihr, bisher erfolglos«. Sofort zückte der Sportjournalist seinen Block und notierte sich das Datum ihres Verschwindens.

»Das gibt ja eine heiße Story«, meinte er vergnügt, »ein vermisstes Supertalent! Erzählen Sie mehr über das Mädchen!«, forderte er den verblüfften Coach auf, während sein Fotografenkollege die Kamera parat machte und den Coach ablichtete.

Zur selben Zeit saß Andreas Wunderberg zu Hause auf dem Sofa und starrte in das Fernsehgerät, in dem eine Sondersendung von »Bauer sucht Frau« lief und alle Paare gezeigt wurden, die im letzten Jahr geheiratet hatten. Wen interessierte das eigentlich? Warum sahen sich die Leute so etwas an, die Hochzeiten ihnen völlig fremder Menschen?

Er fand diese Überlegung so interessant, dass er ihr nachging. Der pure Voyeurismus war das doch, genau wie all diese anderen Sendungen, die einem Einblick in die Leben anderer Menschen bescherten. War es auch dem Voyeurismus zu verdanken, dass er Samantha angehimmelt hatte? Nein. Er hatte sie auf dem Platz beim Spielen beobachtet, so wie andere Leute ins Fußballstadion gingen. Aber sie war nicht der übliche Promi, über den man Artikel in irgendwelchen Zeitschriften fand, abgelichtet von Paparazzi und mit Ausführungen über ihr Privatleben, deren Wahrheitsgehalt äußerst zweifelhaft war und eher der blühenden Fantasie irgendeines Schreiberlings entsprang.

Samantha war eher eine Ikone gewesen, jemand, den man auf einen Sockel stellte, von Ferne anhimmelte.

Noch dazu war sie viel zu jung für ihn gewesen, er war gute 20 Jahre älter als sie, sie hätte seine Tochter sein können. Oder Schwiegertochter. Genau, die ideale Schwiegertochter, jeder Mann wäre stolz gewesen, hätte sein Sohn so eine Schnitte an Land gezogen.

Es war also eine andere Funktion gewesen, die Samantha erfüllte. Sie war so schön gewesen, ihre Bewegungen so perfekt. Er hatte nicht genug bekommen von ihrem Anblick. Aber klar, ein bewegtes Video war auch viel interessanter als nur ein paar Fotos, die man nacheinander zeigte. Eine Superheldin, schön, begabt, erfolgreich. Und so ein Superweib ausgerechnet hier, in seiner Heimatstadt, in Oberrosendorf!

Nur leider hatte sich dieser Jackpot innerhalb von Sekunden als Niete entpuppt, doch daran wollte er jetzt nicht denken, er bekam schon wieder Herzrasen, wenn er an die Nacht ihres Todes zurückdachte.

Auf dem Bildschirm wurde eine unheimlich dürre Frau gerade gefragt, ob sie diesen Mann neben ihr lieben und ehren würde bis in alle Ewigkeit, oder so ähnlich. Sie hauchte ein »Ja« und schmachtete den ihr frisch Angetrauten an. »Na dann mal los«, sagte Andreas laut, »bis dass der Tod euch scheidet!«

Kapitel 6

Damian Fernandez-Rodriguez rührte versonnen in seinem Kaffee. Sein Frühstücksei war, genau wie das Schinkenbrot auf seinem Teller, unangerührt geblieben.

Seit gestern Abend, als diese beiden Typen von der Presse aufgetaucht waren, hatte er ein ungutes Gefühl. Nicht nur, weil ihm die Story äußerst windig erschien, sondern auch weil es einfach nicht zu Samantha passte, einen Termin mit Pressevertretern auszumachen und diesen nicht einzuhalten. So eine Gelegenheit hätte sie niemals freiwillig verpasst. Es musste ihr tatsächlich etwas zugestoßen sein. Sie war nicht einfach nur verreist, Samantha musste einen Unfall gehabt haben – oder noch wahrscheinlicher – einem Verbrechen zum Opfer gefallen sein, da war er sich sicher, das sagte ihm sein Bauchgefühl.

Er griff zum Telefon. Er wollte seinen Verdacht der Polizei schildern.

Vivian Vordermeier, eine der Teamkolleginnen Samanthas, hing ähnlichen Gedanken nach. Nie und nimmer hätte diese Tussi einen Pressetermin sausen lassen. Sie lachte gequält auf. Manche Leute hatten einfach alles: sahen gut aus, waren sportlich und grundsätzlich erfolgreich bei allem, das sie anpackten. Sie mühte sich seit Jahren um die Gunst des

Trainers, spielte auf einer undankbaren Position im Outfield, weil der Trainer ihr Potential nicht erkannte und fühlte sich nicht wertgeschätzt. Manchmal hätte sie am liebsten diesen Sport hingeschmissen und etwas anderes angefangen.

Der Gedanke daran, die Wochenenden nicht auf der Autobahn verbringen zu müssen mit endlosen Fahrten bis nach sonstwohin, die sonntagmorgens um 6.15 Uhr am Baseballplatz begannen und abends um 19 Uhr mit der Rückkehr endeten, war verführerisch. Stattdessen auf dem Balkon sitzen, die Sonne genießen, oder mit ihren Freundinnen über das Landesgartenschaugelände streifen.

Die Rheinkolonnaden, so hatte sie sich sagen lassen, seien der absolute Besuchermagnet. Dort gebe es in einem Café sogar Kaffee Latte mit Baileys und die Bedienung sei ein flotter Typ nach ihrem Geschmack.

Eigentlich war jetzt genau die Gelegenheit dazu, den Sport an den Nagel zu hängen und sich ebenfalls eine Jahreskarte zu kaufen, um es sich mit ihren Freundinnen gut gehen zu lassen. Die Landesgartenschau war schließlich nur dieses eine Jahr.

Und ohne Samantha würden sie in der Tabelle abstürzen, wie ein Helikopter, bei dem während des Flugs plötzlich das Triebwerk streikte. Denn so wenig sie Samantha auch gemocht hatte, so sehr war Vivian klar, dass sie die treibende Kraft der Mannschaft gewesen war. Sie hatte nicht nur für Punkte gesorgt, sie hatte auch den Kampfgeist der Mädchen geweckt und sie nach vorne gepeitscht.

Wahrscheinlich war das Verschwinden Samanthas der Wink mit dem Zaunpfahl, den sie gebraucht hatte, dachte sich Vivian und griff zum Handy. Sie rief die Diktierfunktion auf und formulierte ihre Kündigung an den Baseballverein, die sie sogleich abschickte. Dann rief sie die Whatsappgruppe der Softballerinnen auf und schrieb: »Ich bin raus!«

Auf dem Polizeiposten war der Anruf des Softball-Trainers eingegangen. Er hatte wissen wollen, ob die Beamten eigentlich in den umliegenden Krankenhäusern nachgefragt hatten, ob Samantha vielleicht einen Unfall gehabt habe.

Ja meinte der denn, er sei Sherlock Holmes oder vielleicht auch Hercule Poirot und sie alle Idioten, die eine Anweisung für ihr Tun benötigten?

Natürlich kam es immer wieder vor, dass Menschen von heute auf morgen abtauchten und niemals wieder gesehen wurden. Und bei dieser Samantha kam erschwerend hinzu, dass sie eine absolute Eigenbrötlerin war.

Vereinsamung im Alter war den Beamten durchaus bekannt. Aber Vereinsamung in jungen Jahren, noch dazu bei dem Aussehen? Wenn sie keinen Kontakt gewollt hatte, wäre sie irgendwo oben auf einer Bergkuppe besser aufgehoben gewesen. Aber von dort aus war ihr der Weg zum Training wahrscheinlich zu weit. Ihre Bücher hätte sie jedenfalls auch am Nordpol schreiben können, vorausgesetzt, es gab dort Internet.

Alle Spuren, die die Polizei bisher verfolgt hatte, waren ins Leere gelaufen.

In den Krankenhäusern war sie nicht, der Rettungsdienst hatte niemanden dieses Namens oder Aussehens transportiert, im ganzen Umland war kein Brand entstanden, bei dem sie als unkenntlich gewordene, verkohlte Leiche hätte verschollen gehen können, keine Erdspalten hatten sich aufgetan und sie verschlucken können. Es gab auch keine Lösegeldforderungen von Entführern.

Und außer ihrem Freund und der Baseballmannschaft gab es scheinbar niemanden, der ihren Verlust bemerkt hätte. Der Verlag hätte sich früher oder später gemeldet, wenn die Abgabefrist überschritten worden wäre, aber bis dahin wären noch Monate ins Land gegangen. Scheinbar hatte sie erst vor ein paar Wochen ein neues Buchprojekt gestartet. Somit war die Akte Samantha Siederling eine mit vielen Fragezeichen.

Auf der Landesgartenschau war alles ruhig. Der Himmel war bedeckt aber es war trocken, die Besucherströme waren also nicht aufzuhalten.

Der Bürgermeister freute sich, wenn die Besucherzahlen über den Erwartungen lagen, die Technik funktionierte und die Gastronomie an den Rheinkolonnaden mehr Umsatz als erhofft machte. Die Blumen wuchsen und blühten, noch lange musste nicht mit einer Wespenplage gerechnet werden, und die Stechmücken im Rhein waren per Hubschrauber bekämpft worden.

Außer einem Besucher, der sich an einem Taschenmesser geschnitten hatte, als er für seinen kleinen Sohn einen Apfel zerkleinern wollte, und einem Kamel, das Streichelversuche durch Schnappen abwehrte, war noch kein Unfall passiert. Und selbst diese Zwischenfälle waren kaum der Rede wert. Noch kein Besucher hatte sich im Palmenwald verirrt, noch keiner war im Kakteenhaus gestolpert und kopfüber in die Kakteendornen gestürzt. Was wollte man mehr?

Trotzdem war Andreas Wunderberg unzufrieden. Die Leiche in seinem Keller machte ihm zu schaffen. Es hatte ihn geärgert, dass sein Kollege ihm auf den Kopf zugesagt hatte, dass er für diese Samantha geschwärmt hatte. Vielleicht war es noch anderen Leuten aufgefallen, dass er bei den Heimspielen ständig auf dem Baseballplatz aufgetaucht war und ihr zugesehen hatte.

Andererseits – viele andere Menschen taten dies ebenfalls. Und als Geschäftsführer der Landesgartenschau musste er sich schließlich immer auf dem neuesten Stand halten, was in den Vereinen der Gemarkung lief. Denn man konnte ja nie wissen, wann es plötzlich nötig wurde, ein kurzfristig abgesagtes Event durch einen Sport-Workshop zu ersetzen. Es waren für die nächsten Wochen und Monate so viele Auftritte von Kleinkünstlern angedacht, da wäre es ja nahezu ein Wunder, wenn nicht irgendeiner von ihnen plötzlich absagen würde, beispielsweise wegen Erkrankung. Und diese Lücke galt es dann auch sehr spontan zu füllen. Mit »Wiesensport für jedes Alter«, angeboten von der Turnerschaft beispielsweise, einem »Balltraining für Junggebliebene«, das die Fußball-Clique organisierte oder einem »Schlagtraining zum Aggressionsabbau« in Kooperation mit dem Baseballverein. Nur zu American Football fiel ihm nichts Passendes ein. Auch Rudern hielt er in der Gruppe für problematisch, wenn lauter blutige Anfänger aufeinander trafen.

Alles war möglich und daher musste er, Andreas Wunderberg, auf dem Laufenden bleiben. Das ging am besten vor Ort, in den Vereinen selbst.

Gut, man hätte ihm nun vorwerfen können, dass seine Art sich zu informieren sehr einseitig sei, da er so gut wie nie bei den anderen Vereinen, hingegen aber ständig beim Baseballverein auftauchte, andererseits spielten die Baseballer eben auch wirklich hochklassig.

Ach papperlapapp! Andreas wedelte mit den Armen vor seinem Kopf herum, als könne er damit seine Gedanken verscheuchen. Alles lief gut, er musste nur fest daran glauben.

Als Andreas nach der Arbeit zu Hause eintraf, führte ihn sein Weg wie immer zuerst nach unten in den Keller seines Hauses. Er riss die Tür auf, um zu sehen, ob mit der Gefriertruhe alles in Ordnung war, und sogleich sah er es: Das grüne Licht, das ihm anzeigte, dass das Gerät mit Strom versorgt wurde und die Leiche zuverlässig auf Temperatur hielt, war erloschen. Dafür blinkte ein gelbes Lämpchen daneben.

E 07 las er auf dem Display. Na toll. Was sollte das denn bitte heißen? Als ob er nach 30 Jahren, oder wie alt auch immer dieses Gerät war, noch eine Gebrauchsanleitung besaß, in der er E 07 hätte nachschlagen können. Und wahrscheinlich gab es auch keinen Techniker, der gewusst hätte, was zu tun wäre.

Andreas riss den Deckel auf. Die Lufttemperatur in der Truhe erschien ihm nur unwesentlich kälter als im Raum. Verflixt! Samantha war folglich am Auftauen und der Verwesungsprozess würde demnächst wieder einsetzen. Das durfte nicht passieren. Was konnte er tun? Einen Elektriker bemühen? Der vor Ort kam und die Leiche finden würde? Unsinn. Er würde die Leiche zwischenzeitlich in einen anderen Raum bringen und dort unauffindbar verstecken. Wenn das Teil dann repariert war, würde sie wieder darin zum Liegen kommen.

Er sah auf die Uhr: Das Ziffernblatt zeigte 16.30 Uhr. Wenn er Glück hatte, war der Elektriker noch nicht im Feierabend.

Er rannte die Treppe hinauf, wo der Empfang mit dem Handy besser war, googelte einen örtlichen Elektriker und drückte auf Anrufen.

Das Rufsignal ertönte. Dann nahm jemand ab, er hatte Glück. Andreas schilderte sein Problem, gab an, dass er die ganze Gefriertruhe voll habe mit Tiefkühlpizza, weil er übermorgen eine Junggesellenparty feiern wolle und der Inhalt nun Gefahr laufe, aufzutauen und ungenießbar zu werden. Doch die Frau am anderen Ende blieb von seinen ausgeschmückten Schilderungen völlig unbeeindruckt.

»Guter Mann, bei uns sind Sie völlig falsch mit Ihrem Anliegen, wir reparieren keine Großgeräte. Da müssen Sie einen Techniker der Hersteller-Firma kommen lassen.«

»Und Sie meinen, da bekomme ich so schnell Hilfe?«, fragte Andreas zweifelnd.

Die Frau kicherte heiser: »Wahrscheinlich nicht. Eine Woche Wartezeit werden Sie schon in Kauf nehmen müssen. Die warten schließlich nicht gerade darauf, dass Sie anrufen. Von daher kann ich Ihnen nur dazu raten, sich eine neue Gefriertruhe zu kaufen, die ist sowieso viel ökologischer. Und wer weiß, wann bei Ihrem alten Teil das nächste Problem auftritt. Und bedenken Sie: Wenn Sie so ein Altgerät im Keller haben, jagt Ihnen das nicht nur die Stromkosten in die Höhe, es schadet auch der Umwelt. Denken Sie mal darüber nach! Und ein neues Gerät können Sie bei uns tatsächlich kaufen. Zwar nicht vorrätig, aber bestellen und anschließen können wir das.«

Andreas bedankte sich für die Auskunft und versprach, sich die Neuanschaffung zu überlegen und sich gegebenenfalls wieder zu melden. Dann ging er in den Keller, schaute nach, wer der Hersteller war und googelte dessen Kundendienst. Er fand eine Service-Nummer in München, die sogar täglich von 7 bis 22 Uhr erreichbar war. Doch dann las er den Hinweis, dass er bei seinem Anruf die E-Nummer sowie eine FD-Nummer des Gerätes angeben musste. Beide Nummern fände er auf dem Typenschild, hieß es da.

Andreas ging auf alle Viere und kroch an dem Gerät entlang, so weit es ihm möglich war. Ja, da hinten in der Ecke, unten, direkt über dem Boden, sah er einen entsprechenden Aufkleber. Er schob seine Hand mit dem Handy dorthin und fotografierte ihn. Voller Hoffnung wählte er die Service-Nummer.

Die Dame, die seinen Anruf entgegennahm, war sehr freundlich und zeigte großes Verständnis für seine unangenehme Situation, teilte ihm jedoch mit, dass sie ihm erst in fünf Tagen einen Techniker vorbeischicken könne. Bis dahin konnte Andreas unmöglich warten.

In fünf Tagen würde die Geruchsbelästigung unerträglich sein, dachte sich Andreas und überlegte, ob es einen Plan B gäbe. Und tatsächlich fiel ihm ganz schnell einer ein: Nach Niederknotel in den Elektrofachhandel fahren und das nächstbeste Gerät entsprechender Größe kaufen.

Also ab ins Auto und los.

Im Niederknoteler Elektrofachmarkt angekommen, sah er sich um. Wie er feststellen musste, ging der Trend heute zu Kleingeräten. Die sparten Strom und Platz, und wahrscheinlich war die Verkleinerung auch der Tatsache geschuldet, dass es immer mehr Singlehaushalte gab. Wer hatte heute noch eine Großfamilie mit fünf Kindern, für die es sich lohnte, eine halbe Sau einzufrieren? Ihm selbst fiel in seinem Bekanntenkreis niemand ein. Heike und Heiko hatten drei Kinder, sein Cousin ebenfalls, mehr konnte keiner vorweisen.

Endlich sprach ihn ein Verkäufer an: »Kann ich behilflich sein?«, fragte er freundlich.

»Ja«, entgegnete Andreas, »ich suche eine Gefriertruhe, eine ganz große, wo ordentlich was reingeht!«

»Wollen Sie eine Leiche verstauen?«, fragte der Verkäufer grinsend und lachte über seinen makaberen Scherz.

Andreas fragte sich, ob ihm irgendwo auf die Stirn tätowiert stand, dass er eine Leiche im Keller hatte, oder warum ihn jeder darauf ansprach. Was dachten sich die Leute eigentlich, sollte das witzig sein? Über Leichen machte man keine Späße!

»So in etwa«, antwortete Andreas dann bemüht grinsend und nickte.

»Das tut mir leid, länger als 1,20 Meter sind unsere Modelle nicht«, meinte der Verkäufer bedauernd und schob gleich die Erklärung dazu nach: »Wissen Sie, heutzutage geht der Trend zum Slow-Food, weg vom Fast-Food!«

Und was hatte das nun bitteschön mit der Größe der Gefriertruhe zu tun?

»Verstehe ich nicht!«, gab Andreas daher zu.

»Die Leute kaufen heute lieber frisch ein und bereiten es auch gleich zu«, bemühte sich der Verkäufer seinem Kaufinteressenten zu erklären. »Man kommt weg von der Vorratshaltung und den Hamsterkäufen«, setzte er noch eins drauf.

»Muss ich dann zukünftig die halbe Sau, die ich mir beim Biobauern kaufe, aufs Mal aufessen?«, fragte Andreas etwas gereizt nach.

»Aber nein, eine halbe Sau passt doch in diese Truhe gut rein«, meinte der Verkäufer kopfschüttelnd, »die werden Sie ja im Vorfeld zerteilen und portionieren, also das ist gar kein Problem!«

Andreas gab auf. Hier würde er nicht das bekommen, was er brauchte. Außer, er wendete diesen Ratschlag auf Samantha an und zerteilte sie, um sie anschließend in Portionsbeutel zu verpacken. Allein der Gedanke daran ließ ihm alle Haare zu Berge stehen. Das hätte er dann zeitnah erledigen müssen, direkt nach ihrem Sturz, nicht erst jetzt. Und womit sollte er denn diese Knochen zersägen? Ihm wurde ganz anders bei dem Gedanken, also verwarf er ihn sofort wieder.

Es musste eine andere Lösung geben, schließlich war dies hier nicht der einzige Elektromarkt und Niederknotel nicht der Nabel der Welt.

Er bedankte sich für die freundliche Beratung und strebte auf den Ausgang zu. Nun benötigte er ganz dringend einen Plan C. Du liebe Zeit, bis zum Ende des Alphabets waren es noch verdammt viele Buchstaben, er hoffte, er würde diese nicht bis zum Schluss ausreizen müssen.

Auf der Heimfahrt ging er alle Optionen durch. Er könnte sich um eine große Gefriertruhe bemühen indem er einen

Elektrofachmarkt in der nächst größeren Stadt anrief. Die könnten ihm so ein Gerät bestimmt liefern.

Er könnte auch Fenster und Tür des Kellerraums einfach verschlossen halten und den Gestank der verwesenden Leiche ignorieren.

Eine andere Möglichkeit wäre, irgendwo Trockeneis zu besorgen, die Leiche damit so weit abzukühlen, bis sie durchgeeist war und sie dann mit einem Hammer zertrümmern, so wie man das in Filmen immer sah. Danach zusammenkehren und fertig.

Nein, nun drehte er langsam durch.

Es blieb ansonsten immer noch die Gefriertruhe bei seinem Freund Peter bei den Kleingärtnern, die er ja ursprünglich im Sinn gehabt hatte. Den Schlüssel besaß er ja inzwischen wieder, und dieses Mal würde es bestimmt klappen. Andererseits, auch Peter kam irgendwann wieder aus dem Urlaub, aber immerhin war es eine Übergangsmöglichkeit.

Zu Hause angekommen googelte Andreas eines der Elektrofachgeschäfte in der Großstadt. Tatsächlich hatte auch dieser Fachmarkt nur die kleinformatigen Geräte vorrätig, bot aber an, eine große Gefriertruhe zu bestellen. Als Andreas nach der Lieferzeit fragte, schied auch diese Möglichkeit aus, denn 3 Wochen konnte er nicht warten! Er bedankte sich und legte auf.

War eine kleine Truhe doch eine Option? Möglicherweise reichte es ja aus, wenn er Samantha einmal in der Mitte knickte, so wie man das bei Zirkuskünstlern oder in der rhythmischen Sportgymnastik immer sah. Samantha würde es egal sein, sie spürte es ja nicht mehr. Andererseits bestand bei diesem Vorgehen die Gefahr, dass ihre Plastikummantelung riss, und das war auf jeden Fall zu vermeiden.

Weitere Anrufe bei zwei Konkurrenzmärkten brachten das gleiche Ergebnis.

Dann musste er also in den sauren Apfel beißen und sie erneut einmal quer durch Oberrosendorf transportieren. Er würde das gleich heute noch angehen. Aber dieses Mal musste er besser vorbereitet sein.

Er verließ das Haus, schwang sich aufs Fahrrad und radelte zur Kleingartenanlage. Andreas öffnete das Gartentor zu Peters Parzelle und ging hinein. Er war zwar fast jeden zweiten Tag hier gewesen, um nach den Pflanzen zu sehen und diese zu wässern, doch nun ging es ihm weniger um das Grünzeug, als vielmehr um den Weg zwischen Gartentor und Gartenhaus.

Andreas richtete seinen Blick nach unten auf den Rasen. Wählte man den direkten Weg, was mit schwerem Gewicht zweifellos am sinnvollsten war, musste man zuerst über den Rasen, dann stand eine Ecke des Hochbeets mit Salat im Weg. Ok, das würde er ja merken, da würde er sich drum herum tasten, dann war der Weg wieder frei.

Er spannte eine Schnur, die er extra zu diesem Zweck mitgebracht hatte, von der Hecke neben dem Gartentor bis hinüber zur Regenrinne des Gartenhauses, die an der Hausecke befestigt war. Dort angekommen müsste er sich nur noch ein kleines Stückchen an der Wand entlangtasten, um an die Tür zu gelangen.

Auch im Inneren der Gartenhütte schaute Andreas nach den Bodenbegebenheiten. Würde er hier in der Nacht ohne Probleme von der Eingangstüre in die Küche kommen, wo die Gefriertruhe stand? Bot diese überhaupt genügend Platz für Samantha? Daran hatte er bisher überhaupt nicht gedacht.

Schnell riss er ihren Deckel auf, entspannte sich dann aber, denn bis auf wenige Tiefkühlgefäße auf dem Grund der Truhe war sie völlig leer. Wenigstens das klappte also.

Kapitel 7

Das Umbetten der Leiche wurde ihm fast schon zur Routine, stellte Andreas mit Überraschung fest. Es war 2 Uhr, als er wieder einmal mit Samanthas plastikummantelten Überresten das Haus verließ.

Das Paket, das er dieses Mal über der Schulter trug, war jedoch nicht wie beim letzten Mal geformt wie ein Kartoffelsack oder wie ein Teppich, dieses Mal erinnerte das Ganze eher an ein Paar Skier für Elefanten. Samantha war steif wie ein Brett, folglich ließ sie sich im Hüftbereich nicht einfach abknicken, wie bei den Trageübungen zuvor. Ob der tote Körper noch in Teilen gefroren war oder hier irgendeine Leichenstarre vorlag, wusste Andreas nicht. Er wollte auch gar nicht darüber nachdenken. Er wollte sie nur einfach aus dem Haus schaffen und vorübergehend weiterkühlen, bis ihm eine neue Idee gekommen war.

Auch das Verstauen im Kofferraum seines Fahrzeugs bereitete ihm Probleme. Er musste tatsächlich den mittleren Sitz seiner Rückbank umlegen und die Leiche dort hindurchschieben, bis die Füße vorne in Höhe seiner Handbremse zwischen den Vordersitzen lagen. Zum Glück fuhr er keinen Smart!

Die Wolldecke, die er für Notfälle immer im Kofferraum liegen hatte, breitete er nun über das sichtbare Stück im Wageninneren, denn sollte jemand zufällig von außen in den Wagen schauen, wollte er nicht, dass dort ein riesiges Plastikpaket mit jeder Menge Klebestreifen sichtbar wäre.

Mit seiner schaurigen Beladung trat er die Fahrt zur Kleingartenanlage an. Als Andreas dort an der Straße hielt und ausstieg fiel ihm auf, dass es dieses Mal gar nicht so dunkel war, wie bei seiner letzten Aktion. Er schaute zum Himmel und sah, dass der Vollmond die Szene beleuchtete. Er hätte sich somit den Aufwand mit der Schnur am Spätnachmittag sparen können.

Mit Samantha, die immer noch stocksteif auf seiner Schulter ruhte und ihn in seiner Bewegungsfreiheit extrem einschränkte, weil er keine engen Kurven nehmen konnte, schritt er vom Gartentor zur Tür der Gartenhütte, schloss auf und trat ein.

Die Unbeweglichkeit Samanthas wurde im Inneren erst so richtig zum Problem, weil alles auf kleinstem Raum beieinander lag. Doch irgendwie, mit viel Gefluche, das jedoch nur in seinem Kopf stattfand, schaffte Andreas die Leiche bis in die Küche und dort in die Truhe.

Ihm fiel ein Stein vom Herzen, als er sich seiner lästigen Mitbewohnerin fürs Erste entledigt hatte und sie nun wieder gut gekühlt untergebracht wusste. Der nächste Meilenstein war somit geschafft, eine endgültige Lösung jedoch noch lange nicht in Sicht.

Nur wenige Tage blieben Andreas, bis Peter aus dem Urlaub zurückkehren würde und bis dahin musste die Tiefkühlsportlerin wieder umgebettet werden. Diese Frau war einfach nur lästig, es war unglaublich! Doch wer hätte ahnen sollen, dass sich das alles so entwickelte?

Andreas machte sich auf den Heimweg. Die Schnur würde er am nächsten Tag abnehmen und entsorgen, jetzt wollte er nur noch ins Bett und seine Ruhe.

Zu Hause angekommen, warf er sich so wie er war mit Klamotten aufs Bett und schlief völlig erschöpft ein.

Als der Wecker läutete fragte sich Andreas, ob er überhaupt geschlafen hatte, so gerädert fühlte er sich. Nach einer ausgiebigen heißen Dusche, dem Anziehen frischer Kleidung und einem extrastarken Kaffee ging es ihm etwas besser. Ganz langsam erwachten seine Lebensgeister.

Nach dem Büro würde er zur Parzelle seines Freundes fahren und die Schnur abnehmen, bevor diese noch jemandem auffiel. Doch zuerst musste er den Tag im Büro überstehen. Ob ihm tagsüber ein Geistesblitz käme, wohin er Samantha bringen konnte, bevor Peter zurückkam? Er hoffte es. Doch zuerst einmal wartete im Büro jede Menge Arbeit auf ihn.

Nach Feierabend schwang sich Andreas wieder auf sein Fahrrad, um zur Kleingartenanlage zu radeln. Als er mit einer Schere bewaffnet den Kleingarten betrat und sich an der Dachrinne zu schaffen machen wollte, wo das eine Ende der Schnur befestigt war, hörte er plötzlich jemanden seinen Namen rufen:

»Huhu, Herr Wunderberg!«. Wie vom Donner gerührt fuhr Andreas herum. Da stand eine dickliche Frau mit grauem Haar, das sie zu einem unordentlichen Knoten auf ihrem Hinterkopf angeordnet hatte und winkte ihm mit zwei Händen in hellblauen Gartenhandschuhen zu. »Was machen Sie denn hier?«, wollte sie sogleich von ihm wissen: »Und sagen Sie, wissen Sie etwas über diese Schnur, die da hängt? Als ich heute Vormittag hier war, um ein paar Tulpen für einen Blumenstrauß zu schneiden, habe ich mich schon gewundert, wann diese Schnur wohl hier angebracht wurde, denn gestern Nachmittag war sie noch nicht da, als ich meine Gartenschere vom Schleifen abgeholt und im Schuppen verstaut habe. Ich habe schon überlegt, die Polizei zu informieren.

Könnte doch sein, dass irgendein Einbrecher die Schnur als Markierung angebracht hat, oder?«

»Nein, sorgen Sie sich deshalb nicht, die Schnur ist von mir«, versuchte Andreas die neugierige Gartennachbarin zu beruhigen, »das sollte eine Überraschung werden.«

»Eine Überraschung? Für die Igel, die nachts hier herumlaufen?«, fragte die Frau, die Andreas namentlich nicht kannte, und kicherte vergnügt über ihren eigenen Scherz.

»Nein, eine Überraschung für Peter, wenn er zurückkommt aus dem Urlaub«, verbesserte Andreas sie.

»Der kommt doch erst nächste Woche wieder«, wusste die Frau sogleich zu berichten, »müssen Sie denn so umfangreiche Vorbereitungen tätigen für diese Überraschung?«

»Nein«, widersprach Andreas, »aber ich habe die nächsten Tage keine Zeit zum Vorbereiten, da dachte ich, ich hänge die Schnur schon mal auf«, improvisierte Andreas eine Erklärung.

»Aha«, meinte die Frau nur und fügte dann hinzu: »dann bin ich ja mal gespannt, was das für eine Überraschung wird!«. Mit diesen Worten drehte sie sich um und lief mit schaukelndem Schritt zu einem großen Regenfass, in das sie ihre Gießkanne tauchte.

Das Abnehmen der Schnur war somit Geschichte. Eigentlich sowieso Zeitverschwendung, denn beim nächsten Abtransport des Leichnams hätte er sie ja sowieso wieder vorsorglich befestigen müssen, nun blieb sie halt solange hängen.

Andreas steckte die Schere wieder ein und verließ das Gartenstück.

Am nächsten Abend trank Andreas sein verdientes Feierabendbier auf der Terrasse denn es war für Ende April schon erstaunlich frühsommerlich. Es lag ein Tag hinter ihm, an dem er überhaupt keine Zeit gehabt hatte, auch nur einmal an Samantha zu denken. Eine Invasion Japaner war auf der Landesgartenschau eingefallen wie Wanderheuschrecken auf einem Getreidefeld. In 17 Bussen waren sie angereist und hatten den normalen Besucherbetrieb zum Kollabieren gebracht. Denn es dauerte alleine endlos, bis die zahlreichen Menschen durch das Eingangsportal hindurch waren. Dann wälzten sie sich wie eine große menschliche Lawine die Wege entlang und überrollten jede einzelne Sehenswürdigkeit, so dass alle anderen Besucher geradezu flohen. Als die fernöstlichen Besucher schließlich ihr Mittagessen an den Rheinkolonnaden eingenommen hatten, meldeten die Gastronomen, dass sie kein Bier mehr hatten und alle Steaks und Würste ausverkauft waren. Auch Eis jeder Art war für den Rest des Tages vergriffen. Gegen 15 Uhr war die riesige Reisegesellschaft endlich wieder verschwunden, alle hatten erleichtert aufgeatmet. Was dachten sich diese Reisegruppen eigentlich? Schloss Neuschwanstein mochte ja auf solche Besuchermassen eingerichtet sein, die Stadt Oberrosendorf mit ihrer Landesgartenschau war es jedenfalls nicht.

Andreas konnte auch nicht nachvollziehen, warum für die Japaner eine Gartenschau interessant sein sollte, die besaßen doch selbst Gärten. Mit Zickzackbrücken über Bäche und Seen, wenn er sich richtig erinnerte. Das hatte er mal im Fernsehen in einer Reportage gesehen. Oder war es dabei um China gegangen? Er wusste es nicht mehr sicher. Die sahen doch auch alle gleich aus, diese Asiaten. Schwarze Haare, Brille, platte Nase. Er hatte gehört, dass die Asiaten das von den Europäern ebenfalls behaupteten, was er überhaupt nicht nachvollziehen konnte. Allein die verschiedenen Haarfarben, die man bei den Europäern sah, reichten doch als Unterscheidungsmerkmal und waren mit blond, schwarz, rot, brünett und allen Zwischenstufen deutlich vielfältiger als das bloße

Schwarz der Asiaten. Jedenfalls hatte der eigens für die Gartenschau angelegte japanische Garten weder See noch Brücken, er war schlichtweg zu klein dafür.

Als es an der Haustür klingelte, erhob sich Andreas unwillig von seinem bequemen Sitzplatz, um zu öffnen. Eigentlich wollte er nur seine Ruhe, ein Bier trinken, die Füße hochlegen und nachher vor dem Fernseher gemütlich vor sich hin dösen.

Vor der Tür standen zwei Männer, die er noch nie gesehen hatte.

»Andreas Wunderberg?«, fragte ihn einer der beiden, dessen Dreitagebart ihm ein verwegenes Aussehen gab.

Andreas nickte etwas verwirrt und sah die beiden fragend an.

»Dürfen wir einen Moment hereinkommen? Es geht um Samantha Siederling«. Die beiden warteten gar nicht erst, bis sie hereingebeten wurden, sondern schoben Andreas zur Seite und marschierten in seinen Flur. Derjenige, der ihn angesprochen hatte, zeigte Andreas irgendeinen Dienstausweis, von dem Andreas glaubte, es könnte einer von der Polizei sein, jedoch aufgrund seiner schlechten Augen und da er seine Lesebrille nicht aufhatte, sah er nur schemenhaft ein Foto und irgendwelche Schrift daneben.

»Um was geht es denn?«, fragte er und deutete den beiden Männern an, ins Wohnzimmer zu gehen und dort Platz zu nehmen.

Die Männer strebten auf den Esstisch zu, der am Fenster stand und setzten sich. »Ein Bier?«, fragte Andreas, weil er nicht wusste, was er sonst sagen sollte.

»Danke, nein, wir sind im Dienst«, entgegnete der andere, der eine Brille trug.

Wohl Zivilbeamte, überlegte Andreas und schluckte.

»Wie wir schon sagten sind wir hier wegen Samantha Siederling. Wie Sie sicher wissen ist sie spurlos verschwunden«, leitete der mit dem Dreitagebart das Gespräch ein. »In welcher Beziehung standen Sie zu Samantha Siederling?«, wollte er sogleich wissen.

»Beziehung?«, fragte Andreas erschrocken, »In gar keiner!«, antwortete er wahrheitsgemäß und musste sich selbst recht geben, denn schließlich war er zwar der Hüter ihres Leichnams, doch momentan nicht derjenige, unter dessen Dach sie lagerte.

»Aber sie interessieren sich für die Dame?«, fragte nun der andere nach.

»Wie kommen Sie darauf?«, fragte Andreas verdutzt.

»Wir haben die Videoüberwachung des Baseballvereins überprüft«, erläuterte der Dreitagebärtige, »und auf den Aufnahmen ist zu erkennen, dass Sie jedes Mal, wenn ein Heimspiel der Damenmannschaft stattfand, auf dem Platz waren und auf der Zuschauertribüne saßen«.

Der Baseballplatz hatte Videoüberwachung? Warum wusste Andreas nichts davon? Mussten die das nicht irgendwo bekanntmachen, dass sie ihren Platz filmten? Und dann hoben die ihre Videos noch monate- oder gar jahrelang auf?

»Ja, das stimmt«, lenkte Andreas ein, »aber ich bin nicht der Einzige, der regelmäßig da ist. Es gibt treue Fans, die jedes Mal kommen.«

»Das ist korrekt«, äußerte der Brillenträger, »die Damen aus dem Clubheim haben das bestätigt. Sie sagten aber außerdem aus, dass Sie derjenige sind, der eine halbe Stunde vor Spielbeginn da ist und stets einen Kaffee trinkt, während er die Spielerinnen bei der Vorbereitung auf dem Platz beobachtet.«

»Ja ist das denn verboten?«, fragte Andreas nun etwas aufgebracht und fragte sich im Stillen, durch was er sich noch verdächtig gemacht hatte.

»Nein«, der Bebrillte schüttelte den Kopf und fügte hinzu: »Es war den Damen nur aufgefallen, weil es für Sie wie ein Ritual zu sein schien.«

»Ich kam gerne früh, um mir den besten Platz zu sichern«, meinte Andreas, der sich irgendwie verpflichtet fühlte, sein frühes Dasein zu begründen.

»Genau«, meinte der mit dem Dreitagebart und schmunzelte, »weil auf der Tribüne, auf die mehrere hundert Leute passen, bei einem Damenspiel auch so dermaßen viele Plätze belegt sind«. Jetzt lachte er sogar. »Herr Wunderberg, nicht einmal die Herrenmannschaft, die höherklassig spielt, schafft es, die Tribüne mit Zuschauern zu füllen. Aber es ist ja auch völlig egal, warum Sie so früh kommen, Sie müssen sich nicht rechtfertigen. Wir wollten Sie eigentlich fragen, ob Ihnen vielleicht bei den letzten Spielen etwas aufgefallen ist. Gerade, weil Sie ja jedes Heimspiel gesehen haben, fiel Ihnen vielleicht eine Veränderung an Frau Siederling auf. War sie anders als sonst? Aufgeregter? Nervöser?«

»Nein, nichts dergleichen«, meinte Andreas, und klang dabei fast erleichtert. »Mir ist überhaupt nichts an ihr aufgefallen«, bekräftigte er.

»Werden Sie weiterhin zu den Spielen der Damen gehen?«, wollte der Mann mit der Brille nun wissen.

»Das weiß ich noch nicht«, sagte Andreas ausweichend, »aber wahrscheinlich nicht. Nun ist ja die Beste nicht mehr auf dem Platz, das Niveau werden die Oberrosendorfer Kings and Queens nicht lange halten können, um weiterhin oben mitzumischen, die Konkurrenz ist stark.«

»Das war's auch schon«, meinte der Brillenträger und stand auf: »Haben Sie vielen Dank für Ihre Zeit.«

Andreas brachte die beiden zur Tür und schloss sie hinter ihnen, als sie gegangen waren.

Puh, mit solch einem Besuch hatte er nicht gerechnet. Entgegen seiner Hoffnung, in keinster Weise mit Samantha in Verbindung gebracht zu werden, tauchten nun diese Typen hier auf, weil sie ihn auf Videoaufnahmen identifiziert hatten. Na prima.

Wo fand er sich wohl noch auf Videoaufnahmen wieder, von denen er nichts wusste? Ihm wurde schlagartig heiß und kalt. War etwa auch die Kleingartenanlage videoüberwacht? Andreas wusste nur vom Gelände der Landesgartenschau, dass die angebrachten Kameras reine Attrappen waren, die den Besuchern ein Sicherheitsgefühl vorgaukeln sollten.

Doch die Kleingartenanlage, die am Rande des Geländes lag, gehörte nicht zur Landesgartenschau. Er erinnerte sich vage, dass Peter vor Jahren davon gesprochen hatte, dass es in der Gartenanlage mehrere Einbrüche gegeben hatte, so dass sich die Besitzer überlegt hatten, Videokameras zu installieren, um den Einbrechern Einhalt zu gebieten. Er wusste aber nicht mehr, ob das nur eine Überlegung gewesen oder in die Tat umgesetzt worden war. Er musste das klären. Nicht dass er irgendwo zu sehen war, wie er eine Leiche auf der Schulter spazieren trug. Es wäre ein Alptraum!

Er nahm sein Handy zur Hand und tätigte den nötigen Anruf. Peter meldete sich nach wenigen Klingeltönen.

»Ist alles in Ordnung bei dir?«, wollte er sogleich wissen.

»Ja, alles bestens«, flötete Andreas. »Ich wollte dich nur etwas fragen: Du hattest doch vor Jahren mal davon gesprochen, dass ihr eine Videoanlage einbauen wolltet, um die Kleingartenanlage zu überwachen. Gibt es die inzwischen tatsächlich oder war das nur eine Idee?«

»Warum fragst du, ist irgendwo eingebrochen worden, bei mir etwa?«, rief Peter sofort alarmiert.

»Nein, keinerlei Einbrüche, alles gut«, versuchte Andreas ihn zu beschwichtigen, »es ist nur so eine ganz allgemeine Frage.«

»Allgemeine Frage? Und deshalb rufst du mich an und störst mich im Urlaub? Das glaubst du ja selbst nicht, Andreas, rück raus damit, was ist passiert?«

»In deiner Gefriertruhe liegt die Leiche einer Frau, und ich will wissen, ob ich damit rechnen muss, dass ich beim Transport eben jener auf irgendeine Art und Weise gefilmt wurde«, formulierte Andreas in Gedanken, sagte dann aber laut: »Es geht um eine Überraschung. Mehr kann ich dir nicht verraten«. Auf diese Weise war die dusslige Schnur doch noch für eine Ausrede gut. Schweigen am anderen Ende der Leitung. »Bist du noch da?«, fragte Andreas seinen Freund.

»Ich glaube dir zwar kein Wort, denn ich kenne dich, aber meines Wissens hat man die Idee mit der Videoüberwachung aus Kostengründen wieder verworfen«, war dann aus dem Handy vernehmbar.

»Wie sicher bist du dir?«, hakte Andreas sogleich nach.

»Zu 99 Prozent«, erwiderte Peter und fügte hinzu: »Und wenn ich nächsten Mittwoch nach Hause komme und feststellen sollte, dass irgendwas mit meinem Gartenparadies nicht in Ordnung sein sollte, bringe ich dich um!«. Damit legte er auf.

»Ja, dann kannst du mich ja anstelle von Samantha in deiner Gefriertruhe unterbringen«, fauchte Andreas, doch das hörte Peter natürlich nicht mehr.

Na wunderbar. Nächsten Mittwoch? Das war ja nur noch eine knappe Woche. Er musste sich also wieder überlegen, wohin er dieses Miststück schaffen sollte, das ihm wie eine Klette an den Beinen hing und ihm pausenlos Probleme bereitete.

So ging das nicht weiter mit diesem Leichen-Verwahr-platz-Hopping. Samantha musste unter die Erde. Für immer! Und das innerhalb der nächsten Woche! Er hatte die Schnau-ze voll!

Kapitel 8

Die Frühbesprechung war gerade vorbei, als bei Andreas das Telefon klingelte. Es war der Bürgermeister:

»Herr Wunderberg, was höre ich da, Sie wollen das Projekt Hochseilgarten wieder aufleben lassen? Warum weiß ich nichts davon? Und wo ist der neue Standort?«

Das hatte ihm gerade noch gefehlt. So viel zum Thema Stillschweigen bewahren. War ja klar, dass Weiber nichts für sich behalten konnten. Wahrscheinlich hatte es seine Assistentin der Sekretärin des Bürgermeisters erzählt. Und wer weiß wem noch. Da hätte er es ja gleich in die Zeitung setzen können, wahrscheinlich wären dann weniger Leute informiert gewesen. Nun machte es also die Runde. Und natürlich wollte der Bürgermeister wissen, was Sache war in seiner Stadt und in seinem Prestigeobjekt, der Landesgartenschau. Was tun?

»Wissen Sie, Herr Bürgermeister, das war nur so eine Idee, eine Eintagsfliege sozusagen. Das ist schon wieder im Sande verlaufen. Ich hätte Sie selbstredend darüber informiert, wenn sich daraus etwas Sinnvolles ergeben hätte. Aber so war es leider nur ein Hirngespinst und damit wollte ich Ihre wertvolle Zeit nicht vergeuden.«

Stille am anderen Ende der Leitung.

»Ist das so?«, fragte der Bürgermeister dann skeptisch und schien von Wunderbergs Ausrede nicht ganz überzeugt zu sein.

»Sie wären der Erste gewesen, der davon erfahren hätte, wenn sich da etwas Umsetzbares ergeben hätte«, sog sich Andreas aus den Fingern und bemühte sich um einen untergebenen Tonfall.

»Nun gut, Wunderberg, dann wollen wir es mal dabei belassen. Aber keine Alleingänge dieser Art mehr, hören Sie? Das ist ja peinlich, wenn ich als Stadtoberhaupt solche Informationen von meiner Sekretärin erfahre und nicht andersherum!«

»Da bin ich völlig Ihrer Meinung, Herr Bürgermeister«, bemühte sich Andreas zu beschwichtigen und ihm fiel ein Stein vom Herzen, als der Bürgermeister ihm noch einen angenehmen Tag wünschte und auflegte. Diese Kuh wäre also vom Eis.

Unterdessen fragte sich die Vermieterin von Samantha Siederling, die natürlich von dem geheimnisvollen Verschwinden ihrer Mieterin gelesen hatte und auch schon darauf angesprochen worden war, ob sie sich Sorgen machen müsste. Das wäre ja noch schöner, eine leere Wohnung zu besitzen, ohne einen Cent dafür zu bekommen. Wo war diese Frau nur hin? Sie hatte kein einziges privates Wort mit der jungen Sportlerin gewechselt, als diese das Mietverhältnis unterschrieb.

Sie war angenehm zurückhaltend gewesen, war nie durch laute Musik aufgefallen, und keiner der Nachbarn hatte je Grund gehabt, sich über sie zu beschweren. Sie hatte weder Kind noch Haustier mitgebracht, das Geld war auch immer zum Monatsersten auf dem Konto gewesen.

Was machte sie sich also Sorgen? Sicher hatte Samantha Siederling einen Dauerauftrag eingerichtet, der automatisch für die Zahlung sorgte. Nun war nur die Frage, wie viel Geld auf dem Konto war, von dem die Miete abgebucht wurde. Aber das würde sie ja erleben. Vielleicht hatte sie ja auch Glück und die junge Frau tauchte plötzlich wieder auf. Nicht, dass sie daran glaubte, aber hoffen war ja noch erlaubt, oder?

Coach Damian hatte einen deutlichen Leistungseinbruch in seiner Damenmannschaft wahrgenommen. Seit Samantha fehlte, musste er zugeben, dass auch das Engagement der Damen deutlich zurückgegangen war, das er sonst erlebt hatte. Sie waren schlecht drauf, schienen frustriert zu sein und kamen plötzlich verspätet ins Training. Natürlich, es ging nicht spurlos an ihnen vorbei, dass plötzlich ein Teammitglied fehlte, besser gesagt, das Leittier, das die anderen zu Höchstleistungen anstacheln konnte. Aber warum waren sie jetzt so schlecht drauf?

Eine hatte sogar gleich komplett hingeworfen und war aus der Mannschaft ausgetreten. Dabei hatte Damian immer angenommen, Samantha sei eher unbeliebt. Und jetzt jammerten alle, dass sie weg war?

Gut, Samantha hatte für viele Punkte gesorgt, hatte Talent gehabt. Aber würden sich diese Mädchen ein bisschen mehr anstrengen, wäre jetzt die Chance da, ihm zu beweisen, dass sie ähnlich gut waren wie Samantha. Sie brauchten länger, bis sie begriffen und mehr Übungszeit als Samantha, aber wenn sie sich engagieren und reinhängen würden, ginge das auch ohne sie. Jede war ersetzbar!

Er würde sich mal bei anderen Clubs nach Ersatz umsehen müssen. Wenn keines der Mädchen hier Samantha ersetzen wollte, dann musste eben frisches Blut her. Er hatte da auch schon eine Idee, wen er abwerben würde.

»Sag mal, Andreas«, fragte ihn sein Kollege Mike, »jetzt am Wochenende ist großes Buddeln angesagt. Du weißt doch, das Verlegen der automatischen Bewässerung. Du hattest doch gesagt, dass du eventuell mitmachen könntest. Und der Fußballverein braucht wirklich jede Hand. Na, wie sieht es aus?«

Ach ja, das war ja jetzt am Wochenende, fiel es Andreas wieder ein. Sollte sich da eine unverhoffte Gelegenheit bieten, eine endgültige Lagerstätte für Samantha zu finden?

»Wann genau geht es denn los und was müsste ich denn tun?«, fragte Andreas nach.

»Also wir treffen uns um 6.30 Uhr am Platz und jeder bringt einen Spaten mit. Dann buddeln wir die Rinnen, in die später die automatische Bewässerung verlegt wird. Je mehr Leute mitmachen, desto schneller sind wir. Am Samstag wollen wir alles aufgraben, am Sonntag dann die Rohre verlegen und wieder alles zumachen«.

Andreas starrte vor sich hin und überlegte. Er könnte sich das am Samstag anschauen und mithelfen. In der Nacht könnte er wiederkommen und an einer geschickten Stelle noch einmal nacharbeiten, sprich, das Ganze etwas tiefer graben, Samantha hineinlegen und dann wieder zuschütten. Am nächsten Tag kämen dann die Rohrleitungen drauf und alles würde verschlossen. Ob das ginge? War der Boden dort so weich, dass er ein tiefes Grab ausheben konnte? Andererseits – irgendwo musste sie hin und hier bot sich eine Gelegenheit, die nicht wiederkommen würde.

Noch immer wartete Mike auf seine Antwort.

»Für Speisen und Getränke ist natürlich gesorgt«, meinte Mike rasch, weil er anzunehmen schien, dass Andreas deshalb so lange überlegte.

»Ist gut, Mike, ich bin dabei«, sagte Andreas dann und sein Kollege freute sich sichtlich.

»Super! Du bist echt ein toller Kerl«, meinte Mike dankbar und verließ dann den Raum.

Ja, dachte Andreas im Stillen, ein toller Kerl. Leider hatte das eine gewisse Dame etwas anders gesehen.

Auf dem Polizeiposten tappte man weiterhin im Dunkeln. Aus der Bevölkerung waren auf den Aufruf in der Zeitung hin kaum Hinweise eingegangen und alles war im Sande verlaufen. Samantha Siederling blieb verschwunden. Oder untergetaucht? Wie vom Erdboden verschluckt.

Ihr Trainer hatte sich bei den Beamten gemeldet und angegeben, er vermute ein Verbrechen, denn niemals hätte die aufstrebende Sportlerin freiwillig ein Interview mit der Presse verpasst. Man hatte bei dem Verlag angerufen und gefragt, wann das Interview vereinbart worden war. Die Angaben stimmten mit denen überein, die der Coach gemacht hatte.

Und trotzdem wäre Samantha Siederling nicht die Erste, die sich plötzlich Hals über Kopf in einen Typen verliebte und mit ihm durchbrannte. Von solchen Fällen hörten die Beamten immer wieder. Gut, nicht gerade in Oberrosendorf, aber öfter, als man erwartete und die junge Frau hatte sicher viele Verehrer gehabt, bei ihrem Erfolg und Aussehen.

Oder hatte sie vielleicht Kontakte geknüpft zu einem anderen Buchautor? Gab es noch einen ähnlichen Sportfanatiker, zu dem sie sich hingezogen gefühlt hatte und alles stehen und liegen ließ, nur um ihn zu treffen? Dann würde sie ihrem Freund natürlich nichts davon sagen.

Oder vielleicht ein Baseballer mit dem sie durchgebrannt war? Möglicherweise hatte sie nicht lange gefackelt, sondern die Gelegenheit am Schopfe gepackt und war gegangen.

Vielleicht saß sie jetzt auf den Malediven unter der Sonne mit einem gut aussehenden Typen neben sich, mit dem sie ein neues Leben beginnen wollte und lachte sich ins Fäustchen?

Kapitel 9

Am Samstagmorgen um 6.30 Uhr fand sich Andreas mit einem Spaten ausgerüstet auf dem Gelände des Fußballvereins ein. Er gesellte sich zu den anderen Wartenden vor dem Clubheim. Spieler aus diversen Mannschaften hatten sich versammelt, ebenso wie Eltern jüngerer Spieler.

Die Frauen waren emsig damit beschäftigt, Laugenstangen mit Butter zu bestreichen, Brötchen mit Wurst und Käse zu belegen und alles ansprechend mit Radieschen und sauren Gurken zu verzieren. Im Hintergrund sah Andreas mehrere Kaffeemaschinen, die allesamt gurgelten und blubberten und dabei waren, die duftende braune Flüssigkeit zu produzieren.

Aber zuerst einmal hieß es, zuzupacken.

Schnell stellte sich heraus, dass dies ein richtiger Knochenjob war. Es dauerte nicht lange, da schmerzten Andreas nicht nur die Hände, die trotz der Arbeitshandschuhe schon schwielig geworden waren, auch sein Rücken nahm ihm die ungewohnte Arbeit krumm.

Der Boden war hart und voller Rheinkiesel, was die Arbeit des Aushebens nicht erleichterte. Das würde er hier nicht lange machen können, stellte Andreas fest und beobachtete aus den Augenwinkeln die anderen Männer, die emsig am Arbeiten waren.

Er hatte sich für einen sportlich durchtrainierten Mann in den besten Jahren gehalten, mit guter Ausdauer und ausreichend Kraft. Im Vergleich zu den anderen schien er aber eher kraftlos und untrainiert zu sein.

War das da drüben nicht Samanthas Freund? Der Typ hantierte mit dem Spaten, als würde er Schlagsahne zur Seite schaufeln, er war kein bisschen am Schwitzen und schien keinerlei Mühe bei seinem Tun zu haben.

Andreas hingegen war schweißgebadet und hätte gerne eine Pause eingelegt. Wie sollte er den ganzen Tag auf diese Weise überstehen? Und heute Abend noch eine Nachtschicht einlegen? Das war keine gute Idee gewesen, musste er zugeben. Andererseits – wohin sonst mit Samantha?

»Ich muss mal für kleine Jungs«, meinte er zu dem ihm am nächsten Arbeitenden, der ebenfalls kaum aus der Puste zu sein schien, dafür die 60 schon deutlich überschritten hatte. Warum waren die hier alle so fit?

Andreas verstand die Welt nicht mehr und trollte sich in Richtung Verzehrstation. Die Damen hatten ganze Arbeit geleistet und Berge an Köstlichkeiten aufgeschichtet. Nun gab es auch noch Hefezopf, Muffins und Rosinenschnecken, der Kaffee stand in Thermoskannen bereit.

»Darf man sich da schon bedienen?«, fragte Andreas hoffnungsvoll und die Damen nickten bestätigend:

»Greifen Sie zu, Herr Wunderberg, jetzt haben Sie noch die ganze Auswahl.«

Das ließ er sich nicht zweimal sagen, häufte sich einen Pappteller voll, schenkte sich einen großen Becher Kaffee ein und setzte sich an eine der Biertischgarnituren, die inzwischen ebenfalls aufgebaut worden waren.

Als sein Teller leer war, er zweimal Kaffee nachgegossen und ausgetrunken hatte, ließen sich auch andere aus dem Arbeitstrupp blicken, taten es Andreas gleich und setzten sich ebenfalls mit vollen Tellern an die Tische.

Da es nicht aufzufallen schien, dass Andreas da schon länger saß, blieb er einfach sitzen, holte sich eine weitere Tasse Kaffee, nahm sich noch eine Rosinenschnecke, die er in den Kaffee tunken konnte und wartete, dass die Zeit verstrich.

Irgendwann tauchte auch sein Arbeitskollege Mike auf, füllte sich einen Teller voll und setzte sich zu Andreas. Auch er wirkte keinesfalls erschöpft, im Gegenteil, er wirkte so, als sei er gerade erst auf Betriebstemperatur.

»Macht Spaß, oder?«, meinte er zu Andreas gewandt und fuhr dann fort: »Und gemeinsam in der großen Gruppe geht es ja auch flott voran. Ich habe dich gar nicht gesehen, wo bist du im Einsatz?«

»Ach, irgendwo da drüben«, entgegnete Andreas und deutete in eine unbestimmte Richtung. »Du, es tut mir ja wirklich leid«, fuhr Andreas mit tiefem Bedauern in der Stimme fort, »aber ich habe eine Nachricht bekommen, dass irgendwas auf dem Gartenschaugelände nicht stimmt. Ich muss also leider weg.«

»Du Armer, bist auch immer im Einsatz«, meinte Mike und sah Andreas an, als hätte ihn ein übles Los getroffen. »Vielleicht hast du ja Glück und kannst nachher nochmal wiederkommen«, schlug er seinem Chef vor, der nur nickte, grüßend die Hand hob und heilfroh war, der Schinderei entkommen zu sein.

Er musste sich schonen. Am besten legte er sich für den Rest des Tages aufs Sofa, so dass er am Abend fit sein würde, wenn er zurückkehren und noch tiefer graben musste.

Andreas hatte den ganzen Nachmittag gefaulenzt. Nach der Knochenarbeit hatte er erst einmal heiß geduscht, die Blasen an seinen Händen versorgt und sich selbst bedauert. Zum

Abendessen hatte er sich eine Pizza liefern lassen, die er nun zu einer eiskalten Cola genoss, während er vor dem Fernseher saß und die Sportschau sah.

Sein Handy klingelte und Andreas fragte sich, ob er es einfach ignorieren sollte, doch auf dem Display war zu sehen, dass der Anrufer Peter war. Er wollte doch hoffentlich nicht früher zurückkommen? Oh bitte nicht! Andreas nahm das Gespräch an und bemühte sich um einen entspannten Tonfall:

»Hallo Peter, wie geht's? Was macht der Urlaub?«

»Genau deswegen rufe ich an«, entgegnete Peter. »Ich habe hier Probleme und meine Rückreise verzögert sich auf unbestimmte Zeit.«

»Oh!«, entfuhr es Andreas und er musste aufpassen, nicht überglücklich zu klingen. »Das ist ja schlimm, was ist denn passiert?«, hakte er daher nach.

»Ach weißt du, ich bin hier zwar im Urlaub, aber ich helfe meinem Kumpel, der vor sieben Jahren nach Kroatien ausgewandert ist, ein bisschen bei der Feldarbeit.«

Das war typisch für Peter, er konnte einfach die Finger nicht vom Grünzeug lassen.

»Und jetzt hat sich mein Kumpel bei Mäharbeiten verletzt. Ich kann nicht einfach abreisen, er hat niemanden, der seine Arbeit für ihn machen würde.«

»Ist es schlimm?«, fragte Andreas ernsthaft besorgt.

»Er liegt im Krankenhaus, die Ärzte hoffen, dass sie sein Bein retten können«, berichtete Peter und klang sehr betroffen.

Was für ein feiner Kerl, dachte Andreas bei sich. Peter hatte vor rund fünf Jahren seine florierende Metzgerei verkauft und genoss seither das Nichtstun – und die Pflanzenwelt. Warum man als Pflanzenliebhaber ausgerechnet Metzger von Beruf wurde, hatte Andreas niemals nachvollziehen können, aber das war ja nun egal. Peter hatte durch den Verkauf der Metzgerei ordentlich Geld verdient. Dass er nun ohne lange zu überlegen anpackte, wo er gebraucht wurde, sprach für ihn. Und Andreas war die Sorge um das Vergraben Samanthas erst einmal wieder los.

»Was meinst du denn, wie lange du bleiben musst, sind das eher Tage, Wochen oder Monate?«, fragte Andreas nach und hoffte, Peter käme nicht zu früh zurück.

»Schwer zu sagen, aber ich vermute mal, dass es eher Monate als Wochen sind. Ist das ein Problem für dich? Wenn dir das Gartenstück zur Last fällt kann ich auch jemanden von den anderen Parzellenbesitzern fragen, ob sie einspringen könnten.«

»Nein, so war das nicht gemeint!«, beteuerte Andreas sofort. »Ich habe mir eher überlegt, ob ich dann auch mal in den Genuss deines Gartengemüses komme, das ich ja derzeit so fleißig gieße«, erwiderte er beschwichtigend.

»Klar, nutze den Garten wie du willst, und iss alles, das reif ist«, lautete Peters Antwort. »Ich melde mich, sobald hier was absehbar ist. Und danke, dass du so problemlos einspringst, du hast echt was gut bei mir!«, meinte Peter abschließend und verabschiedete sich.

Nach diesem Anruf schmeckte Andreas die Pizza umso besser. Er würde erst einmal durchatmen und in Ruhe nachdenken dürfen, wo er die Leiche dauerhaft unterbringen konnte. Was für ein Glück!

Der Abend war gerettet. Auf diese freudige Nachricht musste er gleich mit sich selbst anstoßen. Er öffnete eine Flasche Bier, reckte sie in die Luft und rief laut »Prost!« und trank.

Beim nächsten Besuch in Peters Gartenstück würde er die Schnur wieder abnehmen und bis zum Abtransport Samanthas irgendwo verwahren. Der Frühsommer konnte kommen!

Kapitel 10

Es war ein Sonntag Anfang Juni.

Coach Damian saß zu Hause vor dem Laptop und sah sich die Videoaufzeichnung des Spiels an, das an diesem Nachmittag gegen die Softballdamen aus Köln stattgefunden hatte. Es war ein sehr knappes, spannendes Spiel gewesen, aus dem sie als Sieger hervorgegangen waren. Dieser Erfolg war unter anderem ihrer neuen Galionsfigur zu verdanken: Annegret Kurtwanger.

Er hatte sie den Mochwarderer Softballerinnen abspenstig machen können, die sowieso kurz vor der Auflösung standen. Annegret wohnte in Bad Lauserwing, also genau zwischen Mochwarder und Oberrosendorf, für sie war es egal, ob sie zum Training Richtung Norden oder Süden fuhr. Meist kam sie sowieso direkt von der Arbeit ins Training. Da sie im Süden, in Bad Mauenhau, als Masseurin in einer Reha-Klinik arbeitete, lag der Oberrosendorfer Baseballpark sogar auf ihrem Heimweg und der Wechsel war insofern eine äußerst gute Idee gewesen.

Damian war froh, dass er auf dieses Talent aufmerksam geworden war. Und sie verkörperte genau das Gegenteil von Samantha. Annegret war brünett, hatte glattes Haar, eine Stupsnase und grüne Augen, war knochig, hatte einen harten Zug um den Mund und war zarte 24 Jahre jung.

Aber vor allem war sie ein umgänglicher Mensch. Sie hatte gleich beim ersten Training Kontakte zu ihren Mitspielerinnen geknüpft und nach dem ersten Spiel hatte sie alle zum Pizzaessen ins Clubheim eingeladen. Annegret war außerdem ähnlich talentiert wie Samantha, das hatte Damian gleich erkannt. Man musste ihr nur die Gelegenheit geben, sich zu beweisen. Ein Rohdiamant, der noch geschliffen werden wollte, dann wäre sie ähnlich gefährlich wie ihre Vorgängerin.

Auf dem Video war deutlich zu sehen, was für ein Multitalent in dieser jungen Frau schlummerte. Sie schlug die Bälle in alle Richtungen ins Outfield, pflückte die gegnerischen Bälle gekonnt vom Himmel und warf sie zielsicher zu ihren Mitspielerinnen.

Damians Blick wurde von den Spielerinnen weg, auf die Zuschauer gelenkt, weil dort irgendwer in einem neon-orange-farbenen Oberteil saß, was ihm fast in den Augen schmerzte. Immer wieder war dieser Farbklecks im Hintergrund zu sehen. In diesem Zusammenhang fiel dem Trainer auf, dass dieser Typ fehlte, dieser Fan, der früher immer direkt unterhalb der Kabine des Stadionsprechers gesessen hatte. Seit Samantha verschwunden war, fehlte auch er. Gut, rund ein Drittel der Zuschauer fehlte, seitdem der blonde Engel wie vom Erdboden verschluckt war, aber dieser Fan hatte mit solcher Konstanz dort gesessen, dass es einfach auffällig gewesen war.

Damian stoppte die Videowiedergabe und suchte nach früheren Aufzeichnungen. Er fand das letzte Spiel, bei dem Samantha auf dem Platz gestanden hatte und drückte auf Wiedergabe.

Nach einigem Suchen fand er ihn. Da saß er. Jeans, rote Jacke (was hatten die Fans nur alle mit diesen grellen Farben?), dunkelbraune Schuhe. Sein Blick war auf das Dugout der

Heimmannschaft gerichtet. Daneben machte sich gerade Samantha bereit, denn sie war als Nächste dran. Auf dem Video war zu sehen, wie sie ans Base trat, um ihren Schlag auszuführen, den Schläger hob und auf den Ball wartete. Sie traf gleich beim ersten Versuch und schlug den Ball an eine Stelle im Outfield, wo keine der gegnerischen Damen stand. Samantha rannte übers Spielfeld bis aufs dritte Base.

Ob dieser Zuschauer etwas mit ihrem Verschwinden zu tun hatte? Aber das war Unsinn. Er kannte das Gesicht aus der Zeitung. Das war der Typ, der auf jedem Foto zu sehen war, bei dem es um die Landesgartenschau ging. Er hatte bei der Eröffnungszeremonie neben dem Bürgermeister gestanden und im Vorfeld Führungen über das Gartenschaugelände angeboten, als dieses noch nicht fertiggestellt war. Erst kürzlich war er wieder auf einem Foto zu sehen gewesen, als man den soundsovielten Besucher auf der Gartenschau hatte begrüßen dürfen.

Damian konnte sich nicht erinnern, der wievielte Besucher da gefeiert wurde. Der Tausendste? Damian hatte es nicht so mit Zahlen, außer, es ging dabei um Baseball. Er wusste nur, dass dieser Wunderling (hieß er nicht so?) und irgendeine dralle Frau, die wohl besagte soundsovielte Besucherin gewesen war, mit einer Drei-Liter-Magnumflasche Landesgartenschausekt in die Kamera gestrahlt hatten. Er wusste auch noch, dass dieser Typ eine zeitlang selbst Baseball gespielt hatte.

Susanne hatte ihm das erzählt, die Trainerin der Freizeitmannschaft. Sie hatte sich damals köstlich amüsiert über diesen Burschen, der so völlig talentfrei daherkam und den Schläger in die Hand genommen hatte, als halte er ein Brett. Er hatte Probleme beim Werfen und Fangen gehabt, seine Schläge waren kläglich und landeten immer direkt beim dritten Base, wo sie jedes Mal aus der Luft gefangen wurden.

Beim Rennen von Base zu Base war er langsam gewesen wie eine Schnecke und eigentlich war er für die Mannschaft eher hinderlich als förderlich gewesen. Er hatte das zum Glück selbst erkannt und war nach wenigen Monaten wieder verschwunden. Als Aktivmitglied zumindest.

Als Zuschauer der Damenmannschaft hatte er dem Verein die Treue gehalten. Und er war spendabel gewesen, daran erinnerte sich Damian auch noch. Susanne hatte erzählt, dass er nach dem Training oft eine Runde Radler ausgab oder versuchte, die Mannschaft zu einem gemeinsamen Ausflug zu überreden. So war man während seiner Mitgliedschaft gemeinsam ins Freibad gegangen, hatte sich im Eiscafé an der Festwiese getroffen, hatte Grillpartys gefeiert, ja sogar eine private Führung über das im Bau befindliche Landesgartenschaugelände hatte dieser Möchtegern-Baseballer damals extra für die Freizeitmannschaft organisiert. Und hatte er nicht sogar den Trikotsatz für die Freizeitmannschaft gesponsert? Von daher hatte sich Susanne mit einem lachenden und einem weinenden Auge von ihm verabschiedet.

Andi hatte er geheißen, jetzt fiel es Damian wieder ein. Und als Andi wieder weg war, hatte es auch schlagartig keine Aktionen mehr über den Spielfeldrand hinaus gegeben. Susanne hatte selbst versucht, die Gruppe für gemeinsame Unternehmungen zu begeistern, das war ihr aber nicht gelungen. Und derzeit dümpelte das Team so vor sich hin, hatte keinen richtigen Elan, nahm höchstens an zwei Turnieren im Jahr teil und die wurden auch mehr schlecht als recht gespielt.

Damian erinnerte sich, dass kurz vor Samanthas Verschwinden eine Anfrage von Susanne gekommen war, ob er nicht zwei seiner Spielerinnen für ein Turnier ausleihen könne, um die Freizeitmannschaft zu unterstützen. Denn in dem geschlechtergemischten Team waren bei Turnieren drei Frauen auf dem Spielfeld Pflicht. Kurzfristig hatten zwei der Freizeit-Spielerinnen ihre Teilnahme wieder abgesagt, so dass akuter Frauenmangel geherrscht hatte. Aber das war nicht sein Problem. Damian gab keine seiner Spielerinnen für so einen Nonsens her. Freizeitmannschaft – pah! Überalterte Möchtegern-Sportler, das traf es wohl eher! Dafür hätte er nicht einmal seine schlechtesten Spielerinnen opfern wollen!

Damian griff zum Handy und rief Susanne an. Er wollte sie wegen dieses Andis befragen.

Susanne schnitt eine Grimasse und beendete das Gespräch. Dieser Schnösel Damian hatte ihr gerade seine hirnrissige Idee unterbreitet, Andi Wunderberg könnte mit dem Verschwinden von Super-Samantha zu tun haben. Ja, klar. Und eine Kuh kann Schlittschuh laufen. Dachte der eigentlich nach, bevor er den Mund aufmachte?

Ob sie sich vorstellen könne, dass dieser Andi sie entführt habe. Er denke darüber nach, seinen Verdacht der Polizei zu melden. Viel Spaß dabei! Die würden ihn auslachen! Damian hatte als „Beweis" angeführt, dass Andi bei jedem Heimspiel gewesen und seit Samanthas Verschwinden nicht mehr erschienen war. So wie viele andere auch.

Sie selbst hatte früher auch gerne zugesehen, wenn die Damen spielten. Inzwischen verzichtete sie auch darauf, wobei das nichts mit Samanthas Verschwinden zu tun hatte, sondern mit der arroganten Art, mit der Damian sie und das Freizeitteam behandelte. Sie hatte ganz freundlich bei ihm angefragt, ob er zwei Spielerinnen hätte, die in der Freizeitmannschaft bei einem Turnier aushelfen könnten. Und was hatte er ihr geantwortet? »Träum weiter, Süße, auf so ein Niveau lässt sich keine meiner Spielerinnen herab!«. Herablassen? Solch ein Niveau? Bitte sehr, wenn er ihre Freizeitmannschaft als niveaulose Ansammlung von Untalentierten betiteln wollte – nur zu.

Sie sah das anders. Es handelte sich um Baseballinteressierte, die aufgrund von Familie, Alter und anderen Hobbys nicht drei- bis viermal die Woche trainieren und jedes Wochenende hunderte von Kilometern auf der Autobahn verbringen wollten.

Aber seit dieser „Aussprache" war es ihrerseits auch vorbei mit Kuchen- und Salatspenden für die Punktspiele der Softballerinnen. Sollten die niveauvollen Sportlerinnen doch selbst in die Küche stehen und für die Verpflegung ihrer Fans sorgen. Wenn der Südamerikaner überheblich sein wollte, sie konnte das auch! Und mit seiner Schnapsidee einer Entführung brauchte er bei ihr nicht anzuklopfen. Sie hatte Andi sofort in Schutz genommen. Er war ein lausiger Spieler gewesen, aber ein klasse Kumpel, zuverlässig und loyal. Sie würde der Polizei gegenüber Stein und Bein schwören, dass Andi der falsche Typ für eine Entführung wäre, darauf konnte sich Damian verlassen.

Andreas Wunderberg stand an diesem Sonntagabend vor dem Spiegel und kontrollierte sein Aussehen. Es war 18.30 Uhr und in einer halben Stunde hatte er seinen großen Auftritt. Gemeinsam mit dem Bürgermeister würde er um 19 Uhr Gastgeber eines feierlichen Abendessens an den Rheinkolonnaden sein, zu dem man den 300-tausendsten Besucher der Landesgartenschau nebst Gattin eingeladen hatte.

Ein Drittel der rund sechsmonatigen Laufzeit war bereits vorbei. Eine Million Besucher hatte man sich gewünscht, ob das einzuhalten sein würde stand in den Sternen. Das Wetter war bisher wirklich gut gewesen, aber würde es anhalten?

Gut, Oberrosendorf war schon immer touristisch gewesen, jedoch war die Stadt eher überschaubar von der Größe und lockte bisher fast ausschließlich Tagestouristen aus der Region. Andreas konnte sich gut vorstellen, dass Urlauber auf der Durchfahrt einen Zwischenstopp in Oberrosendorf einlegten und sich die Gartenschau als willkommene Unterbrechung gönnten, bevor sie weiterreisten. Doch diese Sommertouristen würden wahrscheinlich erst im Juli und August kommen, wenn Hauptferienzeit war.

Der 300-tausendste Besucher, der heute Morgen mit einem Konfettiregen beim Betreten der Gartenschau begrüßt worden war, war sehr überrascht gewesen, dass man ihn und seine Frau für den Abend in den „Fliegenden Fisch" eingeladen hatte, ein Restaurant an den Rheinkolonnaden, das ganz frisch servierte, was tagsüber aus dem Rhein geangelt wurde. Da die Besucher aus der Nähe stammten, war die Rückfahrt nicht zu lange, so dass sich das Besucherpaar gerne auf das Abendessen eingelassen hatte.

Wahrscheinlich war er nun völlig overdressed, überlegte Andreas, der einen flaschengrünen Anzug mit passender Krawatte und weißem Hemd trug. Die Schuhe hatte er eben noch geputzt. Der Bürgermeister, so wusste er, trug am liebsten ein legeres Outfit, ohne irgend etwas Einengendes um den Hals. Er brauchte dies alles auch nicht, er sah einfach immer – ganz egal was er trug – ausgesprochen gut aus. Warum nur hatte dieser Mensch so viel Glück? Er sah nicht nur umwerfend gut aus, er war auch noch charmant, traf immer den richtigen Ton und nahm jede Frau für sich ein. Kein Wunder, dass er bei den Bürgermeisterwahlen 80 Prozent der Stimmen auf sich vereinen konnte. Krapox war einfach der ideale Bürgermeister schlechthin! Andreas befürchtete wieder einmal, das fünfte Rad am Wagen zu sein und nicht zur Unterhaltung beitragen zu können, während sich die anderen wahrscheinlich bestens amüsieren würden. Er besaß leider nicht das Talent, mit Fremden sofort ein geeignetes Gesprächsthema zu finden. Er druckste eher herum. Und Small Talk? Das war nicht so sehr sein Ding.

Ein letzter prüfender Blick, dann machte sich Andreas auf den Weg.

Er fuhr wie immer mit dem Fahrrad bis zum Eingang des Schaugeländes, dort wechselte er auf einen Elektro-Scooter, mit dem er bequem über das Gelände bis zum Restaurant rollen konnte. Diese Art der Dienstfahrzeuge liebte Andreas, sie waren nicht so sperrig wie ein Fahrrad, verlangten einem keinerlei Anstrengung ab, konnten platzsparend abgestellt werden und brachten einen schnell ans Ziel. Unterwegs kam er am Rosengarten vorbei, der derzeit in voller Blüte stand. Andreas sah Gäste, die sich vor den üppig blühenden Rosenbüschen fotografieren ließen, andere schnupperten ganz vorsichtig an der Blütenpracht und wieder andere fotografierten die Königin aller Blumen mit Stativ.

Er traf mehr als pünktlich ein und hatte auch noch genügend Zeit, sich noch einmal die Hände zu waschen und mit dem Kamm durch die Haare zu fahren, bevor er Bürgermeister und Gäste begrüßte.

Überraschenderweise trug auch das Stadtoberhaupt einen Anzug. Er war ganz in weiß gekleidet und erinnerte Andreas irgendwie an einen Bräutigam, da er anstelle einer Krawatte ein Einstecktuch in der Brusttasche und eine rote Blüte in einem der Knopflöcher seines pinkfarbenen Hemdes auf Brusthöhe mittig trug. Andreas hätte sich niemals an eine solche Farbkombination gewagt, jedoch brachte das Pink des Hemdes Krapoxs gebräunte Haut wunderbar zur Geltung.

Wieder einmal kam sich Andreas neben dem Stadtoberhaupt grau und langweilig vor. Er musste außerdem zugeben, modisch nicht auf dem neuesten Stand zu sein. Er hatte sich an das gehalten, was man ihm schon als Konfirmand beigebracht hatte: Anzug, Krawatte, weißes Hemd, blankpolierte Schuhe.

Die Gattin des Bürgermeisters war mit derselben roten Blüte verziert, sie trug diese jedoch seitlich über dem Ohr, wo sie im kunstvoll aufgetürmten Haar steckte und perfekt mit dem dunkelbraunen Haar harmonierte. Sie trug ein beigefarbenes Sommerkleid, das ihr hervorragend stand und ihrer Figur schmeichelte. Sie war 10 Jahre jünger als ihr Gatte, doch dadurch, dass er jünger wirkte, fiel das überhaupt nicht auf. Sie harmonierten als Team. Und wenn er manchmal zu sehr zum Flirten neigte, glich Frau Krapox das durch ihre bodenständige, deutsche Art wieder aus.

Das Touristenpaar war so gekleidet, wie man es von Tagestouristen erwartete: praktisch und frühsommerlich.

Auf die fünf Personen wartete ein Tisch auf der Sonnenterrasse des Restaurants. Andreas überlegte bei dessen Anblick, ob er tatsächlich fälschlicherweise auf einer Hochzeit gelandet war, denn das Besteck für mindestens vier Gänge, die vielen Gläser für verschiedene Getränke und die steifen Servietten, die auf einer dunkelvioletten Tischdecke drapiert worden waren, passten nicht wirklich zu diesem luftig leichten Frühsommer-Anlass.

Wenigstens biss sich die Farbe seines Anzugs nicht mit der der Tischdecke, überlegte Andreas, während er das Glas Champagner entgegennahm, das ihm gereicht wurde. Bei den roten Blumen des Bürgermeisters und dessen Frau war er sich da nicht so sicher.

Während des Abendessens, das tatsächlich aus vier Gängen bestand und bei dem jeder Gang noch köstlicher als der zuvor genossene zu sein schien, fiel Andreas' Blick immer wieder auf den Nebentisch, an dem fünf junge Damen im Alter zwischen Mitte und Ende Zwanzig Platz genommen hatten und sich lebhaft unterhielten. Ihm kamen die Gesichter vage bekannt vor. Waren das Teammitglieder von Samantha? Nun bedauerte er, dass er sich ausschließlich auf sie fokussiert hatte, denn die jungen Damen waren allesamt auch nicht unattraktiv. Gut, sie sahen nicht so durchtrainiert aus wie Samantha, außerdem besaß keine eine blonde Lockenmähne, aber die eine bestach durch ein freundliches Lachen, eine andere hatte wunderschöne weiße Zähne und eine Dritte besaß Ohrringe, die sehr ausgefallen waren.

Eine der Frauen schien ebenfalls auf ihn aufmerksam geworden zu sein, denn wann immer Andreas hinüberblickte, wandte sie ebenfalls den Kopf in seine Richtung. Er versuchte zwar, schnell wegzuschauen, doch einmal war er zu spät und sie nutzte die Gelegenheit, ihm ein freundliches Lächeln zu schenken. Ansonsten wirkte sie auf Andreas eher männlich mit ihrem kantigen Körperbau und dem hohen Haaransatz, der ihr die langen braunen Haare aus dem Gesicht hielt.

Das Essen mit Bürgermeister und Gästen verlief entspannt, die Temperaturen wurden immer angenehmer, das Essen war vorzüglich und das Bier kalt.

Während Andreas in seinem Espresso rührte, wandte sich plötzlich der Bürgermeister an ihn:

»Sagen Sie, Herr Wunderberg, die Frau da drüben, am Nebentisch, ist das nicht das neue Sternchen der Oberrosendorfer Kings and Queens?«

Andreas war es unangenehm, auf die Damenrunde angesprochen zu werden. Hatte der Rathauschef bemerkt, dass er ständig zu ihnen hinübersah? Er hatte versucht, in seinem Gedächtnis zu kramen, ob er die Gesichter irgendwelchen Namen zuordnen konnte, aber Fehlanzeige. Ein neues Sternchen der Softballerinnen? Daher kam ihm die Braunhaarige also bekannt vor. Natürlich, er hatte in der örtlichen Zeitung über sie gelesen. Sie war als neue Spielerin von den Mochwarderern gekommen und der Coach hoffte nun, sie würde in Samanthas Fußstapfen treten. Nun, hoffentlich stolperte sie nicht.

»Ich weiß es ehrlich gesagt nicht«, gab Andreas zu, »aber Sie könnten durchaus recht haben. Ich verfolge den Baseballsport in letzter Zeit nicht mehr so, wie auch schon, muss ich zugeben. Mich hat das Verschwinden der Team-Leaderin sehr erschüttert.«

»Wie uns alle«, nickte Bürgermeister Krapox wissend. »Ist doch auch zu komisch, dass die sich einfach so aus dem Staub gemacht hat, finden Sie nicht? So etwas tut man doch nicht, das eigene Team einfach im Stich lassen!«

Andreas überlegte, wie das Stadtoberhaupt zu dieser Argumentation kam, beließ es aber dabei, da er in diesem Moment aus den Augenwinkeln sah, dass sich die junge braunhaarige Frau von ihrem Stuhl erhoben hatte und zu ihnen herüberkam.

»Entschuldigung, wenn ich Sie einfach so anspreche«, hörte er sie sagen, »ich kenne Ihre Gesichter aus der Zeitung und dachte, ich stelle mich kurz vor. Mein Name ist Annegret Kurtwanger und ich spiele seit kurzer Zeit im Oberrosendorfer Kings and Queens-Damenteam. Ich würde mich sehr freuen, wenn ich den Herrn Bürgermeister mit Gattin sowie Sie, den Herrn Geschäftsführer, einmal bei einem unserer Spiele auf dem Baseballplatz begrüßen dürfte.«

»Ja, wenn Sie uns so nett einladen, dann kommen wir gerne beim nächsten Heimspiel vorbei, nicht wahr, Herr Wunderberg?«

Andreas traute seinen Ohren kaum. Der Bürgermeister wollte zu einem Spiel der Softballerinnen? Ja kannte er denn die komplizierten Regeln? Und seine Frau Gemahlin?

Diese blickte ihren Gatten auch völlig überrascht an. Persönliche Einladungen auf den Sportplatz waren ihr scheinbar ebenfalls neu.

»Äh, ja, natürlich«, stotterte Andreas, als er merkte, dass der Rathauschef ihn erwartungsvoll anblickte.

»Wie schön, ich freue mich«, flötete in diesem Moment die Sportlerin. »Dann erwarte ich Sie nächsten Sonntag um 13 Uhr im Baseballpark«, meinte sie lächelnd, winkte ihnen noch einmal zu und begab sich zu ihren Sportler-Kolleginnen, die sich inzwischen von ihren Stühlen erhoben hatten und nur auf Annegret gewartet hatten, um zu gehen.

Kapitel 11

In der neuen Woche stand auf der Landesgartenschau ein Fest an. Es war die Eröffnung des Schmetterlingshauses. Es war ganz in der Nähe des Rosengartens aufgebaut worden und sah einem Gewächshaus zum Verwechseln ähnlich. Eigentlich war es ja auch nichts anderes, außer, dass darin ein paar sehr zerbrechlich aussehende Insekten die Hauptattraktion darstellten.

Das Schmetterlingshaus hatte von Anfang an für Probleme gesorgt, daher hatte sich die Eröffnung verzögert. Das wusste kaum jemand, der Presse hatte man weiß gemacht, die Falter, die allesamt aus Schmetterlingsfarmen in den Herkunftsländern der Tiere stammten, seien vorher nicht in ausreichender Menge lieferbar gewesen. Tatsache war, dass die empfindlichen Tiere nur wenige Tage nach ihrem Einzug ins Schmetterlingshaus nicht mehr lebten. Man hatte die Biologin entlassen, die eigens für die Hege und Pflege der Schmetterlingshausbewohner eingestellt worden war, und eine neue eingestellt, in der Hoffnung, sie würde den Fehler finden.

Natürlich hatte man neue Schmetterlingslarven bestellen müssen. Die neue Fachfrau hatte zudem festgestellt, dass sich einige der Pflanzen im Schmetterlingshaus negativ auf deren Wohlbefinden auswirkten und es zu wenig Futterpflanzen gab. Und die Luftfeuchtigkeit hatte auch nicht gestimmt.

Nun herrschten in dem gläsernen Bau tropische 90 Prozent Luftfeuchtigkeit und die Temperaturen lagen zwischen 25 und 30 Grad, so dass jeder Besucher ordentlich ins Schwitzen kam.

In der Mitte des Schmetterlingshauses war auf Anraten der Spezialistin ein großer Teich angelegt worden, in dem sich sündteure Kois befanden. Kurz hatte Andreas darüber nachgedacht, Samanthas Leichnam während der Baumaßnahmen irgendwie im Untergrund des Teichs zu entsorgen, aber dann hatte er befürchtet, dass das Wasser kippen könnte und man der Ursache auf den Grund gehen würde, so dass ihm die Gefahr des Auffliegens zu groß erschienen war. Daher blieb sie lieber, wo sie war, nämlich in der Kühltruhe in der Kleingartenanlage. Solange Peter nicht plötzlich ankündigte, zurückzukehren, ruhte sie dort gut. Und nach einer baldigen Rückkehr sah es nicht aus, denn Peter hatte ihm per Whatsapp verraten, er habe eine sehr attraktive Frau kennengelernt und das Foto, das er angehängt hatte, sah vielversprechend aus, denn es zeigte eine sympathische Frau in Peters Alter. Oh la la. Ob er wohl daran dachte, dort zu bleiben?

Die feierliche Einweihung des Schmetterlingshauses fand um 14 Uhr am Mittwoch statt. In seinem Büro tauschte Andreas die bequeme abgeschnittene Jeans und das T-Shirt gegen einen Anzug. Dieses Mal ein türkisfarbener mit weißem Kurzarmhemd, zu dem er sich eine zitronengelbe Krawatte um den Hals band.

So gestylt machte er sich frühzeitig auf den Weg, um zu überprüfen, ob seine Assistentin alle Vorbereitungen nach seinen Vorgaben erfüllt hatte.

Der Bürgermeister rechnete mit einem großen Ansturm auf die Feierlichkeit, schließlich war das Wetter weiterhin frühsommerlich warm und sonnig und es gab im Anschluss an die Reden einen Sektempfang mit Häppchen.

Erfahrungsgemäß überzeugten kostenlose Getränke und kleine Leckereien die Leute eher davon, einer Einweihungsparty beizuwohnen, als langweilige Reden.

Als Andreas auf seinem Elektroroller über das Gartenschaugelände rollte, sah er aufmerksam in die Runde. Die Blumen blühten in bunten Farben, die üppigen, sattgrünen Rasenflächen luden zum Verweilen unter wunderbar großen alten Bäumen im Schatten ein. Alle Klappstühle waren besetzt, was ihn verwunderte, da er selbst sie als unbequem empfand, aber wenn man nicht länger als eine halbe Stunde darauf saß, mochte es erträglich sein. Der Rosengarten war auch dieses Mal dicht bevölkert und über die Hecke blickend konnte er erkennen, dass auch im japanischen Garten zahlreiche Besucher unterwegs waren. Andreas sah auf der Liegewiese Eis essende Kinder herumspringen, entdeckte Erwachsene, die vor bunten Beeten ein Selfie machten, und auf einer der Bänke schlief sogar jemand. Die Besucher schienen allesamt zufrieden, das war die Hauptsache.

Vor dem Schmetterlingshaus, dessen Türe symbolisch mit einem roten Band verschlossen worden war, standen an die 10 Stehtische, chic hergerichtet mit eleganten weißen Hussen, darauf standen kleine bunte Blumensträuße in Vasen. Der Sekt stand in Kühlern bereit, und Andreas hoffte nur, er würde für alle reichen. Die Canapés sollte ein Cateringbetrieb kurz vor 14.30 Uhr auf der Rückseite des Gebäudes anliefern. Soweit passte alles.

Kurz vor 14 Uhr nahm die Menschenmenge deutlich zu und es gab fast schon ein Gedränge vor dem Schmetterlingshaus. Pünktlich eröffnete Andreas Wunderberg die kleine Feier mit einer Rede, die er im Vorfeld mindestens zehnmal umgeschrieben hatte, weil sie ihm nicht gefiel:

»Meine sehr geehrten Damen und Herren, liebe Besucher der Landesgartenschau, ...«, Andreas hielt verdutzt inne, da ihm aus der zweiten Reihe jemand zuwinkte. Eine Frau. Er sah genauer hin. Das war diese Annegret So-und-so aus dem Softballteam. Warum winkte sie ihm so vehement?

»Herr Wunderberg, alles in Ordnung?«, raunte ihm der Bürgermeister zu.

Erst da fiel Andreas auf, dass er nicht weitergesprochen hatte und ihn alle erwartungsvoll ansahen. Schnell fuhr er mit seiner Rede fort. Er lobte den Einfallsreichtum der neuen Biologin und meinte, das Schmetterlingshaus sei ein weiteres Highlight der Landesgartenschau, hole es doch rund ums Jahr ein Stück Tropenlandschaft und Sommergefühl nach Oberrosendorf und auch in den nächsten Jahren locke es sicherlich viele Touristen an.

Danach leitete er an den Bürgermeister über, dessen Rede ebenfalls voll des Lobes für die Idee zu dieser Attraktion war. Und selbst die Landrätin war gekommen und sagte ein paar Worte, bevor schließlich die Bürgermeister der Nachbarkommunen noch Grußworte überbrachten.

Andreas hatte sich nach seiner Rede etwas an die Seite gestellt und wieder in die Menge geblickt, um nach dieser Sportlerin namens Annegret zu suchen. Da war sie. Sie schien alleine zu sein, ohne andere Spielerinnen. War denn die Eröffnung eines Schmetterlingshauses für eine so junge Frau interessant? War sie vielleicht zufällig in der Nähe gewesen und hatte sich von den Menschenmassen hierher treiben lassen? Wenn er sich umsah, drückte diese Annegret den Altersdurchschnitt massiv nach unten, die sonstigen Gäste entsprangen eher dem Mittel- und dem Rentenalter.

Höflicher Applaus erklang, dann bekam Andreas den Ellenbogen des Bürgermeisters in die Rippen gerammt.

»Wunderberg, was ist denn heute los mit Ihnen, schlafen Sie mit offenen Augen?«, zischte das Stadtoberhaupt ihm zu.

»Nein, ich hatte mir eingebildet, Motsi Mabuse unter den Zuschauern gesehen zu haben«, log Andreas aufs Geratewohl.

»Mopsi wen bitte?«, fragte der Bürgermeister argwöhnisch.

Aha, Bürgermeister Krapox gehörte also nicht zu den regelmäßigen Zuschauern von „Let's Dance", sonst hätte ihm der Name etwas gesagt.

»Eine Jurorin und begnadete Tänzerin – ein Promi eben«, erklärte Andreas und blickte sich suchend um: »Wo sind denn die Scheren?«

Es war geradezu eng, als sich alle vermeintlich wichtigen Personen in der Tür des gläsernen Baus nebeneinander aufstellten, jeder mit einer Schere bewaffnet.

»Und lächeln bitte«, rief einer der Journalisten, bevor das Blitzlichtgewitter begann und Andreas seine liebe Not hatte, mit diesem stumpfen Ding seinen Teil des Bandes durchzuschneiden. Dann war es endlich geschafft, die ersten Besucher drängelten an ihm vorbei ins Innere und Andreas ging schleunigst aus dem Weg.

»Hallo, da sind Sie ja«, hörte er plötzlich eine weibliche Stimme neben sich. Er wandte sich um und vor ihm stand diese Sportlerin.

»Ach, hallo«, begrüßte Andreas sie und streckte ihr die Hand hin. Er musste dringend googeln, wie diese Frau mit Nachnamen hieß, er konnte sie ja schlecht mit dem Vornamen ansprechen. Der war ihm auch nur deshalb im Gedächtnis geblieben, weil er ihn so unglaublich altmodisch fand. Irgendeine entfernte Tante von ihm hieß so. Der Name klang in seinen Ohren völlig verstaubt und erinnerte ihn an muffige Altbauten mit schlechter Luft, milchigen Scheiben und knarrendem Parkett.

»Erinnern Sie sich an mich?«, fragte die junge Frau nun und strahlte ihn völlig offen an.

»Natürlich, Sie sind die neue große Hoffnung der Oberrosendorfer Kings and Queens«, entgegnete Andreas höflich und versuchte ein Lächeln.

»Sie meinen, ich bin der Ersatz für die verschwundene Diva«, entgegnete die Sportlerin schon nur noch halb so fröhlich.

»Werden Sie nicht offiziell als solche gehandelt?«, fragte Andreas interessiert nach.

»Gehandelt? Bin ich denn eine Kartoffel, die einfach den Besitzer wechselt?«, fragte die junge Frau nun sichtlich aufgebracht.

»So meine ich das nicht«, wiegelte Andreas ab, dem die Entwicklung dieses Gesprächs unangenehm wurde. »Was machen Sie denn heute hier?«, fragte er deshalb, in der Hoffnung, sie könnten das Thema wechseln.

»Feiern, wie alle anderen auch«, gab die junge Frau zurück.

»Aber sie drücken den Altersdurchschnitt enorm nach unten. Die anderen Gäste sind zum Großteil kurz vor dem Rentenalter«, gab Andreas zu bedenken und zeigte mit einem Arm ausladend in die Runde.

»Ich habe meinen freien Nachmittag, da dachte ich, ich schau mir das mal an«, erklärte Annegret ihre Anwesenheit.

»Hat eine junge Frau wie Sie nichts Besseres zu tun, als sich auf einer Gartenschau langweilige Reden anzuhören?«, fragte Andreas nun doch erstaunt nach.

»Ich hatte gehofft, dass sie nicht langweilig werden würden«, entgegnete die Sportlerin, »vor allem, nachdem Sie zu den Rednern gehörten.«

Oha! Was wollte sie ihm denn damit sagen?

»Und, ist Ihre Erwartung meinerseits erfüllt worden?«, fragte er nach, wobei er sichtlich uninteressiert tat.

»Ich glaube, ich habe Sie durch meine Anwesenheit etwas aus dem Konzept gebracht, kann das sein?«, fragte sie ihrerseits, ohne seine Frage zu beantworten. Sie hatte ein herausforderndes Blitzen in den Augen und lächelte ihn an.

»Da haben Sie recht«, stimmte Andreas ihr ebenfalls lächelnd zu »Sie haben mich völlig irritiert.«

»Warum eigentlich?«, hakte sie nach.

Andreas zuckte mit den Schultern: »Ich habe nicht erwartet, dass mir jemand aus dem Publikum zuwinkt. Ehrlich gesagt hatte ich nicht einmal damit gerechnet, überhaupt irgend jemanden hier zu treffen, den ich kenne. Daher musste ich erst einmal überlegen, ob mit dem Winken tatsächlich ich gemeint war.«

»War Ihnen das unangenehm?«, bohrte Annegret weiter.

Eine gute Frage, dachte Andreas. Was sollte er darauf antworten? Er musste erst einmal darüber nachdenken. Daher war er froh, dass seine Assistentin genau in diesem Moment aus der Menschenmenge auf ihn zutrat und ihm ins Ohr raunte:»Der Bürgermeister sucht nach dir. Er ist drinnen am Koi-Teich. Irgendwas scheint da nicht zu stimmen.«

Ein Problem, gleich am ersten Tag der Eröffnung? Auch das noch.

»Entschuldige mich bitte, ich muss mich mal um meine Arbeit kümmern«, meinte er zu Annegret und folgte seiner Assistentin, die ungeduldig vor ihm herlief. Hatte er diese Sportlerin nun aus Versehen geduzt? Wie kam er dazu?

Als Andreas am Koi-Teich ankam, sah er den Bürgermeister vornüber gebeugt dastehen, ins Gespräch vertieft mit der Biologin, die der Stadt diese sündteuren Fische aufgeschwatzt hatte.

»Es gibt ein Problem?«, fragte Andreas und stellte sich neben die Biologin.

»Irgend ein Gast muss ein Stück Lachs von den Canapés in den Teich geworfen haben, das ein Koi dann irrtümlicherweise gefressen hat«, erklärte ihm die Fachfrau.

»Und das ist schlimm?«, fragte Andreas nach, denn keiner der teuren Teichbewohner schien tot an der Oberfläche zu treiben oder sonst den Anschein zu erwecken, es ginge ihm nicht gut.

»Kois sind doch keine Kannibalen!«, ereiferte sich die Biologin.

Ach so. Ein Fisch frisst Teile eines anderen Fischs. Gut, das gehörte sich nicht. Aber wo genau war nun das Problem?

»Geht er deshalb ein?«, fragte Andreas daher nach.

»Ich hoffe nicht«, meinte die andere, als sich der Bürgermeister einmischte:

»Herr Wunderberg, das ist eindeutig ein Verschulden Ihrerseits. Es fehlt eine abgeschrägte Brüstung zur Teichmitte hin und Hinweisschilder, dass das Füttern der Tiere verboten ist.«

»Vielleicht hat jemand nur nach einer Möglichkeit gesucht, den Lachs heimlich zu entsorgen, weil er ihm nicht geschmeckt hat, oder weil er verdorben war«, mutmaßte Andreas aufs Geratewohl. Musste hinter jedem Ereignis gleich eine böse Absicht stecken? Vielleicht war dem Esser auch einfach ein Brocken des Brotbelags ins Wasser gefallen, als er abbiss? Er konnte sich nur zu gut erinnern, wie schlecht sich geräucherter Lachs als Brotbelag abbeißen ließ. Ständig verrutschte er oder man hatte gleich ein Riesenstück im Mund, während der Rest der Baguettescheibe dann ohne Belag war.

»Sie wollen doch wohl nicht behaupten, dass unser Caterer verdorbenen Lachs verwendet hat?«, empörte sich das Stadtoberhaupt.

»Um Himmels Willen, nein«, ruderte Andreas zurück, »es war nur ein Erklärungsversuch!«

»Aber ein ganz schlechter!«, entgegnete der Rathauschef immer noch verärgert. »Und nun lenken Sie nicht von Ihren Fehlern ab, Wunderberg, rüsten Sie lieber den Teich nach!«, wies er Andreas an.

Klar, nun war Andreas also schuld. Wer auch sonst? Das Architekturbüro, das auf das Erstellen solcher Glashäuser spezialisiert war und den Entwurf geliefert hatte, hatte den Vorschlag zu dieser Art Becken gemacht: mit gläsernen Seitenwänden, die Otto Normalverbraucher bis zur Hüfte reichten, so dass auch kleine Kinder gut von jeder Seite hineinschauen konnten. Und der Bürgermeister war bei dessen Vorstellung in der Gemeinderatssitzung hellauf begeistert gewesen, da auf diese Weise auch Kindern möglich war, die Fische zu beobachten, ohne selbst ins Wasser zu stürzen. Und wenn er dazu jetzt irgendein Obendrauf-Konstrukt haben wollte, das verhindern sollte, dass jemand etwas hineinwarf, dann hätte er vielleicht lieber ein Aquarium aufgestellt, das von allen Seiten geschlossen war.

»Wie wäre es denn mit einem Elektrozaun oben entlang?«, fragte Andreas das Stadtoberhaupt und meinte das natürlich nicht ernst.

Der Bürgermeister jedoch schien ernsthaft darüber nachzudenken.

»Sie meinen, das ginge? Prüfen Sie das mal. Auf jeden Fall brauchen wir Verbotsschilder!«

Und die sollten helfen?

»Auf Deutsch, Französisch, Englisch und Türkisch, oder soll noch etwas anderes mit drauf?«, witzelte Andreas weiter, was der Bürgermeister jedoch nicht zu merken schien.

»Ich dachte, Ihre Firma führt eine Statistik, aus welchem Kulturkreis unsere Besucher kommen? Müssten Sie das darüber nicht prüfen können?«, fragte sein Gegenüber nun schon wieder aufgebracht.

»Natürlich, das kann ich gerne herausfinden«, meinte Andreas und hakte die Sache damit ab. Solange die Fische nicht Kiel oben schwammen, würde er hier gar nichts unternehmen. Die Biologin sollte die Tiere einfach im Auge behalten.

Und nun musste er dringend an die frische Luft. Das tropische Klima hatte dafür gesorgt, dass er klitschnass geschwitzt war. Aber als Gastgeber konnte er sich ja schlecht in kurze Hosen und T-Shirt kleiden. Warum der Bürgermeister noch immer aussah, wie aus dem Ei gepellt, war ihm ein Rätsel.

Als Andreas wieder vor das Glashaus trat, sah er, dass Annegret noch immer dort stand. Sie hatte sich an einem der Stehtische mit zwei Gläsern Sekt in Position gebracht und ließ die Eingangstüre nicht aus den Augen. Als sie ihn kommen sah, lächelte sie und winkte ihn zu sich.

»Sie haben doch hoffentlich nicht auf mich gewartet?«, fragte Andreas und erahnte die Antwort schon.

»Doch, und etwas zu trinken habe ich uns auch organisiert«, entgegnete die junge Frau. »Ich dachte, wir stoßen auf das Du an«, sagte sie, reichte ihm eines der Gläser und sah ihn erwartungsvoll an.

»Oh, das ist mir vorhin so rausgerutscht«, wollte sich Andreas entschuldigen, doch sie winkte ab.

»Kein Problem, ich mag die Siezerei sowieso nicht. Und beim Sport ist man doch sowieso beim Du. Ich bin die Annegret.«

»Andreas«, sagte Andreas und sie stießen an. Das war zwar so nicht geplant, schließlich war er noch immer geschäftlich unterwegs, andererseits gehörte es zu seinem Job, die Gäste bei Laune zu halten. Und auf dem Sportplatz siezte sich sowieso keiner, da hatte sie völlig recht. Würde er am

Sonntag zum Spiel gehen, hätten sie das spätestens dort erledigt.

Plötzlich trat der Bürgermeister zu ihnen an den Tisch: »Ah, Herr Wunderberg, Sie stehen hier in bester Gesellschaft«, flötete er und lächelte Annegret erfreut an. Diese lächelte genauso erfreut zurück.

»Waren Sie schon im Inneren und haben die Schmetterlinge bewundert?«, fragte das Stadtoberhaupt die junge Frau.

»Nein, das hole ich lieber nach, wenn nicht so ein Gedränge herrscht wie heute«, entgegnete Annegret.

»Wie wär's, Herr Wunderberg, zeigen sie Frau Kurtwanger doch einmal das Schmetterlingshaus in einer Privatführung. Sie waren doch an der Planung beteiligt und kennen sich aus«, schlug der Rathauschef vor und klopfte Andreas dabei auf die Schulter.

Wie kam er nur auf so eine Idee?

»Das wäre fantastisch«, jubelte Annegret und klatschte dabei in die Hände wie ein kleines Kind.

»Dafür wird sich sicherlich ein Termin finden lassen«, meint Andreas ausweichend und wechselte dann zum Thema Sport über:

»Kommt Ihre Gattin denn am Sonntag mit zum Softballspiel der Queens, Herr Krapox?«

»Nein, sie hat irgendwelche Verpflichtungen bei ihrem Frauenverein«, meinte der Bürgermeister stirnrunzelnd und blickte sich dabei suchend um. »Wo gibt es denn hier den Sektnachschub?«, fragte er mehr sich selbst.

»Ich hole die Flasche von drinnen, warten Sie einen Moment«, meinte Annegret und war auch schon im Inneren des Glashauses verschwunden.

»Sind Sie zufrieden mit der Eröffnungsfeier?«, fragte Andreas, um die Zeit zu überbrücken.

Der Bürgermeister nickte: »Gut organisiert, Wunderberg! Schade, dass die Landrätin gleich wieder gehen musste, ich hätte sie gerne noch auf ein Wort gesprochen. Aber immerhin hat sie sich sehen lassen, das macht sich immer gut auf dem Pressefoto«, antwortete der Befragte.

Motsi Mabuse hätte sich auch gut gemacht auf dem Pressefoto, dachte Andreas und musste ein breites Grinsen unterdrücken.

In diesem Moment kam Annegret mit einer frisch geöffneten Flasche Sekt und einem dritten Glas aus dem Glashaus, schenkte ihnen allen ein und erhob ihr Glas: »Auf eine erfolgreiche Saison!«, schlug sie vor und die beiden Männer stießen mit ihr an.

»Beim Baseball oder auf der Landesgartenschau?«, hakte Andreas nach.

»Beides!«, meinte sie schelmisch kichernd und trank.

»Ja, Frau Kurtwanger, wir hoffen natürlich, dass Sie viele Gäste zu Ihren Spielen locken, die dann im Anschluss alle noch auf die Landesgartenschau kommen«, meinte der Bürgermeister ernst.

»Wenn es einen Rabatt gibt für diejenigen Besucher, die ein Baseballspiel besuchen, dann wäre das sicher machbar!«, entgegnete Annegret und fügte hinzu: »Dann profitieren beide Seiten!«

»Denken Sie doch mal über ein Konzept diesbezüglich nach, Herr Wunderberg, und geben Sie mir dann Bescheid«, schlug der Bürgermeister vor und blickte auf seine Uhr. »Schon so spät?«, rief er dann aus und stellte sein halbvolles Glas auf den Stehtisch. »Tut mir leid, aber ich muss jetzt gehen. Wichtige Termine warten auf mich!«, sagte er und reichte Annegret die Hand zum Abschied: »Hat mich gefreut, Sie wiederzusehen, Frau Kurtwanger, es war hoffentlich nicht das letzte Mal!«

»Bestimmt nicht, Sie wissen ja, wo Sie mich an den Wochenenden finden können«, erwiderte Annegret lächelnd.

Als der Bürgermeister gegangen war, griff sie zur Sektflasche: »Noch ein Glas?«, fragte sie Andreas auffordernd.

Der nickte. »Gerne, danke. Wie lange spielst du eigentlich schon Baseball?«, fragte er dann.

»Softball«, korrigierte sie ihn und grinste. »Schon lange. In der Schule fand ich Ballspiele schon immer besser als Turnen oder Tanzen. Ich habe auch lieber mit Jungs gespielt als mit Mädchen. In der Grundschule hab ich dann mit Baseball angefangen, als einziges Mädchen übrigens. Als ich alt genug war, wechselte ich ins Softballteam.«

Das passte, dachte sich Andreas, der nach wie vor der Meinung war, dass Annegret sehr männlich wirkte mit ihren kantigen Wangenknochen und ihrem mageren Körperbau, der nichts Weibliches zu haben schien. Ihm gefiel das überhaupt nicht. Und diese Haare. Sie war überhaupt nicht sein Typ. Die Sorte Frau, die er als weiblich und hübsch ansah, lag in einem improvisierten Leichensack in einer Kühltruhe seines Kumpels. Und er sollte sich dringend mal um eine endgültige Grabstätte kümmern, anstatt diese Tatsache zu verdrängen und die Suche danach immer wieder vor sich herzuschieben!

»Bleibt es bei Sonntag, du kommst zum Spiel?«, wurde Andreas plötzlich aus seinen Gedanken gerissen.

»Ja, klar«, nickte er und Annegret schien zufrieden und verabschiedete sich kurz darauf.

Zufrieden mit sich selbst saß Andreas an diesem Abend auf seiner Terrasse und hatte die Füße hochgelegt. Für Samanthas Verschwinden schien sich keiner mehr zu interessieren. Sie war durch Annegret ersetzt worden, damit war der Fisch geputzt.

Die Presse berichtete längst über anderes, vor allem über die Gartenschau, die tatsächlich die Lizenz zum Gelddrucken bedeutete. Die Idee Annegrets, Baseballfans einen Rabatt einzurichten, war gar nicht so schlecht, schließlich kamen aus ganz Deutschland Spieler mitsamt Anhang und Fans nach Oberrosendorf gereist, die man dann noch auf die Landesgartenschau locken konnte. Für die anderen Sportvereine wäre das ebenso umsetzbar, schließlich waren die meisten Oberrosendorfer Sportvereine in höheren Ligen angesiedelt und daher reisten bei Spielen und Wettkämpfen auch Sportler aus anderen Regionen Deutschlands an. Jeder einzelne Besucher zählte, auch wenn er nur kurz mit dem Abendticket vorbeischaute.

Andreas erhoffte sich auch steigende Besucherzahlen vom Hawaii-Spektakel, das traditionell im Juli auf der Festwiese stattfand sowie vom Sommer-Musik-Festival. Und dann das Jubiläum des Rudervereins. Er feierte in diesem Jahr fünfzigjähriges Vereinsjubiläum und hatte sich dafür einige Events zu Lande und zu Wasser ausgedacht. Von all diesen Veranstaltungen konnte die Landesgartenschau nur profitieren.

Kapitel 12

Am Sonntag war Andreas zweigeteilter Stimmung.

Einerseits freute er sich, wieder einmal auf den Baseball-platz zu gehen und das Spiel der Damenmannschaft zu sehen, denn es erinnerte ihn an die Zeiten vor jenem dramatischen Abend, der ihn aus seiner Traumwelt gerissen hatte.

Andererseits hatte er keine Lust auf die Gesellschaft des Bürgermeisters, der in ihm stets Minderwertigkeitskomplexe auszulösen schien. Und Annegret zujubeln? Auch wenn er sich in diesem Sport selbst einmal probiert hatte – er würde sich nicht wirklich als Baseballfan bezeichnen. Softballfan, korrigierte er sich in Gedanken.

Der Reiz dieser Sportart hatte an Samantha gelegen, das war nun einmal so. Wäre er beim Bowling auf Samantha aufmerksam geworden, dann hätte er wahrscheinlich regelmäßig angefangen, auf die Bowlingbahn zu gehen. Oder zum Frauenfußball. Oder zum Tennis, zu Leichtathletikwettkämpfen, zu was auch immer. Ganz egal, Hauptsache, er hätte diese Frau beobachten können. Annegret war eher der Typ zum Abgewöhnen. Aber er hatte zugesagt, also half alles nichts.

Er zog eine dünne Sommerhose und ein frisches T-Shirt an, kämmte seine Haare nach hinten und setzte die Basecap auf, die ihn als Fan der Oberrosendorfer Kings and Queens kennzeichnete und die er sich hatte kaufen müssen, als er selbst Teil der Freizeitmannschaft gewesen war. Dann schwang er sich auf sein Fahrrad und radelte gemütlich in Richtung Baseballplatz.

Am Platz angekommen, stellte er sein Rad hinter dem Clubheim ab und ging hinein. Erstaunlicherweise wurde er mit großem Hallo von den Frauen empfangen, die hinter der Theke standen und für das Catering zuständig waren.

Bei den Spielen der Frauenmannschaft gab es lange nicht die Auswahl, wie man sie bei Spielen der Herren hatte. Spielten die Herren der Schöpfung, wurde frisch gegrillt und es gab eine Salatauswahl, die jedes Restaurant der Umgebung dagegen einfallslos aussehen ließ. Bei Spielen der Damen konnte man lediglich zwischen Erbseneintopf und aufgewärmter Wurst mit einer Scheibe Brot wählen, was Andreas beides nicht mochte. Gut, Salat und Kuchen gab es natürlich auch, aber nicht in der Vielfalt, wie sie bei Herrenspielen geboten wurde. Daher bestellte er sich eine Cola und beließ es dabei. Sein früheres Ritual mit der Tasse Kaffee wollte er bei Annegret nicht wieder aufnehmen.

Andreas wollte gerade wieder zur Tür hinaus und sich einen Platz auf der Tribüne suchen, als sein Dienst-Handy klingelte. Auch das noch! Es musste einen Zwischenfall auf der Landesgartenschau gegeben haben, sonst würde ihn keiner seiner Mitarbeiter am Sonntag belästigen, das war klar.

Er starrte auf die Nummer im Display, die ihm überhaupt nichts sagte und meldete sich skeptisch. Doch es war keiner seiner Mitarbeiter, es war das Stadtoberhaupt, das vermeldete, es könne dem Spiel der Damenmannschaft leider nicht beiwohnen, da ihm ein Wasserrohrbruch dazwischenkam.

Schon viel besser gelaunt drückte Andreas auf die Auflegen-Taste. Ein Wasserrohrbruch? Das war auf jeden Fall die übelste Art, einen Sonntagnachmittag zu verbringen! Der Bürgermeister tat ihm aufrichtig leid, hatte er sich doch sicherlich auf die Sportveranstaltung gefreut, so interessiert, wie er an den ortsansässigen Vereinen war.

Vielleicht würden die nächsten Stunden doch nicht so übel werden, wie Andreas befürchtet hatte. Er müsste niemandem die Baseballregeln erklären, die er selbst nur rudimentär beherrschte und würde gehen können, falls es ihm zu langweilig wurde.

Fast schon gut gelaunt steuerte Andreas die Tribüne an, als er plötzlich jemanden seinen Namen rufen hörte. Er drehte sich um und sah Susanne auf sich zukommen, seine ehemalige Trainerin. Sie strahlte ihn an und ehe er sich versah, hatte sie ihn schon umarmt und auf beide Wangen geküsst.

»Andi! Wie schön, dich wieder mal zu sehen! Geht es dir gut?«, wurde er überschwänglich begrüßt.

»Danke, ja, alles gut bei mir«, antwortete Andreas etwas überrascht von so viel Herzlichkeit. »Und selbst? Was macht die Freizeitmannschaft? Seid ihr viel auf Turnieren in der Region unterwegs?«, fragte er zurück.

»Ach, es plätschert so vor sich hin«, entgegnete die Trainerin mit einer wegwerfenden Handbewegung und fügte seufzend hinzu: »Seit du nicht mehr da bist ist irgendwie der Gruppenzusammenhalt nicht mehr derselbe. Ich schreibe in die Whatsappgruppe und kein Mensch antwortet. Ich frage, wer zu welchem Turnier Zeit hat und dass es dringend ist, und trotzdem fühlt sich keiner der Spieler verpflichtet, mir zeitnah eine Antwort zu geben. Das ist so mühsam! Und es war so schön, als wir so viel unternommen haben, als du noch Teil der Mannschaft warst! Ich verstehe gar nicht, warum das nicht mehr funktioniert. Das ist doch kein Team, das ist eine Anhäufung von Egomanen! Und richtig reinhängen beim Training tut sich auch keiner. Es wird unentschuldigt gefehlt und wenn ich dann sage, dass ich nur die Spieler, die regelmäßig ins Training kommen, beim Turnier einsetze, wird gemault«. Susanne redete sich richtig in Rage: »Ich habe schon darüber nachgedacht, einfach hinzuschmeißen. Vielleicht fällt ihnen dann auf, dass ihnen was fehlt? Ich glaube kaum, dass sich ein anderer Trainer findet. Wer denn auch? Wer wäre denn qualifiziert?«

Andreas wusste vom Hörensagen, dass Susanne früher selbst einmal in der Frauenmannschaft gespielt hatte und aufgrund der Familienplanung aus dem Ligabetrieb ausgestiegen war. Nachdem ihr Nachwuchs dann aus dem Gröbsten raus war, war sie als Trainerin der Freizeitmannschaft eingestiegen, die damals nur noch dem Namen nach Bestand hatte, da sich zum Training nie mehr als fünf Personen einfanden. An eine Turnierteilnahme war damals nicht zu denken gewesen. Doch Susanne hatte es geschafft, die Mannschaft neu aufzubauen, hatte viele Leute angesprochen und dadurch neue Spieler gewinnen können, die meist selbst Eltern von Baseball spielenden Kindern oder Jugendlichen waren. Dass sie unzufrieden war mit dem jetzigen Zustand, wunderte Andreas nicht. Er konnte es ebenfalls nicht ausstehen, wenn er auf Äußerungen und Anfragen, die er in Whatsappgruppen schrieb, keine Resonanz bekam.

»Wie viele Spieler hast du denn derzeit in der Mannschaft?«, fragte er nach, um die Situation zu analysieren.

»Es reicht gerade so, um eine Turniermannschaft zusammen zu bekommen«, meinte Susanne schulterzuckend, »aber dann müssen eben auch wirklich alle an einem Strang ziehen, zusagen und auch erscheinen. Das hatten wir nämlich auch schon, dass alle zusagten und nachher fehlten mir doch drei Spieler. So etwas ist dermaßen lästig!«

Andreas nickte: »Wie wäre es, wenn du erst dann wieder zum Turnier fährst, wenn du mehr Spieler in der Mannschaft hast? Also wenn du einfach mal eine Saison aussetzt? Das erspart dir eine Nervenkrise und dem Verein die Kosten für

Startgebühren«. Eine völlig logische Konsequenz, wenn man Andreas fragte, aber Susanne schien nicht logisch denken zu wollen.

»Aber wofür trainieren wir dann? Wir wollen doch zeigen, was wir können!«, entgegnete sie aufgebracht.

»Scheinbar ja nicht, so wie du das schilderst«, meinte Andreas und sah dabei demonstrativ auf die Uhr. Susanne war beratungsresistent, er verplemperte hier nur seine Zeit. Doch das schien ihr egal zu sein.

»Möchtest du nicht wieder bei uns einsteigen und mitspielen?«, fragte sie hoffnungsvoll.

»Nein, Susanne, das geht nicht. Ich habe mit der Landesgartenschau keinen geregelten Feierabend und du wirst nicht abstreiten wollen, dass ich völlig talentfrei bin«, entgegnete er kopfschüttelnd.

Susanne wollte gerade mit der Aufzählung von Gegenargumenten beginnen, als sie jäh von Annegret unterbrochen wurde, die unbemerkt hinzugetreten war:

»Hi, schön, dass du da bist! Wo ist denn der Bürgermeister?«, fragte Annegret an Andreas gewandt. Susanne lächelte sie nur kurz zu, bevor sie sich wieder Andreas zuwandte.

»Der hat vor ein paar Minuten telefonisch abgesagt wegen eines Wasserrohrbruchs«, erläuterte Andreas und war froh über die Unterbrechung.

Susanne, die sich nun völlig vor den Kopf gestoßen fühlte, drehte sich auf dem Fuße um und ging. Annegret blickte ihr etwas irritiert hinterher.

»Habe ich euch bei irgendwas Wichtigem gestört?«, fragte sie schuldbewusst.

»Höchstens beim Lamentieren über die Zustände in der Freizeitmannschaft«, antwortete Andreas schulterzuckend.

»Läuft es nicht gut dort?«

»Scheinbar fehlt wohl der richtige Zusammenhalt.«

»Oh, das ist schade! Ein Team muss an einem Strang ziehen, sonst ist an Gewinnen nicht zu denken!«

»Vielleicht solltest du ins Freizeitteam wechseln und das denen mal vermitteln?«, schlug Andreas scherzhaft vor.

»Darüber denke ich frühestens nach, wenn ich älter oder bei den Softballerinnen nur noch frustriert bin!«

»Das geht manchmal schneller, als man denkt!«

»Worauf spielst du an?«, fragte Annegret verwundert.

»Auf nichts Bestimmtes. Ich dachte nur, dass sich die Begebenheiten doch manchmal über Nacht ändern, ohne, dass man es hätte vorausahnen können.«

»Stimmt. Aber ich hoffe mal, dass mir noch einige Jahre in der Frauenmannschaft vergönnt sind!«

»Das wünsche ich dir natürlich auch! War auch nur so ein Gedanke.«

»Treffen wir uns nach dem Spiel und essen was zusammen?«, fragte Annegret Andreas hoffnungsvoll.

»Hier? Ich weiß nicht so recht. Das Angebot ist so gar nicht nach meinem Geschmack, auch wenn es die Kasse des Vereins füllt«, entgegnete Andreas, der eigentlich keine Lust hatte, sich verpflichtet zu fühlen, bis zum Spielende zu bleiben. Vielmehr hatte er vor, irgendwann zu verschwinden und es sich auf seiner heimischen Terrasse gemütlich zu machen.

»Wir können auch woanders hingehen«, schlug Annegret in diesem Moment vor, »im Fliegenden Fisch war es doch nett, wollen wir nachher dort gemeinsam hingehen?«

»Du, das ist eher ungeschickt, ich muss nachher noch etwas für die morgige Besprechung vorbereiten. Wir verschieben das, okay?«, versuchte Andreas sie abzuwimmeln.

Annegret schien enttäuscht zu sein. »Wie du meinst«, meinte sie, »dann mach ich mich mal fertig fürs Spiel«. Damit verschwand sie in Richtung Kabinen und Andreas nahm ganz bewusst einen anderen Sitzplatz ein, als er es getan hätte, hätte Samantha gespielt.

Annegret hatte tatsächlich gut gespielt, musste Andreas zugeben, als er auf seiner Terrasse in einem Liegestuhl lag und die abendliche Sonne genoss. Neben ihm auf dem niedrigen Terrassentisch stand ein Bier und in seinen Händen hielt er einen Krimi von Agatha Christie, jedoch schweiften seine Gedanken beim Lesen ständig ab.

Die Mannschaft hatte knapp aber verdient gewonnen, wozu Annegret auf jeden Fall mit ihrem Homerun beigetragen hatte. Trotzdem passte sie nicht auf dieses Spielfeld, in diese Mannschaft. Das war Samanthas Platz gewesen, und alleine von der Optik her konnte Annegret dort keinen Blumentopf gewinnen, Samantha nicht ersetzen.

Irgendwie war es ein verlorener Nachmittag für Andreas gewesen, er hätte währenddessen auch auf Peters Grundstück das Unkraut jäten oder sich endlich mal Gedanken machen können, wo er Samantha endgültig loswerden würde. Er beschloss, sich zukünftig keine Spiele der Softballerinnen mehr anzusehen und las den letzten Absatz seines Buches erneut.

Agatha Christies Hauptfigur, Hercule Poirot, war in Höchstform. Allein durch Nachdenken löste er seine Fälle. Könnte Andreas das nur auch, durch Nachdenken zu einer Lösung für das Samantha-Problem kommen. Doch in seinem Kopf herrschte nur Leere.

Kapitel 13

Am nächsten Morgen war Andreas wie gewohnt um kurz vor 8 Uhr an seinem Arbeitsplatz. Während sein Computer noch am Hochfahren war, ließ er sich einen Kaffee aus der Maschine, fügte flüssige Sahne hinzu und rührte noch einen Löffel Rohrohrzucker unter. Das war ein Kaffee nach seinem Geschmack. Schon zu Hause hatte er sich die erste Tasse gegönnt, nun suchte er einfach einen Grund, den Arbeitsbeginn hinauszuzögern. Und was gab es da Besseres, als noch eine Tasse Kaffee?

Als das Telefon klingelte hatte Andreas gerade an seinem Schreibtisch Platz genommen. Das Display zeigte, dass der Anrufer der Bürgermeister war. Was wollte denn der Rathauschef um diese Zeit von ihm? Normalerweise ging das Stadtoberhaupt um diese Zeit gemeinsam mit seiner Sekretärin alle Termine des Tages durch, wobei er keine Unterbrechungen duldete.

»Herr Wunderberg«, rief der Bürgermeister ganz aufgeregt, »es wurde eine Bombe gefunden!«

Von was redete der Bürgermeister da?

»Eine Bombe?«, wiederholte Andreas fragend.

»Ja, eine Bombe. Um die 500 Kilo schwer. Stellen Sie sich das vor! Ausgerechnet jetzt!«. Der Bürgermeister wollte sich gar nicht mehr beruhigen.

»Ja wo denn überhaupt?«, fragte Andreas nun ungeduldig.

»Sagte ich das nicht? Bei Bauarbeiten. Das Hotel Rheinblick hebt derzeit eine Grube aus für einen Swimmingpool. Und dabei stieß man auf die Bombe. Es sei eine Fliegerbombe aus dem Zweiten Weltkrieg, hieß es. Der Kampfmittelräumdienst ist informiert. Die wollen sich mit Ihnen kurzschließen, wann die Entschärfung stattfindet. Ausgerechnet jetzt, Wunderberg, während der Landesgartenschau. Wir müssen dafür mindestens einen Tag lang dichtmachen, wenn die entschärft wird. Was uns das an Gästen kostet!«

»Muss das denn sofort sein? Oder kann man das noch um ein paar Tage verschieben?«, wollte Andreas wissen.

»Es ist wohl planbar. Aber sprechen Sie mal mit den Zuständigen, Wunderberg, und legen Sie den Termin so, dass die Verluste für uns möglichst gering sind!«, ermahnte ihn der Bürgermeister, dann legte er auf.

Na toll. So etwas musste ja mal passieren. Das ganze Landesgartenschaugelände war während der letzten vier Jahre Zentimeter für Zentimeter untersucht worden auf etwaige übrig gebliebene Kampfmittel. Das extra für die Landesgartenschau gebaute Hotel Rheinblick lag aber außerhalb des Geländes, am äußersten Zipfel des Industriegebiets. Dort hatte man den Boden natürlich nur an der Stelle vorsorglich auf Kampfmittel untersucht, wo das Hotel stehen sollte und nun hatten sie die Bescherung. Das Gartenareal, in dem derzeit der Pool ausgebaggert wurde, lag zwar daneben, war anfangs aber gar nicht zur Diskussion gestanden. Warum man sich im Nachhinein zu dessen Erwerb und zur Garten- und Poolgestaltung hatte hinreißen lassen, war Andreas nicht klar. Er hätte es für sinnvoller erachtet, vor Beginn der Landesgartenschau alles fertig zu haben, und wäre nie auf den Gedanken gekommen, während der Veranstaltung die Gäste mit Baulärm zu verärgern.

Andreas rief die Wettervorhersage für die nächsten Tage auf. Für Donnerstag und Freitag war Regen gemeldet. Das wären ideale Tage für eine Entschärfung und die dazugehörige Evakuierung. Doch nun wollte er erst einmal auf den Anruf des Zuständigen warten.

Der erfolgte eine Stunde später. Die Entschärfung sei tatsächlich planbar, hieß es, der Donnerstag passe gut. Jedoch müssten alle Menschen im Umkreis von 500 Metern evakuiert werden. Man könne gleich morgens um 8 Uhr beginnen, dann sei man zur Mittagszeit fertig und ab diesem Zeitpunkt dürfe man wieder auf die Straße.

Andreas wollte wissen, welche Teile der Gartenschau in diesen 500-Meter-Radius fielen. Vielleicht reichte es ja, Teile der Gartenschau zu sperren, anstatt das ganze Areal abzuriegeln. Wobei das Hotel eigentlich nur durch eine Straße von dem Schaugelände getrennt war, somit musste ein Großteil des Gartenschaugeländes von der Sperrung betroffen sein. Der Fachmann versprach, ihm eine Landkarte mit dem eingezeichneten Radius im Anschluss an das Telefonat per Mail zu schicken. Und eigentlich hatte er vorgeschlagen, die Evakuierung und Entschärfung am Sonntag durchzuführen, da an diesem Tag die Firmen nicht arbeiteten. Aber dem konnte Andreas nicht zustimmen. Für Sonntag war gutes Wetter vorhergesagt, außerdem waren die Sonntage die besucherstärksten Tage, selbst bei Regen. Der Verlust wäre an diesem Tag also deutlich größer, als an einem verregneten Donnerstag. Somit machte er den Termin fest und verwies bezüglich der Organisation der Evakuierungsaktion wieder an die Stadtverwaltung.

Kurz darauf kam tatsächlich die Landkarte, auf der der Evakuierungsradius ersichtlich war. Und der Großteil der Landesgartenschau lag wie vermutet darin. Die komplette Kleingartenanlage, ja sogar Teile des Stadtgartens am Weibelsee waren innerhalb des Radius, hingegen waren Wohngebiete nicht betroffen. Es würde also reichen, Anwohner im Industriegebiet und dort Arbeitende zu evakuieren. Wahrscheinlich wäre es sinnvoller, die Besucher an diesem Tag gar nicht erst auf das Gelände zu lassen, denn keiner wusste genau, wie lange die Entschärfung dauern würde und ob nicht doch etwas schief ging. Sollte der Vorgang um die Mittagszeit beendet sein, könnte man in aller Ruhe einen Großputz veranstalten oder dringende Reparaturen erledigen, die sonst erst nach Schließung, in den Abendstunden erfolgten. Und die Rettungshundestaffel des Ortes hatte auch einmal bei ihm angeklopft und nachgefragt, ob sie in den Abendstunden nach der Schließzeit auf das Gelände dürften für eine Übung. Die könnte er ebenfalls am Donnerstag am Nachmittag auf das Gelände lassen, entschloss er sich. Andreas würde das in der Frühbesprechung mit seinen Kollegen diskutieren.

Der Bürgermeister war von einer kompletten Schließung nicht begeistert gewesen, aufgrund des gemeldeten Regens schien aber auch ihm dieser Tag am sinnvollsten. So saß Andreas am Nachmittag über einer Pressemitteilung, die die eintägige Schließung ankündigte und telefonierte mit den Rettungshundlern, während seine Assistentin die Homepage diesbezüglich auf den neuesten Stand brachte. Die meisten Firmen, die innerhalb des Radius lagen, blieben an diesem Tag geschlossen, Anwohner konnten sich während der Evakuierung in den städtischen Turnhallen aufhalten, wo sie vom Ortsverein einer Hilfsorganisation verpflegt werden sollten.

Wie das mit Schiffen wäre, die während der Evakuierung auf dem Rhein unterwegs waren, überlegte Andreas, aber damit hatte er zum Glück nichts zu tun. Und auf der anderen Rheinseite befand sich nur endlos viel Wald. Somit könnten

Andreas und seine Mitarbeiter einfach weiterarbeiten, während im Industriegebiet die Entschärfung lief.

Gemeinsam würden der Bürgermeister und Andreas dann im Anschluss an die hoffentlich erfolgreiche Aktion das Fundstück begutachten und dann war dieser Spuk auch vorbei.

Am Dienstagvormittag stellte ihm seine Assistentin einen Anruf von Annegret durch. Zwar hatte er keine Lust, mit ihr zu sprechen, andererseits würde es einen schlechten Eindruck machen, seine Assistentin mit dem Abwimmeln der Anruferin zu beauftragen. Also nahm er das Gespräch an.

»Hallo Andreas«, flötete Annegret gut gelaunt in den Hörer, »ich wollte mal nachfragen, wann wir unser gemeinsames Essen nachholen. Hast du schon eine Idee?«

Gemeinsames Essen? Warum das denn? Andreas wollte gerade zu einer Antwort ausholen, als Annegret schon die nächste Forderung stellte:

»Und du hast mir doch versprochen, mich mal ganz privat im Schmetterlingshaus herumzuführen. Sollen wir das mit dem Essen verbinden?«

Andreas verschlug es fast die Sprache. Aufdringliches Weib!

»Du, hör mal, Annegret, ich habe gerade ganz andere Sorgen hier. Wie du vielleicht gehört hast, wurde bei Bauarbeiten eine Bombe gefunden, die am Donnerstag entschärft werden soll. Von daher habe ich gerade jede Menge zu tun und weiß noch nicht, wann ich dich durchs Schmetterlingshaus führen kann. Ruf doch irgendwann wieder an, wenn alles vorbei ist, ja?«. Noch bevor sie irgendetwas erwidern konnte, hatte er aufgelegt.

Kapitel 14

Am Donnerstag fand sich Andreas schon um halb 8 Uhr im Rathaus ein, denn der Bürgermeister hatte alle Einwohner zum Bomb-Watching eingeladen. Gemeinsam mit dem Stadtoberhaupt saß Andreas im Ratssaal, der für ein recht großes Publikum bestuhlt worden war. Herr Krapox hatte beschlossen, die Entschärfung live dorthin übertragen zu lassen. Ein Beamer zeigte gerade die Live-Bilder von verschiedenen Polizei-Body-Cams auf einer Leinwand und man sah, wie die Polizisten durch gespenstisch leere Straßen patrouillierten, um zu kontrollieren, dass sich niemand mehr im Sperrbezirk aufhielt.

Um 8 Uhr wechselte das Kamerabild zu einem Helikopter, der aus der Luft das leergefegte Industriegebiet sowie das geschlossene Gartenschauareal zeigte. Auch Bilder des leeren Weibelseeparks und eine gespenstisch leere Kleingartenanlage konnten die Einwohner, die recht zahlreich erschienen waren, auf dem Bildschirm erkennen. Und dann sah man die Fachleute bei der Arbeit. Das war wie bei einem Fernseh-Krimi, nur besser. Denn während die Rathausmitarbeiter und Gäste, die allesamt mit Kaffee und Butterbrezeln ausgestattet waren, im Trockenen sitzen durften, schufteten die Experten des Kampfmittelräumdienstes im Regen und man sah ihnen dabei genau auf die Finger. Zwar verstand Andreas davon überhaupt nichts – was bei allen anderen im Raum nicht anders war – doch verursachte es eine gewisse Art von Nervenkitzel, hier zu sitzen und genau zu wissen, dass gar nicht so weit entfernt an diesem explosiven Teil geschraubt wurde. Würden die Experten etwas falsch machen, würde demnächst die Erde erzittern und ein Großteil des Landesgartenschaugeländes in Schutt und Asche versinken. So stellte sich das Andreas jedenfalls vor.

Er sah es direkt vor seinen Augen. Die Fensterscheiben aller Gebäude im Umkreis würden zerbersten, die Gebäude selbst in sich zusammenstürzen wie Kartenhäuser, die Hütten auf dem Gelände der Schrebergartensiedlung würden zerfetzt durch die Luft fliegen ….

Nein, das durfte nicht passieren! Mit Schrecken stellte sich Andreas vor, wie Peters Hütte fortgerissen würde, während die Tiefkühltruhe am Boden stehen blieb. Die Kripo würde alle Überbleibsel untersuchen, die die Detonation überständen und dann würde man unweigerlich auf Samanthas Leiche stoßen, und dann die Verbindung zu ihm herstellen.

Oder noch schlimmer: Die Tiefkühltruhe würde mitsamt der Hütte in die Luft gesprengt, sie würde in der Luft in tausend Stücke gerissen und mit ihr Samanthas Leiche, die dann wie ein Regen verwesenden Fleisches auf das Gartenschaugelände herabprasselte. Eine Wolke von Verwesungsgeruch würde sich über dem Gelände verbreiten. Andreas schüttelte sich bei dem Gedanken daran. Und es wäre nur eine Frage der Zeit, bis man die vielen Fetzen aufgesammelt und wie ein Puzzle zusammengesetzt hätte.

Andreas entfuhr ein hysterisches Kichern, als er sich die Szene vorstellte. Doch natürlich würde damit feststehen, dass Samantha Siederling Oberrosendorf nie verlassen hatte und wieder würde die Spur unweigerlich zu ihm führen.

Andreas zwang sich, ruhig zu atmen und versuchte, seine Gedanken wieder auf die Vorgänge zu konzentrieren, die da auf der Leinwand zu sehen waren.

Es war einfach zu riskant, Samantha weiterhin in dieser Gartenhütte zu lassen. Würde diese Bombe entschärft werden, wäre es nun wirklich an der Zeit, sie wieder umzubetten. Wenn er doch nur wüsste, wohin mit ihr!

Irgendwann war der Nervenkrieg vorbei und im Rathaus ging die Nachricht ein, die Bombe sei entschärft und der Bürgermeister werde zusammen mit Andreas an der Fundstelle erwartet. Also erhoben sich die beiden Männer und machten sich zu Fuß auf den Weg, jeder mit einem Regenschirm in der Hand, um auf dem Pressefoto nicht völlig durchnässt zu erscheinen.

Unterwegs fragte irgendwann der Bürgermeister beiläufig: »Wie war denn das Spiel am Sonntag?«

»Gut, Oberrosendorf hat gewonnen«, erwiderte Andreas, der sich freute, dass sich das Stadtoberhaupt für die etwas exotischen Sportvereine seiner Kommune interessierte.

»Dass sie gewonnen haben weiß ich«, entgegnete der Rathauschef, »aber wie war das Spiel?«

Wollte sein Gesprächspartner nun einzelne Spielzüge nacherzählt bekommen? Andreas war der Sinn seiner Frage nicht klar, daher erwiderte er nur, es sei sehr spannend gewesen, da die Gegner aus Bonn zuerst führten, die Oberrosendorfer Queens dann jedoch aufholen und ausgleichen konnten und zum Schluss sogar als Sieger vom Platz gingen.

»Und unser neues Sternchen? Hat sie eine gute Figur gemacht auf dem Platz?«, wollte Krapox nun doch genau wissen.

Ach daher wehte der Wind. »Es geht so. Samantha Siederling fand ich persönlich beeindruckender«, beantwortete Andreas die Frage.

»Ja, Sie hatten ja einen Narren an dieser Frau gefressen, das weiß ganz Oberrosendorf«, bekam er nun vom Bürgermeister zu hören.

Ganz Oberrosendorf? Andreas hielt das doch für übertrieben.

»Aber war Frau Siederling auch so gut wie Frau Kurtwanger?«, hakte das Stadtoberhaupt nun nach.

Ob Samantha so gut war wie Annegret? Da sprach eindeutig der Laie. Die Frage hätte lauten müssen, ob Annegret es jemals auf das Niveau von Samantha würde bringen können. Was sollte Andreas darauf antworten?

»Ich denke, die beiden sind von ihrer Leistung her ungefähr vergleichbar«, versuchte sich Andreas aus der Affäre zu ziehen. Ihn hätte ja interessiert, was den Bürgermeister so an dieser Annegret faszinierte. Aber Geschmäcker waren nun mal verschieden, also beließ er es dabei.

Auch Bürgermeister Krapox schien das Thema Baseball damit abgehakt zu haben. Den Rest des Weges verbrachten sie mit Gesprächen über das Wetter, die anstehenden Freiluftveranstaltungen, den herrlichen Tee im japanischen Teehaus, die besonderen Rosensorten des Rosengartens, ihre beiden Kamelritte und die Besucherzahlen.

Die Fliegerbombe war im Original noch beeindruckender als auf der Leinwand. Der Hotelbesitzer wollte wissen, ob er sie als Andenken behalten und im Foyer in einer Vitrine ausstellen dürfe, aber das ging nun beim besten Willen nicht, das ließen die Vorschriften nicht zu. Er musste sich daher mit Fotos des Fundstücks zufriedengeben und sprang eifrig knipsend um das Überbleibsel aus dem Zweiten Weltkrieg herum, schoss Fotos aus allen Richtungen und ließ sich von seiner Mitarbeiterin auch mindestens 20 Mal neben der Bombe stehend ablichten. Den Journalisten wurde es irgendwann zu dumm, sie drängten auf ein Foto der wichtigen Persönlichkeiten mit der Bombe, zu denen zwar der Hotelbesitzer ebenfalls gehörte, doch sollte vor allem der Bürgermeister mit aufs Bombenbild.

Auch Andreas war nur schmückendes Beiwerk, schließlich war das Kriegsüberbleibsel ja nicht auf Gartenschaugelände gefunden worden – zum Glück!

Kapitel 15

Am Folgetag schnitt Annegret den Zeitungsartikel, auf dessen Foto auch Andreas zu sehen war, fein säuberlich aus, schrieb oben rechts in die Ecke den Namen der Zeitung und das Datum und steckte den Ausschnitt dann in eine Plastikhülle. Sie heftete den Zeitungsabschnitt zu den anderen in einen Ordner.

Auf einem im Ordner befindlichen Zeitungsfoto war Andreas bei der Eröffnung des Schmetterlingshauses zu sehen, wo sie ihn überrascht hatte. Auf einem anderen sah man Andreas beim Abendessen im Fliegenden Fisch mit den 300-tausendsten Besuchern, wo sie die Gelegenheit ergriffen hatte, sich offiziell den Herren vorzustellen.

Außerdem gab es Fotos und Berichte über Andreas bei der Eröffnung der Landesgartenschau, mit japanischen Besuchern im Japangarten, mit einem Experten im Rosengarten, auf einem Kamel reitend, bei einem Event im Kakteenhaus, bei Führungen über das Gelände während der Bauphase, und vieles mehr.

Annegret hatte akribisch alles zusammengetragen und katalogisiert, was sie über Andreas hatte finden können. Dafür hatte sie stundenlang im Internet in den verschiedensten Zeitungen, deren Archive glücklicherweise inzwischen alle online zu finden waren, recherchiert.

Sie hatte auf einem Extrablatt Zahlen, Daten und Fakten über ihn aufgelistet, die ihn Annegrets Meinung nach für eine Auszeichnung als Langweiler des Jahres nominierten. Andreas war 45 Jahre alt, in Oberrosendorf geboren, wohnte in seinem Elternhaus, liebte bequeme Kleidung, sah ganz brauchbar aus, stand ungern im Rampenlicht, tat sich nicht gerade durch bahnbrechende Ideen hervor, zeigte mittelmäßigen Einsatz, erledigte seinen Job aber gut und meist fehlerfrei.

Annegret war bei ihren Recherchearbeiten auch über alte Fotos von ihm gestolpert, auf denen er im Trikot der Oberrosendorfer Fußball-Clique zu sehen war, wo er in der Jugend gespielt hatte. Es gab auch alte Fotos, bei denen er auf einem Pferd saß sowie eines von Andreas im Karateanzug. Also scheinbar hatte er in seiner Jugend mehrere Vereine und Sportarten ausprobiert. Aus jüngerer Zeit stammten die Fotos, die ihn als Mitglied der Oberrosendorfer Kings and Queens-Freizeitmannschaft zeigten. Erstaunlich, dass es selbst die Freizeitmannschaft schon bis in die Zeitung geschafft hatte!

Er schien weder verheiratet noch liiert zu sein, über uneheliche Kinder ließ sich ebenfalls nichts herausfinden. Man erzählte sich, er sei ein großer Fan von Samantha Siederling gewesen, weshalb er bei jedem ihrer Heimspiele unter den Zuschauern zu finden gewesen war. Es hieß auch, er habe ihretwegen mit dem Baseballspielen in der Freizeitmannschaft begonnen, war aber so ehrlich zu sich selbst, festzustellen, dass er absolut untalentiert war und hatte es daraufhin nach wenigen Monaten wieder gelassen. Annegret war aber auch zu Ohren gekommen, dass es während der Zeit, in der Andreas zum Team gehörte, immer besonders lustig zuging und die Mannschaft gemeinsam viel unternahm, auch außerhalb des Sports.

Man hätte daraus also schließen können, dass Andreas ein aufgeschlossener Typ war, der viele Freunde hatte und gerne unter Leuten war. Doch die bisherigen wenigen Begegnungen mit ihm hatten ihr dies nicht bestätigt. War das alles nur aufgesetzt gewesen um im Baseballverein Fuß zu fassen? Hatte er ganz andere Ziele verfolgt? Wollte er auf diese Weise an Samantha herankommen, ihre Bekanntschaft machen? Aber mit welchem Ziel? Ging es ihm um Samantha als Person? Oder wollte er sich eher mit dem Superstar der Oberrosendorfer Kings and Queens als Trophäe schmücken?

Annegret überlegte. Sie war die Nachfolgerin Samanthas. Gut, sie wusste selbst, dass sie noch nicht das Niveau ihrer Vorgängerin hatte, war aber bereit, hart dafür zu trainieren, um in ihre Fußstapfen treten zu können. Wobei – das war nicht wirklich ihr Ansinnen. Im Gegenteil, sie wollte nicht im Schatten einer Samantha stehen, sie wollte sie überflügeln, sie in Vergessenheit geraten lassen, sie von ihrem Podest stoßen, alle Erinnerungen an ihre Vorgängerin aus den Köpfen der Zuschauer und Fans verdrängen.

Sie selbst, Annegret Kurtwanger, wollte irgendwann das Vorzeigesternchen des Oberrosendorfer Kings and Queens-Clubs sein. Und spätestens dann würde sie herausfinden, ob sie die Aufmerksamkeit des Geschäftsführers der Landesgartenschau auf sich lenken würde oder nicht. Bisher schien er nicht wirklich große Notiz von ihr zu nehmen. Er war höflich, aber mehr auch nicht. Und das, so nahm sich Annegret fest vor, wollte sie unbedingt ändern.

Andreas hatte den Rest des Tages nach der Bomben-Aktion in seinem Büro verbracht. Er hatte nachgedacht, sich geradezu das Hirn zermartert, aber ihm war noch immer nichts Sinnvolles eingefallen, wohin er Samantha schaffen konnte.

Irgendwie beschlich ihn langsam aber sicher das Gefühl, dass es besser wäre, sie wieder unter seiner Obhut zu wissen. Unter seiner Kontrolle zu haben. Wie das klang! Wie ein kontrollsüchtiger Psycho, der nichts dem Zufall überlassen wollte.

Gut, in der Kleingartenkolonie wusste er auch, wo sie war, aber es lagen Luftlinie doch ein paar Hundert Meter zwischen ihnen. Daher beschloss er nun, doch noch einmal die Neuanschaffung einer Gefriertruhe anzugehen.

Er recherchierte im Internet auf verschiedenen Onlineportalen nach einem günstigen Modell, das groß genug war, um eine Leiche in voller Länge darin unterzubringen. Dabei hatte er gleich drei Geräte gefunden, die seinen Ansprüchen entsprachen. Sie waren energiesparend, tauten sich selbst ab, wie auch immer das funktionieren sollte, aber das war Andreas auch egal, und sie waren leise.

Gut, die Gefriertruhe stand im Keller, aber Andreas wollte nicht durch ein ständiges Brummen aus den Untiefen seines Hauses an seine ungewollte Mitbewohnerin erinnert werden.

Letztendlich bestellte er das billigste Modell. Es würde in einer Woche geliefert werden. Das alte, kaputte Exemplar würde er der Spedition gleich mitgeben zur Entsorgung, so dass er damit nicht noch weitere Arbeit hatte. Nun musste das Ding also nur noch gebracht werden, dann stand mal wieder ein Umzug an.

Zuvor wartete aber noch ein Festbankett auf Andreas.

Der Ruderverein veranstaltete aufgrund seines 50-jährigen Jubiläums ein festliches Essen, ausschließlich für geladene Gäste. Warum er sich zu diesen zählen durfte, wusste Andreas nicht, denn er war in der Jugend nur etwa ein Jahr lang Mitglied gewesen und das lag eine Ewigkeit zurück. Jedoch freute er sich auf einen netten Abend, der schon am morgigen Samstag stattfinden würde.

Die nächste Woche war dann angefüllt mit vielen Aktionen rund um das Vereinsgelände, die in einem großen Turnier am darauffolgenden Wochenende gipfeln sollten. Viele namhafte Teilnehmer aus nah und fern hatten sich dafür angemeldet, und Andreas hoffte natürlich, dass viele der Sportler, vor allem aber deren mitreisender Anhang, auch auf der Landesgartenschau vorbeischauen würden. Das würde die Besucherzahlen wieder schön in die Höhe treiben und er könnte dem Bürgermeister dann vielleicht sogar einen neuen Besucherrekord verkünden.

Auch beim Tanzsportclub wurde gefeiert. Er wurde in diesem Jahr 20 Jahre alt und veranstaltete daher an einem der September-Wochenenden eine Freiluftdisco auf der Festwiese. Und auch deren Besucher reisten hoffentlich frühzeitig an, um noch einen Abstecher auf die Landesgartenschau zu machen.

Nur eines lag Andreas doch etwas im Magen: Auf der Einladungskarte zum Festbankett war von »Herrn Wunderberg und Begleitung« die Rede. Wen sollte er denn als Begleitung mitnehmen? Da er überzeugter Single war – und zwar jetzt erst recht – hatte er keine Partnerin, die er mitnehmen konnte, und eine weibliche Bekanntschaft fiel ihm auf die Schnelle auch nicht ein, die er einen ganzen Abend lang hätte ertragen wollen.

Außerdem musste er weiterdenken. Sicher würden alle Anwesenden darauf achten, wen er mitbrächte. Am Ende war auch noch die Presse zugegen. Ach was, die Presse war auf jeden Fall anwesend. Und da hätte es ihm gerade noch gefehlt, mit irgendeiner Frau zusammen abgelichtet zu werden, von der dann die halbe Stadt behauptete, sie sei seine

Zukünftige. Da ging Andreas lieber ohne Begleitung zum Fest.

Als das Telefon auf dem Schreibtisch klingelte, hatte Andreas an diesem Freitagmorgen gerade die Frühbesprechung beendet. Auf dem Display las er, dass der Anrufer der Bürgermeister war.

»Herr Wunderberg, morgen ist doch das Festbankett der Ruderer«, kam das Stadtoberhaupt gleich zur Sache.

»Exakt, ich habe es im Kalender stehen und den Anzug schon aus der Reinigung geholt«, erwiderte Andreas verwundert. Mal sehen, was nun kam.

»Wissen Sie schon, wen Sie als Begleitung mitnehmen?«, wollte der Bürgermeister wissen.

»Ich gehe alleine«, sagte Andreas mit Nachdruck.

»Ha, das ist gut, dass der Platz für Ihre Begleitung noch frei ist. Ich habe nämlich jemanden für Sie!«

»Ach. Und wen, wenn ich fragen darf?«

»Frau Kurtwanger! Ich habe eben mit ihr telefoniert.«

»Sie haben Frau Kurtwanger angerufen und sie gefragt, ob sie als meine Begleitung mit zum Festbankett möchte?«. Andreas war verwundert. Wie kam der Bürgermeister auf diese Idee?

»Nein, wir haben aus ganz anderen Gründen telefoniert. Tut ja auch nichts zur Sache. Und irgendwie kamen wir auf das morgige Festbankett zu sprechen und Frau Kurtwanger erzählte, dass sie solche Festlichkeiten ganz toll fände, dass sie schon lange keine Gelegenheit mehr hatte, sich festlich zu kleiden, und dass sich das gute Wetter ja geradezu anböte, ihr kleines Schwarzes einmal auszuführen.«

»Und weil Sie Frau Kurtwanger schon immer mal im kleinen Schwarzen sehen wollten, haben Sie ihr gesagt, sie könne mich begleiten?«. Andreas war aufgebracht.

»Verdrehen Sie doch nicht alles, Wunderberg! Frau Kurtwanger möchte festlich ausgehen und Sie suchen eine Begleitung. Ich habe nur eins und eins zusammengezählt! Und das ist doch die Gelegenheit für Sie, die attraktive Sportlerin mal näher kennenzulernen. Schließlich tickt auch Ihre Uhr, Wunderberg, Sie sollten langsam wirklich einmal mit der Familiengründung anfangen!«

»Familiengründung? Mit einer Frau, die 20 Jahre jünger ist? Die ist doch quasi noch ein Kind!«

»Also Herr Wunderberg, ich verstehe Sie nicht!«, fauchte nun der Rathauschef, »Ich dachte, Sie freuen sich, dass ich es geschafft habe, Frau Kurtwanger als Ihre Begleitung gewinnen zu können. Sie selbst wären ja gar nicht auf die Idee gekommen sie zu fragen!«

»Da haben Sie recht. Ich wäre nicht auf die Idee gekommen ...«

»Sehen Sie, da sagen Sie es selbst! Also seien Sie mir dankbar, dass ich Frau Kurtwanger diesbezüglich angesprochen habe, sie wird als Ihre Begleitung alle Blicke auf sich ziehen und man wird Sie um diese attraktive Begleitung beneiden!«

»Wenn ich Frau Kurtwanger hätte mitnehmen wollen, hätte ich sie selbst gefragt!«, entgegnete Andreas, der weiterhin nicht wusste, wie er sich aus der Affäre ziehen sollte.

Da hätte er auch gleich mit einer Vogelscheuche anrücken können. Ihm erschien ein Bild vor Augen, das ihm die Haare zu Berge stehen ließ: Eine völlig magere Annegret in einem schwarzen Trägerkleidchen, bei dem man nicht nur die Schlüsselbeine ungesund hervortreten sah, wahrscheinlich waren auch noch spindeldürre Oberarme zu sehen und die ganze Erscheinung wirkte, als sei sie magersüchtig. Andreas schauderte.

»Also, Herr Wunderberg, ich habe mit Frau Kurtwanger ausgemacht, dass Sie sie morgen Abend um 19 Uhr abholen. Und seien Sie pünktlich!«, meinte er noch, dann legte er auf.

Na wunderbar. So schnell konnte eine Vorfreude zunichte gemacht werden. Damit war ihm nicht nur der Rest des Freitags verdorben worden, Andreas war auch die Lust auf das Festbankett vergangen.

Und er hatte noch ein ganz anderes Problem: Er hatte keine Ahnung, wo diese Annegret wohnte. Wie sollte er an ihre Adresse kommen? Ihm blieb nichts anderes übrig, als den Bürgermeister noch einmal anzurufen. Er drückte die Taste.

Auf der anderen Seite nahm die Sekretärin ab. Der Bürgermeister sei gerade zur Tür hinaus, hieß es, ob sie helfen könne. Andreas fragte, ob sie ihm die Telefonnummer von Annegret geben könne, der Bürgermeister kenne sie, da er heute schon mit ihr gesprochen habe.

»Herr Wunderberg, Sie erwarten doch wohl nicht von mir, dass ich Ihnen die Telefonnummer von privaten Kontakten von Herrn Krapox gebe, oder? Schon mal was von Datenschutz gehört?«

»Herr Krapox hatte mir aufgetragen, Frau Kurtwanger morgen abzuholen, ich weiß aber die Adresse nicht.«

»Und warum fragen Sie mich dann nach der Telefonnummer anstatt nach der Adresse?«

»Weil ich dann Frau Kurtwanger anrufen und nach ihrer Adresse fragen kann.«

»Herr Wunderberg, ich darf weder Adressen noch Telefonnummern von privaten Kontakten des Bürgermeisters herausgeben, das sollte Ihnen eigentlich klar sein.«

»Gut, dann machen wir es anders herum: Sie geben meine Telefonnummer weiter und Frau Kurtwanger soll mich anrufen.«

»Und warum soll ich Frau Kurtwanger Ihre Telefonnummer aufdrängen?«

»Weil der Herr Bürgermeister unbedingt will, dass bei dem Festbankett morgen Abend Frau Kurtwanger anwesend ist und ich sie fahren soll. Deshalb!«

Damit knallte er den Hörer hin. Das war aber auch zu kompliziert. Und mit all dem Datenschutz heutzutage sowieso. Andreas schäumte fast vor Wut. Nicht nur, dass er nun eine ungebetene Begleitung den ganzen Abend um sich herum haben würde, es hatte sich für die Sekretärin des Rathauschefs auch noch so dargestellt, als versuche Andreas, über Dritte an deren Telefonnummer zu kommen, weil er ihr nachstieg. Was für ein Desaster!

Am Nachmittag wurde Andreas auf das Gartenschaugelände gerufen.

Es hatte eine Prügelei in der Nähe des Schmetterlingshauses gegeben. Die beiden Kontrahenten hatten sich gegenseitig nicht nur ordentlich eins auf die Nase gegeben, einer von ihnen hatte einen Stein aufgehoben und war damit auf seinen Widersacher losgegangen. Der konnte ihm seine Waffe allerdings aus der Hand schlagen, was dazu führte, dass der Stein im hohen Bogen durch eine der Scheiben flog und das Schmetterlingshaus nun ein Loch hatte.

Die Polizei war gekommen und hatte die Personalien aufgenommen, außerdem war der Rettungsdienst vor Ort gewesen, um die beiden recht lädiert aussehenden Männer wundtechnisch zu versorgen.

Als Andreas eintraf waren bereits alle wieder verschwunden, nur das kleine Loch in der Scheibe zeugte noch von der Unbeherrschtheit der beiden Landesgartenschaubesucher.

Andreas besah sich den Schaden, fluchte innerlich, dass man ihn wegen dieser Bagatelle herbestellt hatte und wies

dann einen seiner Mitarbeiter an, das Loch provisorisch abzu-
dichten und einen Glaser zu beauftragen, eine neue Scheibe
einzusetzen.

Warum hatte man ihn zu diesem Vorfall gerufen? Das
hätten die anderen auch ohne ihn hinbekommen können.
Und vor allem hob dieser Vorfall seine Laune in keinster Weise. Er hätte irgendeine Aufmunterung gebrauchen können,
etwas Schönes, jedoch keine Löcher in Glasscheiben.

Um sich aufzuheitern machte Andreas noch einen kleinen
Umweg und sah im Rosengarten vorbei. Wenn die Stadt
schon eine Rose im Namen hatte, war dieser Garten einfach
ein Muss, darüber waren sich im Vorfeld alle einig gewesen.
Und er zählte tatsächlich zu den beliebtesten Attraktionen
der Gartenschau. Einem Rosenzüchter war rechtzeitig zur
Landesgartenschau eine Neuzüchtung gelungen, die nach
Andreas' Meinung nicht brillanter hätte sein können. Die
neue Rose war recht kleinblütig, dafür blühte sie umso länger
und üppiger, ihr Farbenspiel war ein ganz besonderes und
sie schien keine großen Ansprüche bezüglich Pflege oder Boden zu stellen. Und dieser Duft! Andreas war der Meinung,
dass keine der anderen Rosen im Rosengarten einen so betö-
renden Duft verströmte, wie diese spezielle Züchtung. Er
liebte sie einfach und daher tat er auch diese Mal das, was er
immer tat, wenn es irgend möglich war: Er steckte seine Nase
in eine der wundervollen Blüten und sog ihren Duft ein. Ah,
herrlich! Auf diese Weise von seinem sonst eher sinnlosen
Ausflug entschädigt, machte er sich auf den Weg zurück ins
Büro.

Andreas war gerade dabei, seine sieben Sachen zusam-
menzupacken und nach Hause zu gehen, als noch eine Mail
für ihn einging. Die Sekretärin des Bürgermeisters schickte
ihm eine Handynummer. Was sollte das nun bitte bedeuten?

Außer dieser Nummer war keine Erklärung angegeben. Genervt griff Andreas zum Telefon, rief wieder auf dem Rathaus an.

Als die Sekretärin sich meldete, fragte er etwas verwirrt: »Was ist das für eine Nummer?«.

»Die, die Sie haben wollten!«

»Geht das etwas genauer? Wissen Sie, mit wie vielen Personen ich täglich telefoniere?«

»Die Handynummer von Frau Kurtwanger.«

»Ah, jetzt plötzlich doch!«

»Sie sollen sie aber nicht weitergeben, das hat der Bürgermeister extra dazugesagt!«

»Sehe ich aus, als gäbe ich Telefonnummern weiter?«

»Wer weiß?«

»Danke jedenfalls.«

»Gern geschehen. Und viel Vergnügen morgen Abend!«

Dann war die Leitung tot.

»Warten wir's ab, wie vergnüglich das wird!«, brummelte Andreas vor sich hin, während er auflegte. Er wäre so gerne alleine hingegangen.

»Was ist denn mit dir los?«, wollte Selina wissen, die in diesem Moment Andreas' Büro betrat und sein Gebrummel gehört haben musste.

»Ach, vergiss es!«, fauchte Andreas sie an und machte eine wegwerfende Handbewegung. Seine Laune drohte immer schlechter zu werden und er wollte nicht darauf angesprochen werden.

»Es ist doch gleich Wochenende, da solltest du nicht so üble Laune haben«, meinte die Assistentin und blickte dabei aus dem Fenster: »Der Himmel ist blau, es ist warm, man kann kurze Röcke anziehen, da solltet ihr Männer doch hocherfreut und gut gelaunt sein!«

Aber nicht, wenn man mit einer aufgedrängten Begleitung den Abend verbringen und sie chauffieren muss, dachte sich Andreas und erhob sich vom Schreibtisch. Was wollte Annegret denn eigentlich bei einem Festbankett? Das Essen auf dem Teller von einer Seite zur anderen schieben?

»Du hast recht«, sagte er und bemühte sich um einen freundlicheren Ton, »deshalb gehe ich jetzt auch nach Hause und mach es mir auf der Terrasse bequem!«. Damit winkte er ihr zu und ging.

Als Andreas gemütlich auf seiner Terrasse saß, direkt neben sich auf dem Abstelltisch ein Glas kaltes Bier, griff er zum Handy und rief Annegret an. Sie meldete sich nach dem zweiten Klingelton.

»Hallo Annegret, hier ist Andreas. Ich habe gehört, du möchtest mich morgen Abend zum Festbankett begleiten?«

»Hallo Andreas. Der Bürgermeister bat mich darum, ja. Er meinte, du wärst sonst so alleine.«

Der Bürgermeister hatte sie darum gebeten? Das hatte sich aus seinem Mund irgendwie anders angehört.

»Apropos Bürgermeister. Er meinte, ihr hättet verabredet, dass ich dich um 19 Uhr abhole. Ich habe aber keine Ahnung, wo du wohnst.«

»In Bad Lauserwing«, meinte Annegret und nannte ihm Straße und Hausnummer.

Auch das noch. Warum sollte er den Fahrservice für sie übernehmen? Dann konnte sie sich betrinken, er aber nicht. Normalerweise hätte er einfach das Fahrrad genommen und wäre die paar Meter innerhalb Oberrosendorfs geradelt. Notfalls hätte er heimwärts auch das Rad schieben können. Nun hieß es, absolut nüchtern zu bleiben.

»Gut, Annegret, dann bin ich um 19 Uhr bei dir. Bis dann!«
»Lieb von dir, danke. Bis morgen!«

Am Samstagmorgen vertiefte sich Andreas beim Frühstück erst einmal in die Zeitung. Danach fuhr er mit seinem Auto durch die Waschanlage. Schließlich wollte er nicht, dass sein Wagen der schmutzigste war, der beim Vereinsheim der Ruderer parkte, in dem die Feier stattfinden sollte.

Leider hatten auch viele andere Fahrzeugbesitzer diese Idee gehabt, so dass Andreas in einer Schlange stand, in der fünf Autos vor ihm waren.

Während des Wartens klingelte Andreas' Handy. Es war sein Kumpel Peter:

»Hi Andreas. Wie geht's?«

»Hallo Peter, schön von dir zu hören! Hier läuft alles bestens, danke der Nachfrage. Und bei dir? Was macht dein Freund mit dem verletzten Bein?«

»Deshalb rufe ich an. Es geht ihm deutlich besser. Ich habe überlegt, mal wieder nach Hause zu kommen. Sonst kann ich ja die Saison in meinem Gartenparadies gar nicht genießen. Und hier bin ich so langsam verzichtbar.«

»Du willst zurückkommen? Was ist aus deiner Frauenbekanntschaft geworden? Das Foto sah vielversprechend aus!«

»Die Frau war auch vielversprechend. Aber leider alleinerziehend mit 7 Kindern. Und aus dem Alter, für so viele Kinder Verantwortung übernehmen zu müssen, bin ich raus. Ich will jetzt einfach mal an mich denken, meine Wünsche erfüllen, anstatt auf Schul- und Kitaferien angewiesen zu sein!«

»Sieben Kinder? Von wie vielen Vätern?«

»Ich habe keine Ahnung! Aber ich wollte nicht für ein achtes sorgen und alle anderen ebenfalls am Bein haben.«

»Das kann ich gut verstehen! Gibt es schon einen festen Termin, wann du zurückkehrst?«

»Wenn alles klargeht, komme ich aufs nächste Wochenende zurück. Da läuft doch das traditionelle Sommer-Fußballturnier?«

»Ja, richtig, das hätte ich beinahe vergessen! Ein Springreitturnier haben wir zeitgleich auch noch!«

»Super. Dann sehen wir uns also demnächst wieder!«

»Ja, wunderbar! Ich wünsche dir eine gute Rückreise und melde dich, sobald du da bist, damit ich dir deinen Schlüssel für die Hütte zurückgeben kann.«

»Ach du, das eilt nicht, ich habe ja noch einen zweiten, also rein komme ich so oder so. Und dann wird erst einmal eine richtig große Grillparty veranstaltet. Ich bin schon sehr gespannt, wie mein Garten jetzt aussieht, nachdem du mich vertreten hast.«

»Das klingt, als befürchtetest du das Schlimmste?«

»Nein, gar nicht. Aber jeder hat doch seine ganz besondere Art, einen Garten zu nutzen. Mach dir deswegen keine Gedanken, ich freue mich wirklich, wenn wir es uns gemeinsam dort bequem machen können und dann erzählst du mir, was sich die letzten Wochen so ereignet hat.«

Andreas war nach dem Gespräch heilfroh, dass er bereits in Aktion getreten und die neue Tiefkühltruhe für sein Haus bestellt hatte. Am Mittwoch sollte sie geliefert werden, dann konnte er Samantha am Donnerstag umbetten und spätestens am Freitag einen Großputz veranstalten. Andreas hatte keine Ahnung, ob die Truhe den Leichengeruch angenommen haben könnte, oder ob die Plastikverpackung den Gestank so gut zurückgehalten hatte, dass man von der makabren Beherbergung nichts merkte.

Ein Hupen hinter ihm riss Andreas aus seinen Gedanken. Die Autowaschanlage vor ihm war frei, er konnte hineinfahren.

Nachdem er den Nachmittag über nicht viel unternommen, sondern lieber faul mit einem Buch auf der Terrasse gesessen hatte, ging Andreas um 18 Uhr unter die Dusche und machte sich dann fertig für den Abend. Er zog einen Anzug an, der dieses Mal bordeauxfarben war, wählte eine passende Krawatte zum weißen Kurzarmhemd, schlüpfte dann in die frisch geputzten schwarzen Schuhe und prüfte sein Aussehen im Spiegel. Was er sah, fand er durchaus annehmbar. Mit dem exotischen Aussehen von Herrn Krapox konnte er zwar nicht mithalten, aber eigentlich gefiel er sich so ganz gut.

Um halb Sieben setzte er sich in sein Auto, gab Annegrets Adresse ins Navi ein und fuhr los. Kurz vor der verabredeten Zeit erreichte er die Adresse, parkte am Straßenrand, stieg aus dem Auto aus und schloss den obersten Knopf seines Jacketts. Dann ging er den Gartenweg entlang zur Haustüre.

Es war ein Mehrfamilienhaus, in dem Annegret im 3. Stock wohnte. Sie hatte ihn wohl schon erwartet, denn der Summer ertönte, kaum hatte er geklingelt. Als er die Türe zum Treppenhaus aufdrückte, rief sie von oben:

»Ich komme schon!«. Dann war Absatzgeklapper auf der Treppe zu hören. Andreas traute seinen Augen nicht, als Annegret leichtfüßig die Treppe zu ihm heruntergesprungen kam. Sie trug ein schlichtes und zugleich elegantes schwarzes Minikleid, das seine Blicke auf ihre endlos langen Beine lenkte. Diese steckten in einer schwarzen, schimmernden Strumpfhose, dazu trug sie schwindelerregend hohe Schuhe in orange. Ebenfalls orange war die Halskette aus Glasperlen, die sie trug, sowie das dazu passende Armband und die Handtasche. Alles harmonierte farblich sehr gut mit ihrem dunkelbraunen Haar, das sie heute aufgesteckt trug. Auch die Ohrringe hatte sie farblich passend gewählt. Sie sah alles in allem elegant aus, die Männer würden sich auf jeden Fall nach ihr umdrehen.

Annegret strahlte ihn an und küsste ihn auf beide Wangen, wobei Andreas den Hauch eines Parfums wahrnahm.

»Wir hätten uns vorher farblich abstimmen sollen«, meinte sie dann lachend, »dein Anzug passt nicht wirklich zu meinem Orange!«

Andreas runzelte die Stirn. Soweit käme es noch, dass er sich im Vorfeld mit ihr bespräche, wer sich wie kleidete. Das konnte sie gleich vergessen!

»Dann gehen wir los?«, fragte er und hielt ihr die Tür nach draußen auf.

»Ja, gerne«, meinte Annegret und stöckelte elfengleich zum Auto, wo Andreas ihr erneut die Tür aufhielt.

Während der Fahrt überlegte Andreas verzweifelt, über was er mit Annegret reden sollte, denn seine Beifahrerin schwieg konstant.

»Interessierst du dich für die Oberrosendorfer Ruderer?«, fragte er dann, um wenigstens irgendetwas zu sagen.

»Mich interessiert Sport generell, egal welcher Art.«

Als sie beim Ruderverein ankamen, waren dort die meisten Parkplätze besetzt. Sie mussten relativ weit entfernt parken und hatten daher einen entsprechenden Fußweg zurückzulegen.

Andreas wunderte sich, wie man auf so hohen Schuhen überhaupt laufen konnte, ohne sich irgendetwas zu brechen oder zumindest zu stolpern, aber Annegret schien darin geübt zu sein. Die Tatsache, dass seine Begleitung ihn in diesen hohen Absätzen überragte, gefiel Andreas jedoch gar nicht. Er hatte keine Lust, zu einer Frau aufsehen zu müssen.

Gemeinsam betraten sie das Clubheim, das festlich in roten Farben mit Schleifen und Blumen geschmückt war. Überall an den Wänden und auf den Tischen prangten runde Medaillons in verschiedenen Größen, auf denen die Zahl 50 stand. Gasgefüllte Luftballons, ebenfalls in rot und mit einer

50 bedruckt, waren mit Schnüren an diversen Wandhalterungen befestigt. Große Kerzenständer tauchten die Tische, die festlich gedeckt waren, in schummriges Licht.

»Wunderberg, da sind sie ja«, hörte Andreas jemanden links von ihm rufen. Es war der Bürgermeister, der sich einen Weg durch die Menge bahnte. Er strebte jedoch nicht auf Andreas zu, sondern viel mehr auf dessen Begleitung.

»Frau Kurtwanger, welcher Glanz in dieser Hütte! Wie schön, Sie hier zu sehen! War Herr Wunderberg pünktlich?«

Hütte? Was für eine Bezeichnung für dieses Clubheim, das der Ruderverein erst vor 2 Jahren generalsaniert und ausgebaut hatte. 200 Menschen fanden darin locker Platz und mit dem griechischen Pächter, der seit der Neueröffnung für Speis und Trank sorgte, hatte der Verein ein gutes Händchen bewiesen, denn er war weit über die Stadtgrenzen für seine hervorragende Küche bekannt.

»Wo sitzen wir denn?«, fragte Andreas mehr sich selbst, aber der Bürgermeister schien es doch gehört zu haben.

»Ich habe Ihnen beiden da drüben bei uns am Tisch zwei Plätze freigehalten«, sagte der Bürgermeister und zeigte auf einen Tisch, mittig vor einer kleinen Bühne. Sollte es etwa ein Showprogramm geben?

»Kommen Sie, ich bringe Sie mal hin und zeige Ihnen, wo Sie sitzen«, sagte Herr Krapox zu Annegret gewandt und Andreas trottete den beiden wie das dritte Rad am Wagen hinterher.

Annegret saß dem Bürgermeister gegenüber, Andreas wurde so platziert, dass ihm gegenüber die Gattin des Bürgermeisters saß. Zu seiner Linken saß nun Annegret, die niemanden mehr neben sich hatte, da es der erste Platz von der Bühne aus war, zu seiner Rechten saß ein alter Herr, den Andreas nicht kannte. Er schien jenseits der 100 zu sein, zumindest, was sein Aussehen betraf. Vielleicht eines der Ehrenmitglieder des Vereins? Jedenfalls würde Andreas sehr eingeschränkt sein, was die Möglichkeiten einer Unterhaltung betraf.

Wie Andreas schnell feststellte, war die Bürgermeistergattin mit der Frau neben ihr in ein Gespräch vertieft, somit konnte er eine gepflegte Unterhaltung mit ihr gleich vergessen. Und der Bürgermeister redete ununterbrochen auf Annegret ein, die somit als Gesprächspartnerin ebenfalls ausfiel. Andreas blieb nichts anderes übrig, als den Senior neben sich anzusprechen.

»In welcher Beziehung stehen Sie zum Ruderverein?«

»In gar keiner. Ich bin zu Besuch bei meinem Sohn.«

»Und wer ist Ihr Sohn?«

Der Senior nickte zum Bürgermeister hinüber: »Der da!«

»Und woher kommen Sie, wenn ich fragen darf?«

»Vom Wiesenfeld in Backnang.«

Das sagte Andreas überhaupt nichts. Was sollte das sein, ein Wiesenfeld? Eine besonders betuchte Wohngegend? Er sah seinen Sitznachbarn etwas ratlos an. Worüber sollte er nur mit ihm sprechen?

Das Personal begann mit dem Servieren der Vorspeiseplatten. Es duftete köstlich und Andreas tat sich einen großen Löffel vom Tzatziki auf und häufte daneben frittierte Aubergine, gegrillte Pilze und frittierte Zucchini. Er liebte die griechische Küche, vor allem deren Vorspeisenauswahl!

Andreas blickte hinüber zu Annegret, die ihren Teller noch voller gehäuft hatte als Andreas. Das hatte er nicht erwartet! Wie konnte man so viel essen und so klapperdürr sein? Wahrscheinlich hört sie direkt nach der Vorspeise mit dem Essen auf, dachte Andreas und blickte auf die andere Seite zu dem alten Herrn. Der biss gerade herzhaft in ein Knoblauchbaguette und schob sich dazu einen Löffel voll Tzatziki in den

Mund. Andreas fragte sich, ob man in diesem Alter – das er ja nicht einmal kannte – noch echte Zähne im Mund hatte, oder ob man diese morgens mit einer Klebepaste im Mund befestigte.

Unwillkürlich musste er an irgendeine Haftcreme denken, die immer in der Fernsehwerbung gezeigt wurde. Doch der Herr neben ihm schien keine Probleme beim Essen zu haben, er genoss die griechischen Köstlichkeiten sichtlich und nahm sich auch sogleich nach.

Als alle zu Ende gegessen hatten, fasste sich Andreas ein Herz und sprach seinen Sitznachbarn erneut an:

»Sagen Sie bitte, was ist das, das Wiesenfeld? Ich war noch nie in Backnang, müssen Sie wissen.«

»Das Wiesenfeld ist das tollste Altenheim, das wir in Backnang haben«, erklärte ihm sein Sitznachbar mit sichtlichem Stolz. »Ich bin schon seit 27 Jahren dort!«

»Darf ich fragen, wie alt Sie sind?«

»107!«

Der alte Herr war 107 Jahre alt? Konnte das sein? Oder hatte er ihm gerade seine Zimmernummer genannt? Andererseits wäre er dann mit 80 ins Altenheim gezogen. Das empfand Andreas irgendwie als passend.

»Das ist ja ein erstaunliches Alter«, meinte Andreas. Beglückwünschte man jemanden dazu, so alt geworden zu sein? Oder sollte er ihn eher bedauern? Andreas kannte sich nicht damit aus, wie man sich so alten Menschen gegenüber verhielt.

»Ja, nicht wahr? Ich bin der älteste Einwohner Backnangs!«

»Und was machen Sie den ganzen Tag über so?«, wollte Andreas es jetzt doch genauer wissen. Er konnte sich nicht vorstellen, 365 Tage im Jahr frei zu haben.

»Ich lese Zeitung, schaue Fernsehen, unterhalte mich mit meinen Mitbewohnern, nutze die Freizeitangebote und laufe jeden Tag 3 Kilometer.«

Das hätte Andreas nun tatsächlich nicht erwartet. Der alte Mann lief noch selbständig durch die Gegend?

»Werden Sie dabei begleitet?«, hakte er nach.

»Ja, natürlich. Wir gehen als Gruppe.«

»Und was sind das für Freizeitangebote?«

»Wir spielen Bridge, Schach, Dame und Mühle, manchmal auch Billard und Tischkicker.«

»Es gibt einen Billardtisch im Seniorenheim?«, fragte Andreas ungläubig.

»Na klar, weil ich ihn bezahlt habe. Den Tischkicker übrigens auch. Bleibt aber beides uns Männern vorbehalten.«

»Und womit beschäftigen sich die Frauen?«

»Die spielen Klavier oder hören zu. Oder sie basteln.«

Plötzlich lachte der alte Herr lauf auf: »Wissen Sie, ich hatte auch dafür gesorgt, dass wir eine Dartscheibe aufgehängt bekommen. Aber dann gab es einen Unfall und das Personal hat die Scheibe dann wieder abgehängt und mitgenommen.«

Einen Unfall? Schade, dass er nicht näher darauf einging, dachte Andreas, beließ es aber dabei.

»Das klingt so, als hätten Sie dort richtig Spaß!«

»Natürlich! Und das Essen schmeckt auch!«

Das fand Andreas interessant, dass man in diesem Alter noch Wert auf gutes Essen legte. Er war davon ausgegangen, dass man im Alter jeden Geschmackssinn verlor. Und er hatte die Vorstellung gehabt, dass es im Altenheim nur Püriertes gab für die Bewohner. Da hatte er wohl ganz falsche Vorstellungen.

»Was essen Sie denn am liebsten?«, fragte Andreas daher.

»Gegrillten Lachs mit Kartoffelgratin.«

Andreas glaubte, sich verhört zu haben.

»So etwas bekommen Sie dort zu essen?«

»Warum nicht?«

Andreas kam aus dem Staunen nicht mehr heraus. So langsam fand er diese Gesellschaft beim Essen wirklich interessant. Er stellte gleich die nächsten Fragen:

»Kommen Sie Ihren Sohn oft besuchen?«

»Er holt mich meist einmal im Jahr hierher.«

»Und wie lange bleiben Sie?«

»Eine Woche. Er meint immer, er müsste mir zeigen, was er hier Großartiges leistet. Dabei ist mir das völlig egal!«

»Es ist Ihnen egal, dass Ihr Sohn der Bürgermeister ist?«

»Bürgermeister, Metzgermeister, Malermeister – wen interessiert's?«

Jetzt war Andreas völlig verwirrt. Ihm persönlich wäre es sicher nicht egal, was sein Sohn für einen Beruf ergreifen würde. War man nicht stolz, wenn der eigene Sohn Bürgermeister wurde? Das wollte er nun genauer wissen.

»Sind Sie nicht stolz auf Ihren Sohn, dass er Bürgermeister geworden ist und während seiner Amtszeit sogar eine Landesgartenschau stattfindet?«, fragte Andreas daher nach.

»Nein.«

»Das verstehe ich nicht! Welchen Beruf hätten Sie sich denn für Ihren Sohn gewünscht?«

»Er hätte meine Firma übernehmen sollen! Aber daran hatte er kein Interesse. Daher habe ich sie dann verkauft. Und was wurde daraus? Sie ging bankrott!«

»Was war das denn für eine Firma?«

»Moba Jokra.«

Andreas runzelte die Stirn. Hätte er die kennen müssen?

»Tut mir leid, davon habe ich noch nie gehört!«

»Wohl kein Modellbahner, was?«

»Nein.«

»Sonst hätten Sie sicher schon davon gehört! Moba steht für Modellbahn, Jokra für Johannes Krapox – das bin ich!«

»Und was für Modelle haben Sie hergestellt?«. Andreas kannte sich in der Welt der Spielzeuglokomotiven nicht aus. Warum erwachsene Männer meinten, mit diesen Spielzeugmodellen ein Stück Kindheit wieder aufleben lassen zu müssen, war ihm nicht nachvollziehbar. Er war froh, die Kindheit hinter sich zu haben und sein Leben selbst zu bestimmen.

»Hauptsächlich Brücken und Leuchttürme haben wir gefertigt«, erklärte Krapox senior seinem Sitznachbarn geduldig.

Brücken und Leuchttürme? Was für eine Kombination!

»Und Ihre Firma lief gut?«

»Ja, meine Modelle wurden mir geradezu aus der Hand gerissen! Aber der Junge hatte nie Interesse daran. Als Spielzeug hat er meine Modelle betitelt, als Spielzeug! Stellen Sie sich das mal vor! So ein Banause!«

Andreas wurde ein Teller mit Pommes Frites, frittiertem Tintenfisch und Tzatziki vor die Nase gestellt. Der Hauptgang. Es duftete fantastisch und in den nächsten 10 Minuten konzentrierte sich Andreas nur auf die Leckereien, die vor ihm auf dem Teller lagen. Den grünen Salat, der in riesigen Salatschüsseln auf den Tisch gestellt wurde, ignorierte er hartnäckig, er war ja schließlich kein Kaninchen. Annegret hingegen schob den Tintenfisch beiseite und nahm sich Unmengen an Salat.

»Magst du den Tintenfisch nicht?« fragte Andreas hoffnungsvoll.

Sie schüttelte den Kopf: »Zu fettig. Willst du ihn vielleicht haben?«

Wie ein altes Ehepaar saßen die beiden nebeneinander, sie reichte ihm ihren Teller und er schaufelte sich gierig den verschmähten Tintenfisch auf seinen Teller, nickte dankend und vertiefte sich wieder in den Genuss.

Als Andreas und sein Sitznachbar fertig waren mit essen, nahm Andreas den Faden wieder auf:

»Wie groß waren diese Modelle, die Sie gefertigt haben?«

»Eins zu Einhundertsechzig war der Maßstab.«

»Gibt es dafür eine bestimmte Bezeichnung?«

»Spur N.«

»Wie groß muss ich mir denn so etwas vorstellen?«

Krapox senior machte eine ausladende Geste: »Die Brücke über die Höllentalbahn war ungefähr so groß.«

»Sie haben eine Brücke im Höllental nachgebaut? Ja wo ist das denn?«

»Sie kennen das Höllental nicht? Es liegt im Schwarzwald, hinter Freiburg im Breisgau. Und der Schwarzwald hat etwas Magisches! Genau wie die Leuchttürme. Die haben die Leute auch gekauft, obwohl sie in Süddeutschland wohnten. Aber denken Sie mal drüber nach, wie viele Leute einen Strandkorb kaufen, obwohl sie nicht an der Küste wohnen. Den stellen sie sich dann in den Garten.«

Da war was Wahres dran, überlegte Andreas. Das war ja wohl auch der Reiz am Modellbau. Man konnte die Welt nach eigenem Gutdünken gestalten, da konnte einem keiner reinreden. Und warum nicht einen Leuchtturm irgendwo aufs Festland stellen, vielleicht mitten auf eine Kuhweide, wenn einem danach war?

Warum es Leute gab, die etwas im Modell haarklein nach Vorbild nachbauten, war Andreas nicht klar. Der Reiz lag doch gerade darin, der eigenen Fantasie freien Lauf zu lassen, etwas zu gestalten, was es bisher noch nicht gab, in den schillerndsten Farben und der allerschönsten Ausführung. So etwas wie das Schlaraffenland, wo Krieg und Krankheit keine

Rolle spielten, sich alles auf das Gute, den Überfluss, auf Frie-
de, Freude und Eierkuchen konzentrierte. Das Reale hatte
man ja tagtäglich, warum hätte man es sich im Kleinformat
nach Hause holen sollen?

»Und ihr Sohn hatte kein Faible für Modelleisenbahn?«

»Nein. Er sagte, er wolle es zu etwas Großem bringen. Da-
bei hätte er eine Landesgartenschau jederzeit auch auf einem
Modell bauen können, dafür hätte er nicht Unmengen an
Steuergeldern verplempern müssen!«

»Aber Herr Krapox, eine Landesgartenschau ist etwas Ein-
maliges! Die kommt im Leben immer nur einmal in eine
Stadt. Und wir sind in Oberrosendorf total glücklich, dass wir
nun ein Jahr lang diese Blütenpracht genießen dürfen. Und
die Attraktionen bleiben uns ja alle erhalten!«

»Sie sind vielleicht glücklich – aber ich habe da auch schon
andere Stimmen gehört!«

»Und wie ging es weiter mit Ihrer Firma?«, lenkte Andreas
das Thema zurück auf den Modellbau.

»Als ich ins Rentenalter kam war mein Sohn schon längst
im Amt. Er hatte mir gleich nach dem Abitur gesagt, dass er
irgendwas in der Verwaltung werden wolle und dass ich mir
jemand anderen suchen solle für meine Firma. Das habe ich
dann auch getan: Antonios besten Freund. Der ist mit eingestiegen bei mir. Er war nämlich als Kind schon begeistert von
meiner Arbeit. Wann immer er Antonio besuchen kam, er
schaute stets auch bei mir im Laden vorbei, der lag nämlich
direkt unter unserer Wohnung. Aber nach der Übernahme
hat sich herausgestellt, dass er nicht so das richtige Händchen
gehabt hat. Er wollte weg von den Brückenbauten und stattdessen lieber Achterbahnen konstruieren.«

Jedem das Seine, dachte Andreas bei sich. Er stellte sich
das Bauen von Achterbahnen auch weit interessanter vor, als

irgendwelche Hölzlein zusammenzuleimen, um daraus eine Brücke zu bauen.

»Und das kam nicht gut an?«, hakte er nach.

»Anfangs schon, es war halt etwas Neues. Doch dann brach der Umsatz ein.«

»Aber ist es nicht so, dass Modellbau einfach ein aussterbendes Hobby ist?«, versuchte es Andreas mit Argumenten.

»Doch, das ist leider so. Heute fahren die Leute lieber dreimal im Jahr in Urlaub, anstatt etwas Kreatives mit den Händen zu tun!«. Krapox senior klang empört.

Wieder wurde das Gespräch unterbrochen, denn nun wurde das Dessert serviert: Gebackene Banane mit flüssigem Honig. Andreas überlegte kurz, ob er diese Form der Nachspeise nicht eher aus chinesischen als aus griechischen Restaurants kannte, es war ihm aber egal. Es duftete köstlich und das war die Hauptsache. Er stach mit der Gabel ein Stück ab und steckte es sich in den Mund. Es schmeckte himmlisch!

Annegret stellte ihm wortlos ihren Teller hin.

»Magst du das etwa nicht?«, fragte Andreas verwundert.

»Viel zu fettig, all dieses frittierte Zeug. Ein bisschen ist ja in Ordnung, aber muss jeder Gang so etwas enthalten?«

Wenn es nach Andreas ging, dann schon. Fett war nun einmal ein Geschmacksträger. Und ein Essen, das so lecker war und ihn noch dazu nichts kostete, darauf ließ er nichts kommen. Schnell bestellte er sich beim Kellner, der gerade vorbeilief, noch einen doppelten Espresso und versank dann wieder in diesem himmlischen Geschmackserlebnis.

Als Andreas von seinem zweiten Dessertteller aufblickte, sah er, dass auf der Bühne ein Rednerpult mit einem Mikrofon aufgebaut worden war. Der Vereinsvorsitzende betrat die Bühne und begrüßte alle Anwesenden. Die Rede, die er vor sich hinlegte, schien unzählige Seiten zu haben, weshalb Andreas gedanklich sofort abschweifte.

Er dachte an Samantha und überlegte, wie es sich wohl angefühlt hätte, hätte er neben ihr hier gesessen. Gut, das waren reine Hirngespinste und ihm wurde bewusst, dass er sich bisher erstaunlich gut unterhalten hatte. Der alte Herr neben ihm war eine interessante Persönlichkeit und er hoffte inständig, die Reden würden nicht zu lange gehen, um den Gesprächsfaden wieder aufnehmen zu können.

Doch nach dem Vereinsvorsitzenden stand der Bürgermeister auf. Andreas blickte sich im Saal um und hoffte, nicht noch mehr Bürgermeister zu erblicken, die ein Mitteilungsbedürfnis hatten, doch wie er nun feststellte, saßen da auch noch mindestens fünf Vorsitzende anderer Vereine. Ihm schwante Übles. Das würde ein Marathon an langweiligen Reden werden, die es irgendwie zu überstehen galt, ohne dabei einzunicken. Er orderte schnell noch einen Kaffee.

Annegret nutzte die Gelegenheit, dass der Kellner Andreas' Bestellung aufnahm und bestellte sich einen koffeinfreien Kaffee mit Sojamilch und Bio-Zucker. Genau so hatte sich Andreas das vorgestellt. Sonderwünsche und zickiges Getue, Genörgel über das Essen und schlechte Laune. Na Mahlzeit. Vielleicht wäre es ratsam, direkt nach dem offiziellen Teil aufzustehen, Müdigkeit zu heucheln und zu sagen, er werde sie nun heimfahren. Ansonsten müsste sie sich ein Taxi nehmen. Oder vielleicht konnte sie ja der Herr Bürgermeister nach Hause fahren. Doch nach einem Blick in dessen Richtung wusste Andreas, dass das Wunschdenken war. Denn vor dem Bürgermeister stand eine Flasche Rotwein, die nahezu leer war. Aus einem Fahrservice des Stadtoberhaupts würde also nichts werden.

Irgendwann schien auch der letzte Redner zum Ende zu kommen und Andreas überlegte sich gerade, wie er Annegret zum Heimgehen animieren konnte, als ein Zauberkünstler angekündigt wurde. Christiano Montana betrat die Bühne und verzauberte alle Anwesenden mit verblüffenden Tricks, bei denen er Seile zerschnitt und wieder zusammenfügte, Geldscheine in Flammen aufgingen, Münzen verschwanden und wieder zum Vorschein kamen und noch vieles mehr. Zu guter Letzt ließ er noch eine echte Bowlingkugel aus dem Nichts erscheinen und auf den Boden fallen. Donnernder Applaus belohnte den Künstler für so viele Überraschungsmomente und nachdem er noch eine Zugabe geliefert hatte, verabschiedete er sich unter donnerndem Applaus von der Bühne, wo sogleich ein musikalisches Duo anfing, sein Equipment aufzubauen.

Nur wenig später hieß es, die Tanzfläche sei eröffnet und schon erklang der erste Schlager.

Andreas schreckte aus seinen Gedanken hoch, als Annegret ihn am Handgelenk packte und auf die Tanzfläche zog.

»Auf geht's, lass uns tanzen!«, forderte sie ihn auf.

Andreas tat wie ihm geheißen und ärgerte sich erneut, dass Annegret in diesem Schuhwerk größer war als er.

»Das ist ein langsamer Walzer«, erklärte er Annegret vorsorglich, ging in Tanzhaltung und trat ihr mit voller Wucht auf den Fuß.

»Aua«, rief sie mit schmerzverzerrtem Gesicht.

»Oh, das tut mir leid, entschuldige! Du musst mit dem linken Fuß anfangen. Mit Links rückwärts.«

Schnell stellte Andreas fest, dass Annegret vom Tanzen keinerlei Ahnung hatte. Sie stöckelte auf ihrem hohen Schuhwerk über die Fläche wie ein Roboter. Sie hörte den Takt nicht und bewegte sich abgehackt. Für Andreas fühlte sich das ungut an. Eine ungeschmeidige Frau. Sie schien außerdem nicht mehr als einen Grundschritt zu beherrschen, ließ sich aber auch nicht führen, sondern blockierte sofort, wenn Andreas versuchte, sie über die Fläche zu lotsen.

»Lass doch mal locker und gib dich der Musik hin«, forderte er sie auf.

»Das geht nicht, ich habe kein Taktgefühl.«

Das stimmte allerdings. Warum hatte sie ihn dann zum Tanzen aufgefordert?

»Wann war denn dein letzter Tanzkurs?«, fragte Andreas daher.

»Ich habe nie einen gemacht, tanzen liegt mir nicht!«

»Warum hast du dann unbedingt tanzen wollen?«

»Weil ich mich zu Tode gelangweilt habe mit dem Bürgermeister. Er hat mir seine ganze Lebensgeschichte erzählt. Ich weiß jetzt, warum er Bürgermeister geworden ist, was er am liebsten isst, wohin er gerne in Urlaub fährt, welche Schuhgröße er hat, wo er seine Klamotten kauft, und sogar, welche Rosen er in seinem Garten anpflanzt. Kannst du dir das vorstellen?«

Andreas meinte genau zu wissen, dass Bürgermeister Krapox die neue Rosenzüchtung von der Landesgartenschau in seinem Garten anpflanzte. War das verwunderlich?

»Soll ich dich lieber nach Hause fahren?«, schlug er vor.

»Nein, noch nicht«, gab Annegret zurück. »Ich will jetzt erst einmal tanzen. Du kannst mir ja zeigen, wie das geht. Woher kannst du das denn so gut?«

»Na aus den Tanzkursen, die ich besucht habe.«

»Wann war denn dein letzter?«

»Keine Ahnung. Aber ich kann mir recht schnell die Schritte merken und scheinbar brennen die sich gleich in meinem Gedächtnis ein.«

Als nächstes spielte das Duo einen Cha Cha Cha. Andreas erklärte Annegret den Grundschritt. Schon an der ersten Drehung scheiterte sie jedoch. Er fragte sich, wie man so wenig tänzerisches Talent haben konnte. Seines Erachtens war das Tanzen etwas, über das man nicht nachzudenken brauchte, man bewegte sich einfach zum Rhythmus der Musik. Und als Frau war das doch einfach, schließlich führte der Mann, sie brauchte sich also keine Gedanken zu machen, welche Figur als nächste kam. Doch das sah bei Annegret nach einem Kraftakt aus. Und Andreas verspürte wenig Lust darauf, den Abend über nur Grundschritte zu tanzen.

Es folgte ein Wiener Walzer.

»Ah, den kann ich«, freute sich Annegret. »Zusammen mit meiner Freundin habe ich einen Hochzeitstanzkurs belegt, da haben wir das hier auch getanzt.«

Von Können konnte jedoch keine Rede sein. Annegret stolperte so vor sich hin, war völlig aus dem Takt und hielt sich krampfhaft an Andreas' Hand und seinem Oberarm fest, so dass er beschloss, zu pausieren und zu warten, was als nächstes käme.

Sie gingen zurück zu ihrem Tisch, wo sich in diesem Moment der Bürgermeister erhob und ihnen entgegenkam.

»Frau Kurtwanger, Sie tanzen wie eine Elfe!«, rief er entzückt. »Darf ich bitten?«. Und noch bevor Annegret irgend etwas sagen konnte, hatte er sie bei der Hand genommen und stellte sich mit ihr in Tanzpose auf.

Mal sehen, wie lange er durchhält, überlegte Andreas und blickte vergnügt zu den beiden auf die Tanzfläche. Der Bürgermeister schob Annegret über das Parkett, als hätte er eine Schaufensterpuppe im Arm. Er achtete weder auf Musik oder Takt, sondern machte Schritte, die entfernt an einen Foxtrott erinnerten. Annegret zog ruckartig und immer gerade noch schnell genug ihre Füße fort, um den Schritten des Stadtoberhaupts zu entgehen. Es sah zwar nicht schön aus, aber irgendwie waren die Bewegungen beider doch aufeinander abgestimmt. Es war auf eine ungewohnte Art faszinierend, dass man sich so zur Musik bewegte, fand Andreas. Auch den nächsten Tanz verbrachte er zuschauend und staunend, dann blickte er sich suchend im Raum nach einer neuen Tanzpartnerin um, als sich plötzlich die Bürgermeistergattin erhob und ihn ansprach:

»Kommen Sie, Herr Wunderberg, lassen Sie uns das auch einmal ausprobieren«, meinte sie.

Andreas tat wie geheißen und fragte sich, ob er nun auch diesen Einheitsbrei tanzen müsste. Doch erstaunlicherweise konnte die Frau des Bürgermeisters richtig tanzen. Erst eine Rumba, dann einen Jive, sogar einen Slowfox legten sie gemeinsam aufs Parkett, bei dem sie die Fläche fast für sich hatten. Frau Krapox war im Takt, ließ sich führen und wusste sogar, wann der Kopf der Dame in welche Richtung bewegt werden musste.

»Frau Krapox, Sie tanzen richtig gut!«, lobte Andreas sie.

»Danke, gleichfalls!«, gab sie lächelnd zurück. »Und Ihre Tanzkenntnisse sind viel umfangreicher als die meines Mannes!«

Als die Band einen Diskofox ankündigte, winkte die Bürgermeistergattin ab.

»Kommen Sie, Herr Wunderberg, wir gehen an die Bar und trinken etwas. Discofox ist was für Jüngere.«

Zwar fühlte sich Andreas nicht alt und hätte tatsächlich auch diesen Discofox gerne getanzt, jedoch fiel ihm so schnell kein Argument ein, also folgte er seiner Tanzpartnerin an die Bar.

Sie bestellten sich einen Cocktail und stießen an. Andreas genoss die Gesellschaft der Bürgermeistergattin in vollen Zügen. Gemeinsam scherzten sie herum, lachten laut, und es dauerte nicht lange, da bestellten sie bereits beide ihren zweiten Cocktail. Frau Krapox hatte Andreas gerade von einer

lustigen Begegnung im Rahmen eines Ausflugs des Frauen-
vereins erzählt, und beide lachten schallend, als Andreas
spürte, wie sich von hinten eine Hand auf seine Schulter legte.

»Da bist du also. Ich suche dich schon überall.«

Andreas blickte über seine Schulter nach hinten. Es war
Annegret, die ihn vorwurfsvoll anblickte.

»Ja, hier bin ich«, antwortete er etwas lahm.

»Und betrinkst dich, na wunderbar. Und wie komme ich
nun nach Hause? Auf euch Männer ist doch kein Verlass!«.
Sie drehte sich auf dem Absatz um und lief in Richtung Aus-
gangstüre. Ohne sich noch einmal umzudrehen, verschwand
sie nach draußen.

Sie würde sich ein Taxi nehmen müssen, überlegte Andreas und wandte sich dann wieder seinem Gegenüber zu. Frau
Krapox hatte die Szene interessiert beobachtet.

»Sind Sie der jungen Frau irgendwie Rechenschaft schul-
dig, wo Sie mit wem was trinken?«, fragte sie ihn direkt.

»Nein, bin ich nicht.«

»Na dann ist ja gut!«

Der Bürgermeister lief kurz darauf ebenfalls an ihnen vorbei, winkte ihnen vergnügt zu und verschwand wieder im
Getümmel.

Andreas unterhielt sich noch eine ganze Zeit lang mit der
Gattin des Rathauschefs, bis diese irgendwann meinte, dass
sie nun langsam genug habe, müde sei und nach Hause aufbrechen wolle.

»Soll ich Ihren Mann für Sie suchen gehen?«, fragte Andreas und schaute sich suchend in der Menge um.

»Nein, lassen Sie nur. Der wird hier noch nicht abkömm-
lich sein. Und er ist ein ausgesprochener Nachtmensch, der
gerne bis in die Morgenstunden durchhält. Er ist es gewohnt,
dass ich mich ohne ihn auf den Heimweg mache. Was ist mit

Ihnen, bleiben Sie noch länger oder sollen wir gemeinsam ein Stück laufen? Oder sind Sie mit dem Wagen da?«

»Das bin ich tatsächlich, weil ich eigentlich noch das Taxi für Frau Kurtwanger hätte spielen sollen, aber daraus wurde ja nun nichts«. Andreas zeigte auf die beiden leeren Gläser, die zwischen ihnen standen.

»Hat mein Mann das so eingefädelt, dass Sie fahren sollten?«

»Ja, woher wissen Sie davon?«

»Das sieht ihm ähnlich.« Sie lächelte wissend.

Sie verließen gemeinsam das Clubheim und machten sich zu Fuß auf den Weg in Richtung Zentrum. Das Areal des Rudervereins lag im Norden der Stadt. Von daher hätte Andreas einen sehr kurzen Heimweg gehabt. Er entschied sich jedoch anders und begleitete Frau Krapox in Richtung Stadtmauer, da sie im Stadtzentrum wohnte. Kurz davor blieb er stehen.

»Ich muss hier eigentlich abbiegen. Oder ist es Ihnen lieber, ich würde Sie noch nach Hause begleiten? Als Frau so alleine ist es mitten in der Nacht wahrscheinlich nicht ungefährlich.«

»Ach, lassen Sie nur, Herr Wunderberg, mich klaut schon keiner«, winkte Frau Krapox lachend ab. »Ich komme gut alleine zurecht. Muss ich sonst auch immer.«

»Wenn Sie meinen?«

»Ja, meine ich. Gehen Sie ruhig direkt nach Hause.«

Andreas winkte ihr zum Abschied zu und wandte sich dann nach Norden, während die Bürgermeistergattin zielstrebig in Richtung Stadtkern weiterlief.

Zu Hause angekommen, ließ Andreas den Abend noch einmal Revue passieren, während er im Bad stand, Zähne putzte und in seinen Pyjama schlüpfte. Es war erstaunlich unterhaltsam gewesen, ihm war gar nicht langweilig gewesen und von Annegrets Anwesenheit hatte er so gut wie nichts mitbekommen, da er sich anderweitig so gut unterhalten hatte. Für sie hingegen schien der Abend überhaupt nicht nach Plan verlaufen zu sein. Sie hatte etwas von einer keifenden Ehefrau gehabt, die sich zurückgesetzt fühlte, weil ihr Mann sie nicht beachtete.

Oder hatte sie sich schlichtweg darüber geärgert, dass er sein Versprechen, sie nach Hause zu fahren, vergessen und sich alkoholische Mixgetränke gegönnt hatte? Oder war es eine Mischung aus beidem gewesen? Gut, Andreas hätte sich durchaus getraut, die paar Meter nach Hause mit seinem Auto zu fahren. Nur bis nach Bad Lauserwing und zurück hatte er tatsächlich nicht mehr fahren wollen. Aber er hätte der Bürgermeistergattin ja schlecht sagen können, er fahre trotz Alkoholkonsums nach Hause. Was hätte das für ein Licht auf ihn geworfen? Und hätte er sie etwa fragen sollen, ob er sie nach Hause chauffieren sollte? In angetrunkenem Zustand? Was sie wohl geantwortet hätte?

Er musste schmunzeln. Im nächsten Moment wurde er jedoch wieder ernst. Das könnte ein übles Nachspiel haben, überlegte Andreas, wenn Annegret sich beim Bürgermeister über ihn beschwerte. Aber darüber wollte er sich nun nicht mehr den Kopf zerbrechen – er wollte nur noch ins Bett und schlafen.

Kapitel 16

Am Montagmorgen regnete es, als Andreas aus dem Bett kroch. Das würde keine gute Woche für die Landesgartenschau werden, wenn das Wetter anhielt.

Andreas schlüpfte in Jeans und T-Shirt und gönnte sich erst einmal zwei starke Tassen Kaffee mit Sahne und Zucker nach seinem Geschmack, während er die Zeitung durchblätterte.

Gleich auf dem Titel der Lokalausgabe prangte ein Foto, auf dem der Bürgermeister mit Annegret zu sehen war, die gemeinsam über die Tanzfläche schoben. Die Überschrift lautete »Ausgelassene Feier zum Fünfzigjährigen«. Andreas überflog den Artikel, der hauptsächlich die vielen Reden zum Inhalt hatte. Dann besah er sich das Foto noch einmal genauer. Der Bürgermeister strahlte in Richtung Kamera, während Annegret etwas angespannt in Richtung ihrer Füße blickte. Man merkte, dass sie beim Tanzen nicht in ihrem Element war. Mit einem Baseballschläger im Arm hätte sie sicher viel entspannter ausgesehen. Wieder blieb Andreas' Blick an den ultralangen Beinen Annegrets hängen. Die hatten schon was. Auf den Rest konnte er jedoch gerne verzichten. Er schlug die Zeitung zu, klemmte sich einen Regenschirm unter den Arm und machte sich auf den Weg ins Büro.

Um 13 Uhr ereilte Andreas die freudige Nachricht, dass der 500-tausendste Besucher die Landesgartenschau soeben betreten habe. Es handle sich um einen Studenten aus Karlsruhe, der eingewilligt hatte, am Abend zur Feier des Tages mit den üblichen Beteiligten ein Abendessen im Fliegenden Fisch einzunehmen. Die Hotelübernachtung im Anschluss ginge auf Kosten der Landesgartenschaugesellschaft, das Zimmer im Hotel Rheinblick war schon für ihn gebucht worden.

Andreas verstand nicht, wie man bei so einem Wetter freiwillig auf die Landesgartenschau gehen konnte. Hatte so ein Student nichts Besseres vor? Warum eigentlich war der nicht in der Uni, wo er hingehörte? Oder waren etwa gerade Semesterferien? Er verspürte überhaupt keine Lust, schon wieder auf den Bürgermeister zu treffen und schon wieder dieses Prozedere hinter sich zu bringen. Wer hatte sich diesen Unsinn mit dem ständigen Essengehen eigentlich einfallen lassen? Hätte es nicht gereicht, den soundsovielsten Besuchern einen Gutschein für ein Essen in die Hand zu drücken? Das war dem Bürgermeister zu unpersönlich gewesen, erinnerte sich Andreas jetzt. Er hatte darauf bestanden, mit dem 300-, 500- und 750-Tausendsten ein gemeinsames Essen zu zelebrieren, natürlich immer im Beisein von Andreas. Der Besucher, der die Million voll machte, sollte einen Gutschein für eine Woche Hotelaufenthalt bekommen, Andreas wusste gar nicht, ob in diesem Fall ebenfalls ein gemeinsames Essen geplant war. Er würde noch kugelrund werden von der ständigen abendlichen Kalorienzufuhr diesen Umfangs. Bei ihm zu Hause gab es gewöhnlich am Abend nur eine Scheibe Brot mit Wurst und Senf.

Keine zwei Stunden später kündigte das Telefondisplay Andreas einen Anruf des Stadtoberhaupts an. Der würde doch nicht etwa für das Abendessen absagen wollen? Andreas meldete sich hoffnungsvoll.

»Herr Wunderberg, ich muss mich doch sehr über Sie wundern!«, erklang es aus dem Hörer und Krapoxs Stimme klang alles andere als freundlich.

»Weswegen?«

»Ich habe soeben mit Frau Kurtwanger telefoniert!«

Das schien wohl des Bürgermeisters neuer Zeitvertreib zu sein.

»Und?«

»Und? Das fragen Sie noch? Sie haben sie einfach so nach Hause geschickt, weil Sie getrunken hatten und nicht mehr in der Lage gewesen waren, sie nach Hause zu fahren! Die Arme hat sich selbst ein Taxi rufen müssen! Das ist gar nicht gentleman like! Und Sie haben sich währenddessen hemmungslos dem Trinken hingegeben, anstatt darauf zu achten, dass Frau Kurtwanger heil nach Hause kommt. Was wirft denn das für ein Bild auf diese Stadt?«

Andreas konnte zwar überhaupt nicht nachvollziehen, was das Rufen eines Taxis mit dem Bild einer Stadt zu haben sollte und überlegte gerade, ob man zwei Cocktails bereits als hemmungsloses Trinken bezeichnen konnte, als der Bürgermeister bereits weitersprach:

»Sie müssen das wieder gutmachen, Wunderberg, hören Sie? Gleich heute Abend! Frau Kurtwanger begleitet Sie in den Fliegenden Fisch. Und Sie holen Sie ab und bringen Sie im Anschluss nach Hause. Und dieses Mal wirklich, darauf bestehe ich!«

Andreas fühlte sich, als sei er in den Film »Und täglich grüßt das Murmeltier« geraten. Schon wieder ein Abendessen mit Annegret, dem Bürgermeister und dessen Gattin? Das letzte war gerade zwei Tage her. Er hasste seinen Job mit einem Mal von ganzem Herzen. Nein, eigentlich nicht seinen Job, aber diese aufgezwungene Begleitung!

»Hören Sie, Herr Krapox, ich glaube nicht, dass Frau Kurtwanger schon wieder zur Verfügung steht, sie muss sicherlich zum Training«, versuchte Andreas sich aus der Nummer herauszuwinden.

»Nix da, ich habe schon mit ihr gesprochen, sie wird ausnahmsweise auf das Training verzichten, um Sie zu begleiten, Wunderberg. Wissen Sie eigentlich, wie gut Sie es haben? Ständig besorge ich Ihnen eine wunderschöne Begleitung!«

Na das war eindeutig Geschmackssache. Und Andreas hätte gerne auf jede Art von Begleitung verzichtet. Aber wieder einmal beugte er sich dem Wunsch des Stadtoberhauptes.

»Gut, Herr Krapox, dann sehen wir uns heute Abend.«

»Ich verlasse mich auf Sie, Wunderberg, seien Sie pünktlich und dass Sie nüchtern bleiben, dafür sorge ich persönlich!«

Nach dem Telefonat griff Andreas zu seinem Handy, das während des Gesprächs eine Whatsapp angekündigt hatte.

Es war Annegret, die ihm schrieb: »Erwarte dich 18.30 Uhr. Adresse hast du ja.«

Andreas sendete ihr das Daumen-hoch-Emoji als Antwort.

Wie aus dem Ei gepellt läutete Andreas pünktlich bei Annegret. Er war gespannt, ob sie noch immer sauer war, doch genau wie beim letzten Mal drückte sie auf den Türöffner und rief von oben herunter, sie komme. Dann hörte Andreas ein Klackern auf den Stufen und Annegret kam die Treppe herunter. Dieses Mal trug sie hautfarbene Strumpfhosen, rote, geschlossene Wildlederschuhe mit hohem Absatz und einen leichten roten Sommermantel. In der Hand trug sie einen roten Regenschirm, da es draußen nach wie vor regnete.

»Lady in red« schoss es Andreas bei ihrem Anblick durch den Kopf. Die Haare trug sie dieses Mal wieder offen, was Andreas schade fand. Die Hochsteckfrisur hatte etwas Festliches gehabt, nun hing das dünne lange Haar wieder herunter und hatte nichts Besonderes an sich. Aber gut, es konnte ihm völlig egal sein, wie Annegret herumlief. Er würde den Abend irgendwie überleben.

»Hallo«, begrüßte ihn Annegret und lächelte ihn an.

»Auch hallo«, entgegnete Andreas und öffnete die Tür nach draußen. Sie liefen zum Auto, stiegen ein und redeten während der Fahrt kein einziges Wort miteinander. Andreas war es egal, er hatte sowieso keine Lust auf Small Talk.

Er parkte am südlichen Eingang des Landesgartenschaugeländes, ganz in der Nähe der Rheinkolonnaden und sie legten den recht kurzen Weg dorthin schnellen Schrittes zurück, um nicht allzu nass zu werden, denn trotz ihrer beider Schirme drohte der Regen, der durch den Wind schräg fiel, sie völlig zu durchnässen. Erst als sie bei dem Säulengang ankamen, der auf der Seite zum Rhein hin offen war, während sich an seiner anderen die Läden und das Restaurant aneinander reihten, klappten sie die Schirme zu.

Der Bürgermeister nebst Gattin war bereits da, wobei die Ehrengäste, der Student mit Freundin, noch auf sich warten ließen. Nachdem sie sich begrüßt hatten und Andreas Annegret aus ihrem Mantel geholfen und ihn an die Garderobe gehängt hatte, gingen sie zu dem Tisch für 6 Personen, der bereits auf sie wartete.

»Frau Kurtwanger, Sie sehen wieder bezaubernd aus!«, rief der Bürgermeister und musterte Annegret von Kopf bis Fuß. Sie lächelte, erwiderte jedoch nichts.

»Wo haben Sie denn dieses hübsche Kleid her?«, wollte die Bürgermeistergattin wissen.

Andreas fragte sich, ob tatsächlich nur er dieses Kleid als schulmädchenhaft empfand, während es den anderen sichtlich gefiel. Geschmäcker waren eben doch verschieden.

»Ich weiß nicht«, antwortete Annegret, »ich habe es schon länger.«

Also doch noch aus Schulmädchenzeiten überlegte Andreas und fühlte sich bestätigt.

»Es steht Ihnen ausgezeichnet!«, meinte der Bürgermeister und ergänzte: »Es gibt Ihnen so einen frischen, jugendlichen Touch!«

Das wäre wahrscheinlich eine Schwiegertochter nach Herrn Krapoxs Geschmack, überlegte Andreas, im richtigen Alter wäre sie auf jeden Fall.

Die Bürgermeistergattin hatte bei der Äußerung ihres Gemahls bestätigend genickt und schien keinesfalls zu überlegen, ob »frisch und jugendlich« ein Wink mit dem Zaunpfahl sein sollte, um ihr mitzuteilen, dass sie weder das eine noch das andere war. Sie war es einfach gewohnt, dass ihr Gatte gegenüber des schwachen Geschlechts mit Komplimenten nur so um sich warf, das entsprach wohl einfach seinem Naturell.

Frau Krapox hatte auch keinen Grund zur Eifersucht. Sie war für ihr Alter außerordentlich attraktiv, strahlte Lebenserfahrung aus und war eine sehr elegante, gepflegte Erscheinung, die nicht auf jung machen musste.

Jugendliches Aussehen, oder Jugendlichkeit an sich war für Andreas nichts Erstrebenswertes. Was hatten diese jungen Leute bisher erlebt? Nichts. Gut, Samantha war als Buchautorin und Sportlerin erfolgreich gewesen, auf sie traf das vielleicht nicht zu. Aber Annegret? Die sollte seiner Meinung nach erst einmal richtig erwachsen werden.

Endlich kamen auch der Student und seine Freundin. Als sich alle miteinander bekannt gemacht hatten und die Bedienung ein Glas Sekt zur Einstimmung serviert hatte – wobei der Bürgermeister darauf bestanden hatte, dass der Sekt für Andreas alkoholfrei sein musste – ließ es sich der Bürgermeister nicht nehmen, aufzustehen und eine Rede zu halten.

Andreas wunderte sich. Warum musste das sein? Es war ja nichts auszusetzen an einem gemütlichen Abendessen, aber eine Rede? Den Studenten aus Karlsruhe interessierte die Landesgartenschau wahrscheinlich überhaupt nicht, vielleicht hatte ihn sogar seine Freundin dazu genötigt, mit ihr hierher zu fahren, wegen der vielen Blumen, und er hatte nur des lieben Friedens willen zugestimmt. Nun saß er hier und schaute gebannt auf den Bürgermeister, der flüssig und ohne Spickzettel sprach, jedoch in einer Lautstärke, dass auch die Gespräche an den Nebentischen zwangsweise verstummten und jeder dem Stadtoberhaupt lauschte.

Doch wie sich herausstellte, waren die jungen Leute beide Studenten der Gartenbauingenieurswissenschaften und äußerst interessiert an dem, was sie über die Landesgartenschau zu hören bekamen. So fragte die junge Frau Andreas fast ein Loch in den Bauch, wollte Details zu den verschiedenen Attraktionen wissen, fragte nach Zahlen, Daten und Fakten, während sich der junge Mann brennend für die Vision interessierte, die der Bürgermeister im Vorfeld der Landesgartenschau verfolgt und Schritt für Schritt umgesetzt hatte.

So wurde zwischen Vor- und Hauptspeise gefachsimpelt und während man auf das Dessert wartete, fiel Andreas auf, dass Annegret sich mit der Bürgermeistergattin unterhielt, wenn auch nur über Belanglosigkeiten. Doch die beiden Damen hatten nichts zu den Fachgesprächen beizutragen und mussten somit miteinander Vorlieb nehmen, ob sie nun wollten oder nicht.

Als man das Dessert eingenommen hatte und auf einen Kaffee oder Espresso wartete, verkündete der Bürgermeister stolz in die Runde, dass er eine neue Vision verfolge, um nach der Landesgartenschau im nächsten Jahr erneut Oberrosendorf als Besuchermagneten zu präsentieren.

»Das klingt ja spannend!«, entfuhr es Andreas. »Was erwartet uns denn?«

»Sie werden es nicht glauben, Wunderberg, aber wir erhöhen die Attraktivität Oberrosendorfs durch ein Fisch-Zentrum! Einen Namen dafür habe ich auch schon ausgesucht: Rheinarium.«

Andreas starrte ihn entgeistert an. »Rheinarium? Ist das so etwas wie Sealife? Bei uns in Oberrosendorf?«

»Da staunen Sie, nicht wahr? Wenn wir die Besuchermarke von einer Million schaffen, dann bauen wir das Rheinarium. Das wird dann etwas südlich vom Hotel entstehen, direkt am Rhein. Und es soll jede Menge Aquarien darin geben, in denen man sämtliche Fische des Rheins bestaunen kann. Angefangen bei der Rheinquelle im Kanton Graubünden bis er schließlich in die Nordsee mündet. Da kommen einige Kilometer und Fische zusammen.«

»Ist das nicht fantastisch?«, fragte nun die Bürgermeistergattin in die Runde und strahlte so, als sei es ihre Idee gewesen.

Andreas musste diese Information erst einmal sacken lassen. Es war natürlich ein kluger Schachzug des Bürgermeisters, Oberrosendorf erst durch die Landesgartenschau über die Region hinaus bekannt zu machen und dann durch ein Rheinarium dafür zu sorgen, dass weiterhin Besucher und Touristen in Scharen nach Oberrosendorf kamen. Eigentlich waren sie zuvor auch schon gekommen, weil der Stadtkern so hübsch war, jedoch nicht in dieser großen Anzahl wie derzeit aufgrund der Gartenschau. Und nun hätten sie auch zukünftig gute Gründe, zahlreich anzureisen.

Der südliche Parkplatz, der eigens für das Landesgarten-schaugelände angelegt worden war, bot genügend Parkfläche für die Besucher und das Hotel Rheinblick. Er würde auch zukünftig genug Platz bieten, wenn Besucher für das Rheinarium kämen. Und das Hotel würde sich über diese besondere und noch dazu in der Nähe liegende Attraktion sicher auch freuen. Denn wie Andreas aus anderen Städten wie Konstanz wusste, waren solche Fisch-Zentren trotz ihres relativ hohen Eintrittspreises Garanten für viele Besucher.

Auch die Studenten waren von dieser Nachricht angetan. »Sie haben echt ein Händchen für touristische Attraktionen«, lobten sie das Stadtoberhaupt für diese Idee.

Danach herrschte langsam Aufbruchsstimmung. Andreas holte Annegrets Mantel und half ihr hinein, was sie wortlos hinnahm. Gemeinsam liefen alle sechs in Richtung Parkplatz, und verabschiedeten sich kurz vor der Brücke, die über die Straße zum Hotel hinüberführte, von den Studenten, bevor sie das Gartenschaugelände verließen.

Annegret wirkte auf der Heimfahrt recht frustriert, so dass sich Andreas irgendwie genötigt fühlte, nachzufragen, wie ihr der Abend gefallen habe.

»Warum lädst du mich eigentlich zu solchen Essen ein, wenn du dann kein einziges Wort mit mir sprichst?«, fragte sie gereizt.

Da musste sie irgendetwas falsch verstanden haben. Nicht er hatte sie eingeladen, das war beide Male der Bürgermeister gewesen. Andreas hatte ja lediglich den Taxidienst übernommen. Gut, das letzte Mal nur in eine Richtung, aber das war keine Absicht gewesen, das war einfach so passiert.

»Weißt du, eigentlich war es gar nicht ich, der dich zu diesen Abendessen eingeladen hat. Das war doch der Bürgermeister gewesen. Und dann darfst du mir keine Vorwürfe machen.«

»Mache ich aber. Du bist mein Begleiter!«

»Nein, ich bin dein Chauffeur! Meiner Meinung nach bist du Gast des Bürgermeisters!«

»Das ist ja albern. Was soll ich denn mit dem Bürgermeister anfangen?«

»Und was willst du mit mir anfangen?«, fragte Andreas nun doch völlig irritiert.

»Spaß haben.«

An welche Art von Spaß Annegret da wohl dachte?

»Wir kennen uns doch kaum! Vielleicht solltest du lieber in deiner Altersgruppe nach jemanden suchen, mit dem du Spaß haben kannst!«, schlug Andreas vor.

»Na toll. Und für so eine Aussage habe ich das Training heute sausen lassen.« Annegret klang patzig.

»Wie ich schon sagte, ...«, holte Andreas aus, aber Annegret fiel ihm ins Wort:

»Ich weiß, du hast mich nicht eingeladen. Ich habe es verstanden.«

Als sie vor ihrer Wohnung vorfuhren, stieg Annegret wortlos aus und knallte die Autotür ohne ein Wort des Abschieds oder Danks zu und lief den Gartenweg entlang ohne sich noch einmal umzudrehen.

»Dir auch einen schönen Abend. Und gern geschehen«, murmelte Andreas vor sich hin, wendete den Wagen und fuhr nach Hause.

Vielleicht war das nötig gewesen, um in Zukunft Ruhe vor dieser Frau zu haben. Jedenfalls war Andreas froh, dass das Essen nun abgehakt war. Es wäre ungeschickt gewesen, wäre es auf den Mittwochabend gefallen, wo er die Lieferung seiner neuen Gefriertruhe erwartete. Und am Wochenende würde Peter zurückkommen. Das war ein Gedanke, der in Andreas tatsächlich Freude aufkeimen ließ.

Kapitel 17

Der Mittwoch war ein besonderer Arbeitstag für Andreas. Nicht nur, dass am Abend die neue Gefriertruhe geliefert werden sollte und er unbedingt rechtzeitig gehen musste, er war über die Mittagszeit auch noch im japanischen Garten verabredet. Eine Delegation der japanischen Partnerstadt war am Morgen angereist und logierte eine Woche lang im Hotel Rheinblick. Normalerweise war angedacht, dass die Japaner mit Bürgermeister Krapox zu Mittag aßen, aber am Mittwoch war dies nicht möglich, da sich das Stadtoberhaupt am Vormittag einer Wurzelbehandlung beim Zahnarzt unterziehen musste, und somit war Andreas eingesprungen.

Die fünf Herren waren allesamt sehr wissbegierig. Während des hervorragenden Essens im Teehaus, das entgegen seiner Namensgebung nicht nur Tee, sondern auch vorzügliche Gerichte aus Japan und Deutschland servierte, wollten sie alles mögliche von Andreas wissen. Besonders das Schmetterlingshaus, der Rosengarten und das Kakteenhaus hatten es den Asiaten angetan und nach dem Essen führte sie Andreas noch durch alle drei Attraktionen und beantwortete dabei so viele Fragen, dass er zum Schluss immer öfter auf die Uhr schauen musste, um nicht zu spät nach Hause zu kommen.

Für 17.30 Uhr war die Lieferung der neuen Gefriertruhe geplant und der Lastwagen fuhr pünktlich vor. Die zwei Mitarbeiter der Spedition besahen sich die alte Truhe, schleppten diese bis vor die Haustüre, luden dann die neue Truhe aus, beförderten diese in den Kellerraum, als hätte sie überhaupt kein Gewicht, und nahmen anschließend die alte Gefriertruhe endgültig mit, nachdem sie von Andreas ein großzügiges Trinkgeld erhalten hatten. Der war froh, den alten Schrott endlich los zu sein.

Im Keller steckte er das Stromkabel des neuen Gerätes in die Steckdose und ein leises Surren ertönte. Lichter sprangen an und Andreas stellte die Temperatur auf minus 20 Grad.

Nun sollte der neue Aufbewahrungsplatz von Samantha erst einmal auf Temperatur kommen. Ihr Transport war dann für die nächste Nacht geplant. Die Wettervorhersage kündigte für den nächsten Abend jedoch etwas Regen an. Das bedeutete, die Wolken würden jede Art von Mondschein unterdrücken. Somit war Andreas wieder auf diese dämliche Schnur angewiesen. Die wollte er noch schnell anbringen, solange das Wetter noch trocken war.

Andreas ging zum Garderobenschrank und nahm die Schnur heraus, die er nach dem letzten Mal dort verstaut hatte. Dann zog er sich eine leichte Jacke über und ging in die Garage, um sein Fahrrad zu holen.

Er radelte in die Schrebergartenanlage, lehnte sein Fahrrad von außen an den Zaun und betrat durch das Gartentor Peters Gartenparadies.

Einige der Pflanzen ließen die Köpfe hängen, denn die letzten Tage waren warm und trocken gewesen und Andreas hatte mit all diesen Abendveranstaltungen vergessen, dass hier noch Aufgaben auf ihn warteten. Daher legte er die Schnur erst einmal zur Seite und drehte das Wasser am Schlauch auf, um den Pflanzen Wasser zu geben. Nicht, dass

Peter noch mit ihm schimpfen würde, wenn er am Wochenende nach Hause kam. Und darauf, dass es am nächsten Abend tatsächlich regnen würde, wollte er sich nicht verlassen. Nicht, dass die Pflanzen bis dahin endgültig verdorrt waren. Das wollte er nicht riskieren.

Eigentlich sollte er auch noch das Unkraut entfernen, dachte Andreas und so griff er sich nach dem ausgiebigen Wässern einen Eimer und machte sich daran, aus den Beeten, in denen allerlei Blumen und Nutzpflanzen wuchsen, den Löwenzahn und alles, was er sonst als Unkraut einordnete, zu entfernen.

Gut eine Stunde brauchte er, dann richtete er sich auf und begutachtete sein Werk. Es sah deutlich ordentlicher aus und Andreas' Rücken schmerzte, weil er diese gebeugte Haltung überhaupt nicht gewohnt war. Zwar hatte er in den letzten Wochen ab und zu irgendwo ein, zwei Büschel Unkraut herausgerissen, aber so ordentlich wie jetzt hatte es während seiner Zuständigkeit noch nie ausgesehen.

Zufrieden mit sich leerte er den übervollen Eimer in einen Müllsack, den er zu Hause in die Biotonne werfen würde, dann machte er sich endlich daran, die Schnur zwischen Hütte und Gartentor zu spannen.

Kaum hatte Andreas das eine Schnurende an der Dachrinne neben der Tür befestigt, hörte er jemanden rufen.

»Ah, Herr Wunderberg, sind Sie auch mal wieder hier!«

Es war die Nachbarin, die ihn bereits einmal nach dem Zweck der Schnur befragt hatte. Warum kam sie eigentlich immer, wenn er mit dieser Schnur hantierte, während sie sonst so gut wie nie zu sehen war?

»Guten Abend. Ja, ich habe eine Ladung Unkraut rausgerissen. Peter kommt am Wochenende nach Hause und da dachte ich, ich muss mal noch ein bisschen aufräumen.«

»Ja, es sieht recht licht aus, in den Beeten. Sind Sie sicher, dass Sie nur das Unkraut entfernt haben?«

»Ich hoffe es doch. Wobei ich zugeben muss, dass ich mich mit Grünzeug nicht so recht auskenne.«

»Herr Wunderberg, Sie sind der Geschäftsführer der Landesgartenschau. Sie müssen sich doch mit Pflanzen auskennen!«

»Ich kenne mich mit Zahlen aus, ich bin aber kein Botaniker!«

»Aber nicht Zahlen locken die Besucher auf die Landesgartenschau, sondern das, was da Schönes wächst.«

»Das ist ja völlig richtig, aber wenn die Zahlen nicht stimmen, dann macht die Kommune Verluste.«

»Das macht sie sowieso! Zeigen Sie mir auch nur eine Stadt, deren Schuldenberg nicht durch eine Landesgartenschau in die Höhe schnellte!«

»Aber eine Landesgartenschau ist ein Gewinn für die Zukunft einer Stadt!«

»Ein Gewinn für die Zukunft? Eher ein Verlustgeschäft in der Gegenwart! Ich sage nur Kakteen- oder Schmetterlingshaus. Beide müssen doch einen enormen Energieverbrauch haben!«

»Beide Häuser sind einzigartig in der ganzen Region und bescheren uns Unmengen an Besuchern. Schließlich will nicht jeder nur Blumen sehen, es gibt auch Fans dieser stachligen beziehungsweise fliegenden Gesellen!«

»Ja, aber die Dinger brauchen rund ums Jahr eine Hitze wie in der Wüste. Genau wie die Schmetterlinge, die es dazu noch feucht brauchen. Da werden doch Unmengen an Kosten erzeugt. Und somit wird die Landesgartenschau zum Geldgrab!«

»Gerade sagten Sie noch, sie locke mit schönen Blumen.«

»Tut sie ja auch. Aber es ist ein teures Vergnügen, das hier dieses Jahr vor unserer Haustüre blüht!«

»Sie werden sehen, dass Oberrosendorf die nächsten Jahre auch noch von der Landesgartenschau profitieren wird. Die Parkanlage, das Schmetterlingshaus, der Rosengarten, der Japangarten mit Teehaus, das Kakteenhaus, die Tiergehege – sie alle bleiben der Bevölkerung ja erhalten!«

»Aber der Unterhalt verursacht weitere Kosten, und die werden dann nicht von Besuchermassen getragen. Die fahren nächstes Jahr doch alle auf die nächste Gartenschau.«

»Dafür kommen ab nächstem Jahr dann die Fischliebhaber.«

»Fischliebhaber? Zu uns nach Oberrosendorf? Wurde im Rhein irgendeine neue Spezies entdeckt?«

»Nein, das nicht, aber der Bürgermeister will ein Rheinarium an den Rhein stellen.«

»Ein was bitte?«

»Ein Rheinarium. Das gibt ein großes Gebäude mit unzähligen Aquarien, einem Restaurant, einer Station für Angler, einer Möglichkeit zum Schnuppertauchen und vielen anderen Attraktionen, wenn ich den Bürgermeister richtig verstanden habe. Ich glaube, das Rheinarium wird gut ankommen, Fische sind – ebenso wie unsere diesjährigen Attraktionen – wahre Touristenmagnete.«

»Ach, und wie viel Geld wird das dann verschlingen? Wer entscheidet über das Bauvorhaben?«

Fast wäre Andreas »Der Herr Bürgermeister« herausgerutscht, aber er konnte den Impuls gerade noch unterdrücken. Eigentlich hatte er keine Ahnung, wer darüber entschied, dass das Rheinarium gebaut wurde. Mussten dazu noch irgendwelche Tierschutzorganisationen gehört werden? Bei Herrn Krapox hatte es aber so geklungen, als sei schon alles in trockenen Tüchern.

»Ich habe ehrlich gesagt keine Ahnung«, gab Andreas daher zu.

»Na dann lassen wir uns mal überraschen«, meinte die Gartennachbarin, wandte sich ab und stapfte schwankend zu ihrem Schuppen, in dessen Inneren sie verschwand.

Andreas spannte noch die Schnur wie vorgesehen und verließ dann das Grundstück. Den Müllsack klemmte er hinten auf seinen Gepäckträger und radelte dann nach Hause.

Dort angekommen stellte er fest, dass er den Beutel unterwegs verloren hatte. Auch egal, dachte sich Andreas, weg ist weg.

Er ging ins Haus und direkt in den Keller, wo die neue Gefriertruhe leise vor sich hin surrte und minus 20 Grad anzeigte. Hier war also alles so weit vorbereitet.

Am nächsten Tag regnete es gleich morgens und Andreas hatte beim Aufstehen das Gefühl, es würde ein übler Tag werden. Auch nach drei Tassen Kaffee fühlte er sich nicht wirklich besser oder fitter, doch half alles nichts, er musste zur Arbeit.

Er entschloss sich, zu laufen, um seinen Kreislauf in Schwung zu bringen, spannte den Schirm auf und marschierte los.

Im Büro angekommen, ließ er sich gleich den nächsten Kaffee aus der Maschine, holte aus dem Kühlschrank die Sahne und gab einen Schuss hinein, für seine Zwecke hatte er auch kleine Tütchen mit Rohrohrzucker in der Schublade, von denen er nun eines öffnete und den Inhalt in die Tasse rieseln ließ.

Den ganzen Vormittag über gab es keine besonderen Vorkommnisse. Die Besucherzahlen waren so, wie man sie bei diesem Wetter erwartete, also kein Grund zum Trübsal blasen.

Simon Lorbeer, der täglich in der Früh über das Landesgartenschaugelände patrouillierte, kam nach dem Mittagessen im Büro vorbei und grinste über das ganze Gesicht.

»Wisst ihr, was ich in der Früh gefunden habe?«, fragte er Andreas und den Kollegen Randolf, die gerade in der kleinen Küche standen und über Privates redeten.

»Spuck's schon aus!«, forderte Randolf ihn auf.

»Einen Sack mit Grünzeug!«

»Und was ist daran so besonders?«

»Es war eine interessante Mischung und mich würde wirklich interessieren, wer den verloren hat.«

»Inwiefern?«

»Neben Löwenzahn war da auch jede Menge Rucola drin. Ich weiß nicht, ob sich jemand einen Salat aus Wildpflanzen machen wollte, oder ob derjenige zu doof war und versehentlich den ganzen Rucola rausgerissen hat, weil er ihn für Löwenzahn hielt«. Wieder grinste Simon über das ganze Gesicht.

Andreas war schon nach der ersten Beschreibung sofort klar gewesen, dass Simon seinen Müllbeutel gefunden hatte und es war ihm unheimlich peinlich zu hören, dass er sich tatsächlich vergriffen hatte, weil er sich mit diesem Grünzeug einfach nicht auskannte.

Rucola aß er auf einer Pizza, zusammen mit Parmaschinken und Parmesankäse. Er hatte nicht angenommen, dass dieses Grünzeug in Deutschland überhaupt wachsen würde. Parmesankäse und Parmaschinken mussten schließlich auch aus Italien importiert werden. Wie konnte da die grüne Dekoration, die die Pizza schmückte, aus den heimischen Gärten kommen und noch dazu neben Löwenzahn wachsen? Das war ja unerhört.

»Was hast du denn mit dem Beutel gemacht?«, wollte Randolf wissen.

»Ich habe den Inhalt ins Streichelzoogehege geworfen, die Kaninchen haben sich drüber gefreut«, entgegnete Simon.

So hatte wenigstens noch jemand Verwendung für das Grünzeug, dachte Andreas. Jedoch musste er sich überlegen, was er Peter sagen würde, wo sein Rucola geblieben war, wenn dieser den Verlust entdeckte. Ob er sagen könnte, er sei furchtbar verlaust gewesen? Oder hatten ihn die Schnecken gefressen? Er könnte natürlich auch behaupten, dass er ihn gänzlich verbraucht hatte. Gab es vielleicht ein Rucola-Pesto, zu dem Andreas es hätte verarbeiten können?

Noch bevor er weiter darüber nachdenken konnte, klingelte sein Handy. Auf dem Display sah er, dass der Anrufer Peter war und nahm das Gespräch entgegen.

»Hallo Peter, verzögert sich deine Ankunft?«, begrüßte er ihn.

»Im Gegenteil. Ich wollte fragen, ob du ein Bier kaltgestellt und heute Abend Zeit hast!«

»Heute Abend? Heißt das, dass du schon im Lande bist?«

»Gerade zurückgekommen. Ich überlege, ob ich mal rausfahre zum Grundstück und schaue, was du da die letzten Wochen so getrieben hast.«

Andreas überlief ein Schauer. »Nein, bloß nicht!«, entfuhr es ihm.

»Was ist das denn für eine Begrüßung? Stimmt was nicht?«, fragte Peter alarmiert nach.

»Ach weißt du, ich wollte dich doch überraschen. Und geplant ist das aber erst für das Wochenende. Ich stecke noch mitten in den Vorbereitungen«, log Andreas aufs Geratewohl. Er musste auf jeden Fall verhindern, dass Peter in seinen Garten fuhr, die Hütte betrat und in die Gefriertruhe sah. »Wie wäre es, wenn du das mit deinem Garten noch verschiebst und heute Abend auf ein Bier zu mir kommst? Dann stoßen wir gemeinsam auf deine Wiederkehr an.«

»Ok, geht klar. Ich bin um 19 Uhr bei dir, passt das?«

»Ja, passt, bis später, Peter.«

Auch das noch. Wieso wurden seine Pläne, wenn es um Samantha ging, fast jedes Mal vereitelt? Und warum konnte sich Peter nicht einfach an das halten, was er angekündigt hatte, nämlich am Wochenende zurückzukommen? Irgendwas war immer. Und Andreas war wieder einmal zum Improvisieren gezwungen.

Am Abend begrüßte Andreas seinen Freund auf seiner heimischen Terrasse, da es inzwischen trocken und mild war. Die Gartenstühle hatte er trockengewischt und mit Polstern versehen. Außerdem hatte er Bier kühlgestellt und Cola. Peter wunderte sich zwar, dass Andreas kein Bier trank, doch der wollte auf Nummer sicher gehen und keinen Alkohol im Blut haben, stand doch für die nächtlichen Stunden Samanthas Umlagerung an.

Andreas nahm Peter das Versprechen ab, dass dieser nicht in seinem Gartenstück vorbeisehen würde, bis Andreas es ihm erlaubte. Er müsse noch eine Überraschung vorbereiten, gab er als Grund dafür an, und es sei ja schließlich keine Überraschung, wenn Peter vorzeitig dort auftauche. Er sei zu früh eingetroffen, erklärte Andreas seinem Freund, daher müsse er sich nun in Geduld üben.

Peter schien das zu schlucken und bald redeten sie über alle möglichen Erlebnisse aus Peters Urlaub und natürlich wollte dieser auch wissen, wie sich die Landesgartenschau entwickelte und was es in Oberrosendorf Neues gab.

Gegen 23 Uhr verabschiedete sich Peter und Andreas räumte auf seiner Terrasse auf. Vor Mitternacht wollte er nicht los, weshalb er die Zeit bis dahin noch mit gießen der Blumen und mit abspülen verbrachte. Dann war es endlich soweit, er nahm seine Autoschlüssel und verließ die Wohnung.

Sein Auto parkte er wie gewöhnlich an der Straße, genau vor dem Gartentor zu Peters Gartenstück. Es war tatsächlich aufgrund des bewölkten Himmels stockdunkel und Peter war froh um das Seil an dem er sich entlangtasten konnte.

Am Gartenhaus angekommen, schloss er die Tür auf, begab sich zur Kühltruhe und öffnete den Deckel.

Da lag sie. Oder besser gesagt das, was von Samantha übrig war. Wie sich der Inhalt des Plastikpakets wohl entwickelt hatte? Andreas wollte lieber nicht darüber nachdenken. Er schulterte den Leichnam, der wieder irgendwie an eine steifgewordene Teppichrolle erinnerte und machte sich damit auf den Weg zum Auto.

Ganz langsam, Schritt für Schritt bewegte er sich vorwärts, eine Hand dabei immer an der Schnur. Es schien eine Ewigkeit zu dauern, doch irgendwann kam Andreas tatsächlich am Gartentor an. Schnell öffnete er den Kofferraum und schob sein makabres Paket bis nach vorne durch, wofür er im Voraus schon den Mittelsitz der Rücksitzreihe umgelegt hatte. Wie beim letzten Mal warf er eine Wolldecke über das Paket, so dass nichts von der Plastikumhüllung zu sehen war. Dann ging er zurück in die Gartenhütte und schaute in die Truhe, wofür er die Taschenlampenfunktion seines Handys nutzte.

Da unten lagerten noch ein paar letzte Reste eines Wildschweins. Er holte alle Päckchen Stück für Stück heraus und besah sie sich genau. Was sollte er damit tun? Drin lassen? Oder lieber wegwerfen? Aber wie sollte er Peter erklären, warum er all das Fleisch gegessen hatte, das sein Freund erjagt hatte? Die Fleischportionen sahen aus, wie es zu erwarten war. Sie hatten auch keinen komischen Geruch angenommen, so dass Andreas sie zurück in die Truhe legte. Auch dem Gerät selbst war nicht anzumerken, dass es wochenlang als Interimsgrab gedient hatte. Er schloss den Deckel und machte sich durch die Dunkelheit auf den Rückweg zum Auto.

Gerade wollte er einsteigen, als er eine Stimme hörte: »Halt, stehenbleiben und umdrehen!«

Andreas war kurz vor einem Herzinfarkt, so sehr erschrak er. Er drehte sich mit Herzklopfen, das wahrscheinlich bis nach Oberrosendorf hinein zu hören war, langsam um. Ihm gegenüber standen zwei Polizisten und leuchteten ihm mit einer Taschenlampe ins Gesicht, so dass Andreas instinktiv den Arm hob, um sich vor dem blendenden Licht zu schützen.

»Wer sind Sie und was machen Sie hier?«, fragte einer der Polizisten.

»Andreas Wunderberg. Ich war auf dem Gartengrundstück meines Freundes Peter Stark.«

»Um diese Zeit?«

»Ja, es ging nicht anders!«

»Was haben Sie denn in dem Garten Ihres Freundes gemacht – um diese Zeit?«

»Ich war heute Nachmittag schon mal hier. Ich habe jetzt mehrere Wochen lang sein Grundstück gehütet, während mein Freund im Urlaub war. Und vorhin hat er angerufen und gesagt, dass er zurück sei. Da dachte ich mir, ich muss mal nach dem Rechten sehen, ob alles in Ordnung ist.«

»Mitten in der Nacht? Sie sagten doch, Sie hätten das Grundstück betreut. Somit wussten Sie doch, in welchem Zustand es ist.«

»Ja, aber mir fiel vorhin ein, dass ich während der ganzen Zeit nie nachgesehen habe, ob im Kühlschrank irgendwas Verderbliches ist. Ich will doch nicht, dass er da reinschaut und es kriechen ihm lauter Würmer und Maden entgegen!«

»Und warum haben Sie mit dem Nachschauen nicht bis morgen früh gewartet?«

»Ich konnte nicht schlafen, da dachte ich mir, ich könnte auch gleich mal nachsehen und dann den Müll entfernen, falls was nicht stimmt.«

»Zeigen Sie uns bitte mal Ihren Ausweis und den Führerschein!«

Andreas tat, wie ihm geheißen.

Einer der Beamten sah sich beides an, gab die Dokumente dann zurück.

»Und was machen Sie hier, um diese Zeit?«, wollte Andreas nun von den beiden wissen.

»Ein Fahrradfahrer hat uns alarmiert und meldete einen eventuellen Einbruch. Er sah einen Lichtstrahl, der sich in der Hütte bewegte, wie von einer Taschenlampe.«

Mist. Andreas hatte extra nur das spärliche Licht angeknipst, um kein Aufsehen durch die Deckenlampe zu erzeugen. Hätte er doch lieber das richtige Licht angemacht, das wäre weniger auffällig gewesen. Aber jetzt war es für solche Überlegungen zu spät.

»Dürfen wir mal in Ihren Kofferraum sehen?«

Andreas wurde heiß und kalt. Doch was sollte er dagegen tun? Er öffnete die Kofferraumklappe. Alle drei blickten auf irgendetwas, was sich unter einer Decke befand.

»Was ist das?«

»Gammelfleisch, genau wie befürchtet«

»Können Sie die Decke mal anheben?«

Auch das tat Andreas, allerdings ganz langsam.

»Sie haben das Fleisch in Plastik eingewickelt?«

»Ja, das war wohl ein größeres Stück, das mein Freund da untergebracht hatte. Wissen Sie, er grillt immer gerne hier draußen und lädt Freunde dazu ein. Daher bewahrt er hier größere Mengen Fleisch auf. Und dann kam der Urlaub und dort gab es einen Unfall, weswegen er länger bleiben musste, und inzwischen ist das Fleisch wohl verdorben. Ich habe es in das Plastik eingewickelt, weil ich hoffe, dass das den Geruch nicht so rauskommen lässt.«

»Und die Decke?«

»Die hält vielleicht noch mehr von dem Geruch zurück!«

»Name und Anschrift des Gartenstückbesitzers?«

Andreas gab den Beamten Peters Kontaktdaten.

»Ok, wir prüfen das«, meinte einer der Polizisten, dann durfte Andreas seiner Wege gehen.

Er musste erst einmal hinter dem Lenkrad Platz nehmen und warten, bis seine Hände aufgehört hatten zu zittern. Das hätte ihm jetzt gerade noch gefehlt, dass er in diesem Moment aufflog.

Andreas ließ den Wagen an und fuhr langsam nach Hause. Dort angekommen, sah er sich fünfmal um, bevor er es wagte, Samantha zu schultern und in seinen Keller zu tragen. Er öffnete die Gefriertruhe, und ließ sie hineingleiten. Uff, das wäre geschafft!

Am Donnerstagmorgen, Andreas saß gerade beim Frühstück, klingelte sein Handy. Dran war Peter.

»Sag mal, was war das denn für eine geheime Nachtaktion?«, fragte er lachend.

»Hat dich die Polizei noch in der Nacht rausgeklingelt?«

»Ich war noch wach, von daher war das nicht so schlimm. Wahrscheinlich sahen sie, dass noch Licht brannte. Aber was hast du denn mitten in der Nacht in meinem Garten zu suchen gehabt?«

»Wie ich der Polizei schon sagte, ich konnte nicht schlafen, und aus heiterem Himmel kam mir der Gedanke, dass das

Fleisch in deiner Gefriertruhe vergammelt sein könnte. Da musste ich einfach hin und nachschauen.«

»Die haben mich gefragt, was für große Fleischvorräte ich da horte. Da bin ich ganz schön ins Rudern gekommen, weißt du das? Und sie sagten, du hättest ein riesiges Stück Fleisch zum Entsorgen mitgenommen. Woher hattest du das denn? Meine Truhe war doch nahezu leer, als ich aufgebrochen bin! Und noch dazu – gefrorenes Fleisch verdirbt doch nicht in so wenigen Wochen!«

»Ich weiß. Ich habe dort ein halbes Kalb zwischengelagert, weil meine Gefriertruhe den Geist aufgegeben hat. Und das habe ich bei der Gelegenheit jetzt zurückgeholt. Weil die neue Truhe endlich geliefert wurde.«

»Ein halbes Kalb? Wann willst du das denn essen?«

»Keine Ahnung. Es war ein Sonderangebot, da musste ich einfach zuschlagen.«

»Andreas, du spinnst! Ich glaube, ich warte nicht bis zum Wochenende, bis zu deiner Überraschung, sondern fahre gleich mal hin und schaue nach.«

»Tu, was du nicht lassen kannst«. Andreas war es nun auch schon egal. Samantha war umgelagert, somit würde Peter dort nichts finden.

Ohne einen weiteren Gruß beendete Peter das Gespräch. Andreas war nun auch der Appetit aufs Frühstück vergangen. Er räumte die Sachen weg und begab sich auf den Weg zur Arbeit.

Andreas machte an diesem Freitag früher Feierabend. Er hatte keine Lust auf Balkendiagramme, die er hätte erstellen sollen, um Hochrechnungen für den Monatsdurchschnitt an Besuchern zu verbildlichen. Er musste sich um die Überraschung für Peter kümmern, und dafür galt es noch einiges einzukaufen. Als er endlich zu Hause war, kündigte sein Handy eine Whatsapp an. Es war Peter:

»Was auch immer du da getrieben hast, ich glaube dir kein Wort! Aber ich warte auf meine Überraschung. Und wo ist eigentlich mein ganzer Rucola abgeblieben?«

»Der hatte Läuse und musste weg!«, log Andres, weil es das Erste war, was ihm in den Sinn kam. Er hatte vergessen zu googeln, ob es Rucolapesto gab, von dem er hätte vorgeben können, es gekocht zu haben. Er hatte auch versäumt herauszufinden, ob Schnecken Rucola mochten, so dass er hätte sagen können, diese hätten ihn gefressen.

»Deine Überraschung gibt es morgen um 18 Uhr in deinem Gartengrundstück. Und den Tag über muss ich alles richten, also komm keinesfalls früher!«

Kapitel 18

Am Samstag um die Mittagszeit machte sich Andreas auf den Weg zu Peters Gartenstückchen. Er hatte das Auto voll mit Dekorations-Artikeln, kühlem Bier, Wein, Sekt und Softgetränken und eine Kühltasche voller marinierter Steaks und Würste.

Nachdem er die Getränke und das Fleisch im Kühlschrank untergebracht hatte, machte er sich ans Dekorieren.

Er pumpte Luftballons auf und hängte Girlanden mit der Aufschrift »Herzlich willkommen« zwischen die Bäume. Dann stellte er 3 Biertischgarnituren auf, die Peter hinter seiner Hütte lagerte, und bedeckte sie mit Einmal-Tischtüchern aus Plastik. Sie waren weißgrundig mit rosa Blümchen, und in Andreas' Augen furchtbar kitschig, doch er hatte im Supermarkt nichts anderes gefunden.

Als nächstes musste der Grill in den Garten getragen werden. Er hatte eine ziemliche Staubschicht, so dass ihn Andreas erst einmal putzen musste. Grillzange, Holzkohle und Anzünder deponierte er daneben.

Dann machte er sich daran, die Luftballons an der Schnur aufzuhängen, die nach wie vor durch den Garten gespannt war. Zu guter Letzt warf er doch noch einen Blick in die Gefriertruhe. Ob er sie putzen sollte? Irgendwie hatte Andreas nun doch den Eindruck, dass dieser Truhe ein gewisser Verwesungsgeruch anhaftete, doch das konnte auch Einbildung sein. Nur alleine die Vorstellung, dass Samantha hier gelegen hatte, weckte bei Andreas das Verlangen, die restlichen Fleischportionen doch lieber auszuräumen und die ganze Truhe einer gründlichen Reinigung zu unterziehen. Und Zeit war noch genug.

Es war bereits 17.30 Uhr, als er endlich fertig war mit seiner Säuberungsaktion und die letzten Wildschweinportionen wieder zurück in die Truhe legte. Draußen klapperte das Gartentor, das sich am Weg innerhalb der Kleingartenanlage befand.

»Huhu, ist da wer?«, rief draußen eine Frauenstimme.

Andreas eilte hinaus und sah die Parzellennachbarin das Grundstück betreten.

»Ich dachte, ich kann vielleicht noch ein bisschen bei den Vorbereitungen helfen«, erklärte sie ihr frühes Auftauchen.

»Prima, Hilfe ist immer willkommen!«, entgegnete Andreas.

Die Grundstücksnachbarin hatte eine große Schüssel Salat dabei, außerdem ein Baguette.

Während Andreas für Grillgut und Getränke gesorgt hatte, wollten die anderen für Salate und Brot, ja eventuell auch für eine Nachspeise sorgen, so war es abgemacht.

Die Gartennachbarn und ein paar von Peters Freunden hatte Andreas eingeladen, um gemeinsam Peters Heimkehr zu feiern und es sollte ein gemütlicher Abend werden.

Während Andreas sich am Grill zu schaffen machte, trudelten langsam die anderen Gäste ein, bis schließlich nur noch Peter selbst fehlte.

Der kam sicher verspätet, überlegte Andreas, da er ja davon gesprochen hatte, das Fußballturnier des heimischen Vereins zu verfolgen. Doch auch Peter kam kurz darauf gut gelaunt daher und wurde mit großem Hallo von allen herzlich begrüßt.

Andreas hatte währenddessen Fleisch und Würste auf den Grill gelegt, die einen Duft verströmten, der einem das Wasser im Munde zusammenlaufen ließ. Jemand anderes hatte damit begonnen die Getränke auszuschenken.

Sechs Salate türmten sich auf einem kleinen Klapptisch, der als Salatbuffet diente, und auf dem auch Grillsoßen und das Baguette noch Platz finden mussten. Tatsächlich saßen bald alle vor einem gefüllten Teller, schwatzten durcheinander und genossen den milden Sommerabend unter freiem Himmel.

Erst gegen 4 Uhr kam Andreas nach dieser Gartenparty ins Bett. Er hatte noch beim Abspülen und Aufräumen geholfen, bis Peter ihn schließlich nach Hause geschickt und ihm für die gelungene Überraschung gedankt hatte.

Entsprechend spät stand Andreas daher am Sonntagmorgen auf, setzte sich mit Frühstück und Kaffee in die Sonne auf seiner Terrasse und ließ es langsam angehen.

Er hatte noch überlegt, ob er ins Fußballstadion gehen sollte, um dort das Sommerturnier zu verfolgen, hatte sich dann aber dagegen und stattdessen fürs Faulsein entschieden. Den Nachmittag verbrachte er daher mit lesen eines weiteren Agatha Christie-Krimis, der ihn völlig fesselte.

Es war kurz nach 18 Uhr und Andreas überlegte gerade, ob er sich ein Baguette, das vom Vortag übrig war, mit Salami belegen und mit Käse überbacken sollte, als es an der Haustüre klingelte.

Andreas öffnete und staunte nicht schlecht, als er Annegret vor seiner Tür stehen sah.

»Hallo«, sagte sie mit einem scheuen Lächeln. »Störe ich?«

Andreas war zu perplex, um ihr die Türe vor der Nase zuzuwerfen, daher trat er zur Seite und bat sie herein. Annegret schien ein Spiel gehabt zu haben, sie hatte noch nasses Haar vom Duschen und trug bequeme Shorts und ein T-Shirt zu weißen Turnschuhen.

Andreas lotse sie auf die Terrasse, wo er ihr andeutete, sich zu setzen, dann fragte er: »Hattest du ein Spiel?«

»Ja, gegen Trier. Wir haben gerade so gewonnen. Leider hatten wir so gut wie keine Zuschauer, ich glaube, halb Oberrosendorf ist heute bei dem Fußballturnier.«

»Glückwunsch trotzdem! Und was führt dich zu mir?«

»Nichts Besonderes. Ich wollte nur einfach mal schnell vorbeikommen und Hallo sagen.«

Nachdem sie neulich aus dem Auto ausgestiegen und sich nicht einmal ordentlich verabschiedet hatte, wunderte Andreas sich über ihr unangekündigtes Erscheinen und ihr Einlenken, so als wären sie nicht im Streit auseinander gegangen.

Sie saßen auf der Terrasse und tranken Cola. Andreas hätte gewettet, sie würde sich für Mineralwasser entscheiden, doch Annegret war mit dem Vorschlag Cola einverstanden gewesen.

Sie kamen auf das Spiel zu sprechen und Annegret erzählte so lebhaft davon, dass Andreas das Gefühl hatte, selbst dort gewesen zu sein. Dann wollte Annegret wissen, was Andreas täglich in seinem Job als Geschäftsführer der Landesgartenschau zu tun hatte. Er berichtete ihr von endlosen Besprechungen, Auftritten im Gemeinderat, abgelehnten Vorschlägen, Aktenbergen, Telefonaten und dem Erstellen von Diagrammen. Aber auch über die richtig schönen Momente berichtete er ihr: Da war die traditionelle Teezeremonie im japanischen Teehaus sowie die Auszeichnung für die eigens für die Landesgartenschau gezüchtete Rosensorte. Es gab auch lustige Momente im Streichelzoogehege, das vor allem bei den Kindern sehr beliebt war.

Zwischenrein teilten sie sich das übrig gebliebene Baguette, dessen eine Hälfte sich Andreas mit Salami und Käse belegte, während Annegret nur Käse haben wollte. Anschließend berichtete Annegret von ihrem Job als Masseurin, hatte jede Menge lustige Geschichten über skurrile Patienten auf Lager, und ruck zuck war es dunkel geworden und sie hatten sich mit ihren Gläsern nach drinnen verzogen.

»Himmel, es ist ja schon nach 23 Uhr!«, rief Annegret plötzlich mit Blick auf die Uhr und sprang auf. »Ich muss nach Hause, morgen früh läutet der Wecker um 6.30 Uhr.«

Hastig griff sie nach ihrer Handtasche, küsste Andreas auf beide Wangen und lief zu ihrem Wagen, den sie vor dem Haus geparkt hatte.

Andreas winkte ihr nach und schloss dann die Tür. Komisch, der Abend war wie im Fluge vergangen und es war äußerst nett gewesen. Vielleicht konnte er sich doch noch an ihre Gesellschaft gewöhnen.

Trotzdem verstand er nicht, dass sie sich ihre Freunde nicht lieber in ihrer Altersgruppe suchen wollte, sondern immer wieder hartnäckig mit ihm Kontakt aufnahm.

Am nächsten Morgen saß Andreas beim Frühstück und hatte das Gefühl, dass das Wochenende zu schnell vorbeigegangen war. Irgendwie hätte er noch einen dritten Tag zum Erholen gebraucht, befand er und ließ einen weiteren Kaffee aus der Maschine heraus.

Im Büro angekommen überflog er seinen Terminkalender für die Woche. Eigentlich war es ruhig, denn außer den normalen Sitzungen und Telefonkonferenzen stand nur ein besonderer Termin auf seiner Agenda. Das war der Fototermin am Dienstagnachmittag im Kakteenhaus. Zwei der großen Kakteen blühten und das war wohl so außergewöhnlich, dass die Presse um einen Fototermin gebeten hatte. Er lehnte sich in seinem Bürosessel zurück und räkelte sich ausgiebig.

In diesem Moment klingelte das Telefon. Er empfand das Klingeln als aggressiv und als das Display ihm ankündigte, dass der Bürgermeister am Apparat war, verhieß dies irgend etwas Besonderes um diese Uhrzeit.

»Guten Morgen, Herr Bürgermeister«, meldete sich Andreas bemüht gut gelaunt.

»Wunderberg, es steht in der Zeitung! Überregional! In diesem Blatt!«

»Was steht in der Zeitung?«

»Dass Oberrosendorf ein Rheinarium bauen will!«

»Und ist das gut oder schlecht?«, fragte Andreas nach, der die Aufregung in der Stimme des Stadtoberhaupts nicht deuten konnte.

»Eine Katastrophe ist das, Wunderberg, eine Katastrophe!«

»Inwiefern?«

»Das war eine Idee, von der ich neulich sprach, aber da ist doch noch gar nichts in trockenen Tüchern!«

»Und wie kommt die Nachricht nun in die Zeitung?«

»Sagen Sie es mir, Wunderberg!«

»Ich weiß es nicht. Wer wusste denn alles von Ihrer Idee?«

»Eigentlich niemand. Ich habe bei dem Essen mit den Studenten kürzlich zum allerersten Mal laut darüber gesprochen.«

»Das heißt, außer Ihnen und Ihrer Frau, den beiden Studenten, Frau Kurtwanger und mir weiß niemand davon?«

»Exakt! Und einer davon muss das der Presse ausgeplaudert haben.«

Andreas fiel in diesem Moment ein, dass er auch Peters Grundstücksnachbarin davon erzählt hatte. Also waren sie mindestens zu fünft, die davon wussten, den Bürgermeister nebst Gattin nicht mitgezählt.

»Haben Sie jemanden in Verdacht?«

»Ich habe ehrlich gesagt keine Ahnung!«

»Und was ist daran jetzt so schlimm?«

»Dass der Gemeinderat es aus der Zeitung erfährt!«

»Vielleicht liest der Gemeinderat ja keine Zeitung. Zumindest nicht diese Art von Zeitung?«

»Wunschdenken, Wunderberg. Ich warte nur darauf, dass der Erste von denen in der Tür steht und mich der Geheimniskrämerei bezichtigt.«

Das wiederum konnte sich Andreas überhaupt nicht vorstellen. Was der Bürgermeister sich auch ausdachte, die Gemeinderäte nickten es stets ab, wussten sie doch, dass er ein Händchen dafür hatte, mit erstaunlichen Ideen Oberrosendorf stets ins rechte Licht zu rücken, um in jedem Tourismusguide als Highlight der Region präsentiert zu werden.

»Und was wollen Sie nun unternehmen?«, fragte Andreas nach.

»Ich rufe bei dieser Redaktion mal an und frage nach, wie sie an diese Info gekommen sind.«

»Gute Idee! Ich wünsche Ihnen viel Erfolg!«

Auf der anderen Seite wurde der Hörer aufgeknallt. Da war jemand in Rage. Wobei Andreas noch immer nicht kapierte, warum. Schließlich war das tatsächlich eine schöne Attraktion. Der Bürgermeister wollte ja kein Atomkraftwerk am Rhein bauen. Die Proteste dagegen hätte er verstanden. Doch selbst das hätte Stadtoberhaupt Krapox wahrscheinlich der Bevölkerung schmackhaft machen können und bestimmt wäre es ihm gelungen, dafür noch jede Menge Fördergelder abzugreifen. Dann hätte er das Ganze mit Efeu bewachsen lassen oder hätte einen Künstler beauftragt, alles bunt zu bemalen, und gut wäre es gewesen.

Am Spätnachmittag, als Andreas schon ans Heimgehen dachte, rief der Rathauschef erneut an.

»Wunderberg, es war eine Frau!«

Andreas stand kurz auf dem Schlauch und musste nachfragen: »Was war eine Frau?«

»Die Informantin, die das bei diesem Blatt gemeldet hat.«

»Ach so. Eine Frau? Da stehen ja nicht viele zur Auswahl!«

»Eben. Es muss also Frau Kurtwanger gewesen sein. Ich verstehe das nicht!«

»Oder Ihre Frau?« Oder Peters Grundstücksnachbarin, überlegte Andreas im Stillen.

»Wunderberg, meine Frau ist frei von jedem Verdacht. Sie hat nicht einmal Verbindungen zur Presse!«

Brauchte man Verbindungen, um der Presse etwas zu melden? Ein Telefon war nach Andreas' Meinung eigentlich alles, was man benötigte, wenn man eine Info weitergeben wollte.

Andreas überlegte. Warum sollte Annegret diese Information ausplaudern? Zu welcher Gelegenheit? Was hatte sie davon?

Die gleichen Fragen stellte sich Andreas beim Gedanken an die Bürgermeistergattin. Das ergab doch alles gar keinen Sinn!

Andreas hatte keine Ahnung, warum Frauen solch ein Mitteilungsbedürfnis hatten, er kannte sich schlichtweg mit der Psyche der Frau nicht aus.

Blieb also Peters Gartennachbarin. Warum aber sollte sie diese Zeitung informieren? Wobei – bei ihr konnte sich Andreas durchaus vorstellen, dass sie diese Art von Zeitung las.

»Mehr haben Sie nicht rausgefunden, außer dem Geschlecht?«, fragte Andreas nach.

»Nein, man gebe keine Informanten preis, hieß es.«

»Und was werden Sie nun tun mit dieser Info?«

»Ich werde Frau Kurtwanger anrufen und fragen, ob sie das war.«

»Und Sie meinen, die würde das zugeben?«

»Vertrauen Sie mir, Wunderberg, wenn sie es war, bekomme ich das raus. Ich kann zwischen den Zeilen lesen.«

Sie verabschiedeten sich und beendeten das Gespräch. Wenigstens war er selbst nicht länger unter Verdacht, überlegte Andreas.

Er holte sein Handy aus der Tasche und rief Peter an. Der meldete sich nach dem zweiten Klingeln.

»Du hast gestern echt was verpasst, das Finale war großartig!«, erzählte Peter aufgeregt vom Fußballturnier.

»Glaub ich dir, ich habe trotzdem lieber mal einen Tag ausgespannt.«

»Du meinst, du musstest dich von der vielen Gartenarbeit erholen, die du auf meinem Grundstück ableisten musstest?«, entgegnete Peter lachend.

»So ähnlich, ja«, Andreas lachte ebenfalls. »Du, mal eine ganz andere Frage: Deine Gartennachbarin, die auch bei der Party war, liest die eine gewisse überregionale Zeitung mit großen Fotos und noch größeren Schlagzeilen?«

»Frau Vordermeier? Das kann schon sein, ja. Warum fragst du?«

»Weil diese Zeitung heute über Oberrosendorf berichtet und die Infos von einer Frau stammen.«

»Und warum denkst du da gerade an Frau Vordermeier?«

»Weil ich ihr davon erzählt habe. Und sie könnte die Info an die Zeitung weitergegeben haben.«

»Das ist durchaus möglich. Erzähle es Frau Vordermeier und zwei Tage später zwitschern es selbst die Gartenvögel von den Bäumen.«

Das ging also auf seine Kappe, dachte Andreas. Andererseits hatte der Bürgermeister bei dem Abendessen nicht davon gesprochen, dass diese Information der höchsten Geheimhaltungsstufe unterstand. Es hatte eher so geklungen, als seien die Anträge dafür bereits unterschrieben und auf dem Weg, wenn nicht sogar schon durchgewunken.

Gut, Andreas hatte darüber bis dato nichts in den lokalen Tageszeitungen gelesen, doch war er kein regelmäßiger Leser, so dass dies überhaupt nichts über den Stand einer Sache auszusagen vermochte.

Andreas bedankte sich bei Peter für die Information und verabschiedete sich. Er wollte nach Hause und auf seine Terrasse, ein kühles Bier trinken.

Mit dem Bierglas in der Hand ließ er den Blick über seinen kleinen Garten schweifen. Der Rasen musste dringend gemäht werden, die Bäume hätten im Frühjahr einen Schnitt vertragen und die verblühten Tulpen und Narzissen hatte er ebenfalls nicht zurückgeschnitten. Es sah aus wie Kraut und Rüben, was wahrscheinlich darauf zurückzuführen war, dass er sich hauptsächlich um Peters Gartenparzelle gekümmert hatte, während sein eigenes grünes Reich auf der Strecke geblieben war.

Missmutig wandte er sich ab. Er ging nach drinnen, stellte sein halbvolles Bierglas in den Kühlschrank und ging in den 1. Stock, um sich umzukleiden.

Mit Gartenklamotten ausgerüstet trat er kurz darauf wieder in den Garten, holte aus dem kleinen Anbau an seiner Garage den Rasenmäher und mähte Bahn für Bahn, bis zumindest der Rasen wieder einigermaßen ordentlich wirkte.

Danach machte er sich mit einer Gartenschere daran, die verblühten Blumen abzuschneiden.

Es dauerte nicht lange und Andreas spürte ganz deutlich seinen Rücken.

Es wäre nett, die Blumen in größerer Höhe anzupflanzen, überlegte er sich, dann entfiele das Bücken und sein Rücken würde es ihm danken. Außerdem bekämen sie dann mehr Sonne, weil der Schattenwurf der Hecke ihnen weniger Licht rauben würde. Ein Hochbeet müsste her, überlegte Andreas. Eventuell könnte er darin auch Gemüse anpflanzen. Doch diesen Gedanken verwarf er gleich wieder. Gemüse war etwas für Hasen und Kaninchen, er selbst aß lieber Fleisch und Pommes. Aber ein Hochbeet voller Tulpen, das konnte er sich gut vorstellen. Tulpen, wie sie auf der Landesgartenschau wuchsen, die späte Sorte, deren Blüten die Formen von züngelnden Flammen hatten.

So ein Hochbeet wollte er sich merken als kleines Projekt für den Spätherbst oder das nächste Frühjahr.

Kapitel 19

Am ersten Sonntag im Juli kam Annegret abends wieder unangekündigt bei Andreas vorbei. Dieses Mal brachte sie eine Pizza mit, die sie gerade beim Abholservice mitgenommen hatte. Pizza Margherita.

Andreas war so frei, sich seine Hälfte mit Salamischeiben aufzupeppen, so dass es wenigstens nach etwas schmeckte. Ein Glas Rotwein dazu, wie es sich Andreas gönnte, hatte Annegret abgelehnt, sie musste ja später noch nach Hause fahren. Sie begnügte sich mit Mineralwasser.

Wieder hatte Annegret ein Spiel gehabt, dieses Mal jedoch knapp verloren. Nachdem sie Andreas beschrieben hatte, an welchen Spielzügen das Spiel gescheitert war, wechselten sie das Thema und sprachen über Urlaube, die sie in den letzten Jahren verbracht hatten.

Gegen 22 Uhr brach Annegret auf und fuhr nach Hause.

Am übernächsten Wochenende würde kein Heimspiel stattfinden, da war Hawaii-Spektakel in Oberrosendorf. Auf dieses Ereignis freute man sich im Ort jedes Jahr ganz besonders, denn es war nicht nur für Vereine eine tolle Möglichkeit ihre Kassen zu füllen, das Spektakel war einfach ein Garant für Spaß für die ganze Familie. Es fand auf der Festwiese statt, wo im Vorfeld Unmengen Sand angekarrt und aufgeschüttet wurden, um richtiges Strandfeeling zu vermitteln.

Darauf bauten die teilnehmenden Vereine und Gastronomie-betriebe Hütten auf, die mit Schilf gedeckt und möglichst bunt geschmückt wurden. Um jede Hütte gab es Sitzmöglich-keiten, die von den Vereinen oft mit künstlichen Palmen und Blumenkränzen geschmückt wurden. Höhepunkt war jedoch die Showbühne, auf der sowohl die Vereine als auch Klein-künstler auftraten. Gleich nach Weihnachten begannen die Vereine, hawaiianische Tänze einzustudieren, die dann in buntem Outfit, wobei Bastrock und Blumenkränze um den Hals ein Muss waren, präsentiert wurden. Am Ende des Fes-tes wurde der beste Tanz mit einer Geldsumme prämiert, die jeder Verein gerne mitnehmen wollte, entsprechend legte man sich ins Zeug. Auch die Verpflegung an den Hütten war typisch hawaiianisch, oder besser gesagt so, wie man sich das als Europäer vorstellte. Es gab unzählige Gerichte mit Ananas und Kokosnuss und auch die exotischen Drinks mit und ohne Alkohol wurden gerne in Kokosnuss- oder Ananasschalen und mit bunten Schirmchen verkauft. Wer genug gegessen und getrunken hatte, konnte anderen Vergnügungen nachge-hen, die rund um das Fest, außerhalb des künstlichen Stran-des, aufgebaut waren. Da gab es neben Schießbuden auch Dosenwerfen, Korbball- und Ringwurfspiele, eine Tombola sowie Autoscooter und Kinder- sowie Kettenkarussell. Auch eine Riesenrutschbahn mit mehreren Wellenrutschen neben-einander erfreute sich großer Beliebtheit.

Alle Vereine, die den Aufwand dafür stemmen konnten, nahmen mit ihren bunten Hütten an dem mehrtägigen Fest teil. Bereits eine Woche vor Beginn rollten die Sandtranspor-ter und die Bagger, danach startete der Aufbau, dann war von Mittwochabend bis Montagnacht Festbetrieb. Am Diens-tag drauf wurden die Hütten zügig wieder abgebaut und bis zum nächsten Jahr verstaut, der Sand wurde vom städtischen Bauhof wieder abgefahren.

Andreas konnte diesem Spektakel nicht viel abgewinnen. Es war laut, unheimlich voll, und man musste sich beim Bestellen in Geduld üben, wenn es einem überhaupt gelang, einen Sitzplatz zu ergattern. Meist waren die Bedienungen voll im Stress und man musste lange warten, bis man sein Essen erhielt. Von daher bummelte er lieber nur an den hübschen Hütten vorbei, sah sich die Auftritte auf der Showbühne an, beobachtete die Leute beim Boxautofahren oder kaufte sich eine Tüte gebrannter Mandeln.

Jedoch wusste Andreas, dass die Vereine jedes Jahr tausende Euro Gewinn einfuhren und damit ihre Vereinskassen auffüllten, so dass jeder Verein diese Strapaze gerne auf sich nahm.

Und die Besucher strömten aus allen Teilen der Republik extra des Hawaii-Spektakels wegen nach Oberrosendorf, wie sich Andreas hatte sagen lassen. Viele legten extra ihren Urlaub in diese Zeit, um auf dem Hin- oder Rückweg beim Hawaii-Spektakel vorbeizuschauen.

Während von Mittwoch bis Freitag das Fest nur am Abend geöffnet hatte, war am Wochenende sowie am Montag ab der Mittagszeit Betrieb. Montags war es üblich, dass viele Firmen auf dem Hawaii-Spektakel zu Mittag aßen. So tat das auch die Stadtverwaltung. Und auch die Landesgartenschaugesellschaft hatte sich diesem Brauch angeschlossen. Gemeinsam mit der Stadtverwaltung hatten sie bei den Hütten von Turnerschaft und Reitverein am Montag um 12 Uhr Plätze für 170 Personen reserviert.

In den Tagen vor dem großen Fest ging es rund um die Festwiese laut und geschäftig zu, man tat gut daran, in deren Nähe die Fenster geschlossen zu halten. Während Andreas' Team am Montag bei der Frühbesprechung saß, mussten auch sie alle Fenster schließen, da von draußen energisches

Hämmern und Bohren zu hören war, was darauf schließen ließ, dass die Vereine kurz vor der Fertigstellung ihrer Hütten standen.

Im Anschluss an die Besprechung prüfte Andreas sein Handy, das er zuvor auf leise gestellt hatte. Es war eine Nachricht von Susanne da, der Trainerin des Freizeitteams. Sie fragte bei Andreas nach, ob er nicht zufällig Zeit und Lust habe, eine der Schichten zu übernehmen und in der Hütte der Oberrosendorfer Kings and Queens Dienst zu tun, um den Verein zu unterstützen. Gerade wollte Andreas ein »Tut mir leid, keine Zeit« zurückschicken, als sein Kollege Mike den Kopf ins Zimmer streckte.

»Sag mal, Andreas, du hast doch den Fußballverein so tatkräftig bei den Grabungsarbeiten für die Bewässerung unterstützt, wäre es dir möglich, ein oder zwei Schichten beim Hawaii-Spektakel zu übernehmen? Die brauchen dringend noch Unterstützung. Es sind zu wenig Bedienungen.«

»Bedienungen? Gibt es keinen anderen Job mehr?«

»Nein, die anderen Schichten konnten sie abdecken. Aber Bedienung ist doch super, du darfst das Trinkgeld in voller Höhe behalten!«

Wenn dieser Job tatsächlich so super wäre, wären keine Schichten mehr dafür frei, überlegte Andreas. Er hatte sogleich die abgespannten Gesichter der Bedienungen der Vorjahre vor Augen. Jeder wollte gleichzeitig bestellen, schimpfte, weil es zu lange dauerte, grabschte die Bedienung vielleicht noch an, sprach undeutlich, weil er schon zu viel getrunken hatte – nein, das war nichts für Andreas.

»Tut mir leid, ich habe schon beim Baseball-Club zugesagt, dass ich dort helfe.« Andreas hob bedauernd die Schultern.

»Schade. Nächstes Jahr frage ich früher!«, meinte Mike und ließ Andreas allein.

Die Nachricht an Susanne wurde sogleich geändert: »Was für Schichten sind denn noch zu besetzen?«

Keine 10 Minuten später hatte Andreas den Plan vor sich. Da waren tatsächlich noch einige Lücken. Er suchte sich das Bedienen des Grills am Sonntag von 10 bis 16 Uhr aus. Für Sonntag war eher durchwachsenes Wetter angesagt, die Gäste würden also nur vereinzelt kommen und das ausschließlich über die Mittagszeit. Er würde eine stressfreie Schicht ableisten können und könnte sich im Gegenzug kostenlos Kaffee und Kuchen schmecken lassen.

Es dauerte wieder nur 10 Minuten, bis der Koordinator der Schichten ihm fürs Eintragen dankte und ihn aufforderte, am Sonntag um 9 Uhr zur Einweisung zu erscheinen. Andreas trug es in seinen Kalender ein.

Am Mittwochabend um 18 Uhr wurde das Hawaii-Spektakel feierlich vom Bürgermeister eröffnet.

Andreas hörte nur mit einem Ohr zu. Es war jedes Jahr das gleiche Prozedere. Er war eigentlich nur hier, um sich das Freibier einzuverleiben, das nach der Eröffnung ausgeschenkt wurde – und zwar stilecht im Glas, nicht in Kokosnussschalen. In einem Jahr hatte er sich gedacht, die Reden könne er sich schenken und war erst später hingegangen. Doch er war so spät gekommen, dass er in einer ewig langen Schlange hatte anstehen müssen, und dann hatte er gerade noch ein halb volles Glas Bierschaum bekommen, mehr war nicht mehr da.

Da ihm das nicht noch einmal so gehen sollte, stand er seither gleich von Anfang an parat, um einer der Ersten beim Anstehen um die kostenlosen Bierkrüge zu sein. Er ließ seinen Blick über die Anwesenden gleiten. Kaum ein Gesicht kam ihm bekannt vor. Waren tatsächlich so viele Touristen da?

Plötzlich tippte ihm jemand von hinten auf die Schulter. Als er sich umdrehte sah er Annegret, die ihn anlächelte.

»Hi, bist du auch hier?«, fragte Andreas verwundert.

»Klar, ich dachte, ich schau mal, was es hier so gibt.«

»Freibier demnächst, aber das trinkst du doch gar nicht.«

»Da drüben gibt es auch gratis Softgetränke, da werde ich schon fündig«, meinte Annegret immer noch lächelnd.

Wer stand freiwillig für ein Glas Gratis-Mineralwasser an, wenn er auch Bier haben konnte, überlegte sich Andreas und wunderte sich wieder einmal über Annegrets Art.

Dann gab es doch noch etwas Besonderes. Eine Cheerleadergruppe im Hawaii-Kostüm führte etwas auf und baute dabei menschliche Pyramiden, dass Andreas ganz schwindlig wurde beim Zuschauen. Donnernder Applaus belohnte die jungen Artisten und Rufe nach Zugaben wurden laut.

Im Anschluss folgte der Fassanstich und Andreas machte sich daran, einen der Freibierkrüge zu ergattern, während Annegret hinüberging und sich brav für ein Softgetränk anstellte.

Der Bürgermeister hatte Andreas entdeckt und kam auf ihn zu.

»Wunderberg, stellen Sie sich vor, der Gemeinderat ist sehr angetan von meiner Idee mit dem Rheinarium. Ich habe da die volle Unterstützung!«

»Sehen Sie, dann war es doch nicht so schlecht, dass die Zeitung darüber berichtet hat!«, meinte Andreas schmunzelnd.

»Im Gegenteil, ich habe gleich an die regionale Presse eine Pressemeldung verteilt, damit die auch über meine Idee berichten können.«

Aus dem Augenwinkel sah Andreas, dass Annegret sich umdrehte und sich in die Gegenrichtung bewegte, als sie sah, dass der Bürgermeister bei Andreas stand. Als sich Antonio

Krapox einer anderen Person zuwendete, ging Andreas Annegret hinterher.

»Gehst du dem Bürgermeister neuerdings aus dem Weg?«, fragte er ohne Umschweife.

»Du glaubst nicht, was der neulich für ein Theater gemacht hat am Telefon. Er rief mich an und beschuldigte mich, Geheimnisse ausgeplaudert zu haben. Ich wusste gar nicht, wovon er redete, bis mir endlich klar wurde, dass es um dieses Aquarien-Dings ging. Als ob ich so etwas der Presse erzählen würde. Du hättest den mal erleben sollen, der hat sich total in Rage geredet!«

»Das glaube ich dir sofort. Mich hat er auch angerufen und verdächtigt. Und nun erzählte er mir gerade, dass der Gemeinderat seine Idee ganz toll fände und ihn alle dazu beglückwünschten.«

»Unglaublich, mich zu verdächtigen! Wie kam er denn auf die Idee, ich wäre eine undichte Stelle?«

»Er hat bei der Zeitung angerufen und erfahren, dass die Informantin eine Frau war. Da er seine Frau nicht beschuldigen wollte, bliebst nur du übrig.«

»Stimmt. Aber ich war es nicht. Also muss es doch seine Frau gewesen sein.«

Dass es wohl diese Frau Vordermeier gewesen sein musste behielt Andreas in diesem Moment lieber für sich. Er wollte ungern vor Annegret zugeben, dass er es war, der dafür gesorgt hatte, dass des Bürgermeisters Idee wie ein Lauffeuer die Runde machte, indem er es Oberrosendorfs Schwatzbase Nummer Eins erzählt hatte.

»Wollen wir einen Luftballon steigen lassen?«, fragte Annegret plötzlich und zeigte zu einer Menschentraube, die für gasbefüllte Luftballons anstand.

»Dein Ernst? Was soll das bringen?«

»Vielleicht gewinnen wir was. Einen Ballonrundflug über die Stadt zu zweit. Wäre doch lustig!«

Für Andreas war die Aussicht auf solch einen Gewinn eher die Hölle auf Erden, da er an Höhenangst litt und schon das Besteigen einer Leiter für ihn alles andere als angenehm war. Niemals hätte er sich in einen Ballonkorb getraut, von dem er wusste, dass nur ein dünner geflochtener Boden unter seinen Füßen für seine Sicherheit garantierte.

»Außerdem bekommt man mit dem Luftballon eine Freikarte für ein Fahrgeschäft«, fuhr Annegret fort und zog Andreas mit sich in Richtung Luftballonaktion.

»Aber die Aktionen sind nur für Kinder«, entgegnete Andreas.

»Wir sagen einfach, dass der Ballon für unsere Kinder ist«, schlug Annegret vor.

»Jeder hier kennt mich, die wissen, dass ich keine Kinder habe. Und du bist viel zu jung für Kinder!«

Enttäuscht blieb Annegret stehen.

»Fahren wir dann wenigstens eine Runde Autoscooter?«, wollte sie wissen und sah ihn hoffnungsvoll an.

»So?« Andreas blickte an sich hinunter. Da er davon ausgegangen war, dass man ihn hier sah und erkannte, hatte er sich einen Anzug angezogen und wollte damit nicht in ein Boxauto steigen.

Er hatte sowieso keine Lust darauf, sich wie ein Midlifecrisis-geplagter Typ aufzuführen und einen auf jung zu machen. Daher lehnte er auch diesen Vorschlag ab.

»Gut, dann fahren wir Riesenrad!«, meinte Annegret und noch bevor Andreas irgendwas sagen konnte ergänzte sie: »Dafür bist du genau richtig angezogen!«

»Aber ich habe Höhenangst!«, musste Andreas nun doch zugeben.

»Schießen vielleicht?«

»Ich bin ein Pazifist und rühre keine Waffen an!«

»Dosenwerfen?«

»Scheppert viel zu sehr. Außerdem habe ich kein Talent!«

»An die Hütte der Oberrosendorfer Kings and Queens sitzen und was essen?«

»Ich habe keinen Hunger!«

»Etwas trinken vielleicht?«

»Haben wir doch gerade erst. Und es war sogar gratis!«

So kamen sie nicht weiter. Kettenkarussell ging mit Höhenangst auch nicht, fürs Kinderkarussell waren sie zu groß, für die Riesenrutsche war Andreas falsch angezogen. Annegret gab auf.

Sie beschlossen, sich an einem der nächsten Tage bei einem Abendessen zu treffen, dann verabschiedeten sie sich voneinander.

Andreas bummelte an den verschiedenen Hütten vorbei, bestaunte den Ideenreichtum an Dekoration, winkte dem ein oder anderen zu, bummelte weiter. Hin und wieder blieb er stehen, sagte jemandem Hallo, man freute sich gemeinsam über das gute Wetter, überlegte, welche Hütte einem am besten gefiel, tauschte Belangloses aus und ging dann weiter.

Irgendwann traf er Peter, der ebenfalls alleine unterwegs war. Sie blieben an einem Hüttenbrunnen stehen, wo es neben Mixgetränken in Kokosnuss- und Ananasschalen auch Wein im Glas gab, tranken jeder eine Weißweinschorle, fachsimpelten über Fußballergebnisse, und irgendwann ging jeder seiner Wege.

Andreas machte sich auf den Heimweg, setzte sich zu Hause vor den Fernseher und zappte durch die Programme. Doch eigentlich war ihm egal, was lief. Er war in Gedanken bei Annegret. Warum tauchte sie ständig in seiner Nähe auf? Was wollte sie nur von ihm? Er könnte locker ihr Vater sein. War es das, was sie suchte, einen Vaterersatz? Andreas hatte keine Ahnung und auch keine Lust, es herauszufinden. Er machte den Fernseher aus und griff wieder nach seinem Krimi, in der Hoffnung, sich etwas Ablenkung zu verschaffen.

Die folgenden zwei Tage hörte Andreas nichts von Annegret, aber am Samstagmorgen meldete sie sich per Whatsapp.

»Abendessen in der Kings and Queens-Hütte um 18 Uhr? Ich reserviere uns einen Platz draußen.«

Die war aber hartnäckig. Hoffentlich erwartete sie nicht, dass er sie einladen würde, überlegte Andreas, denn danach war ihm nicht. Eigentlich hätte er gerne einen Tag für Erholung gehabt, schließlich lag eine Arbeitswoche hinter ihm. Und am Sonntag hatte er sich ja am Grill verpflichtet, während er am Montag zum Mittagessen dort wäre. Drei Tage nacheinander aufs Hawaii-Fest? Danach war ihm nicht.

»Tut mir leid, keine Zeit heute«, schrieb er zurück.

»Schade«, war Annegrets Antwort.

Für den Rest des Tages hatte er seine Ruhe. Er war in seinem Garten beschäftigt und las zwischendurch. So verging die Zeit wie im Flug.

Am Sonntag war herrlichstes Wetter, die Sonne lachte vom blauen Himmel, den vereinzelte kleine Wölkchen schmückten, die aussahen wie Wattebäusche.

Andreas erinnerte sich, dass eigentlich durchwachsenes Wetter angekündigt gewesen war, als er einer Schicht am Grill zugestimmt hatte. So wie es jetzt aussah, würde er allerhand zu tun bekommen.

Um 9 Uhr war er pünktlich in der Hütte zur Einweisung. Die anderen, die da waren, kannte er teilweise vom Sehen, zwei davon stellten sich als Mitglieder der Freizeitmannschaft vor, doch die mussten nach seiner Zeit dazugestoßen sein.

Mit Verspätung und völlig außer Atem tauchte dann auch Annegret auf. Andreas war überrascht. Er hatte ihren Namen auf dem Arbeitsplan nicht gelesen für diese Schicht, das wäre ihm aufgefallen. Sie grinste ihn an.

»Überraschung! Ich habe meine Schicht extra getauscht!«

»Und wofür bist du eingeteilt?«

»Spülmaschine! Wir arbeiten also ganz dicht beieinander!«

»He, Ruhe da, ihr zwei, ihr sollt zuhören!«, herrschte der Schichtführer Andreas und Annegret an. Beide verstummten schlagartig.

Andreas hörte nur mit einem Ohr hin. Der Typ erzählte irgendwas von Löschdecken, die man zum Löschen eines Brandes verwenden sollte. Warum hatte Annegret ihre Schicht getauscht? Er war völlig ratlos.

Den Hunger der Festbesucher auf Steak Hawaii, also ein Steak, das nach dem Grillen mit einem Aufbau aus Kochschinken, Ananasscheibe und Cheddarkäse belegt und mit einem Bunsenbrenner erhitzt wurde, hatte Andreas völlig falsch eingeschätzt. Und wie er feststellen musste, wusste er nicht, wie er mit diesem Grill umzugehen hatte. Die ersten fünf Steaks waren Briketts und mussten weggeworfen werden, die nächsten wollten überhaupt nicht garen und schienen einfach roh zu bleiben. Es war zum Verzweifeln.

Nach einiger Zeit hatte er es dann doch raus, doch just in diesem Moment wollte keiner die fertigen Steaks. 10 Stück waren fertig, doch die Abnehmer fehlten. Also wurden sie an die Anwesenden in der Schicht verteilt. Kaum waren sie vergeben, brach die nächste Bestellwelle über ihn herein. Er legte Steak um Steak auf, die Bedienungen wurden immer ungeduldiger, doch er konnte die Teile ja nicht halbgar rausgeben.

Neben ihm wirkte Annegret so, als sei sie Herrin der Lage. Kaum war das Geschirr gespült, verräumte sie es blitzschnell und füllte die Maschine wieder mit gebrauchtem Geschirr. Sie schien weder gestresst noch gelangweilt, sie arbeitete zügig und jeder Handgriff saß.

Nicht so bei Andreas. Eines der Steaks fiel ihm auf den Boden, dann spritzte aus einem das Fett auf seinen Arm, so dass er sich verbrannte und lauthals fluchte.

Ein Blick auf die Uhr sagte ihm, dass es gerade erst 11 Uhr war. Was für ein Horror! Er fühlte sich, als hätte er bereits drei Stunden dort gestanden und hatte inständig gehofft, die Mittagszeit sei bald vorüber – dabei hatte sie noch gar nicht wirklich angefangen.

»Wo bleiben meine 5 Steaks?«, rief eine der Bedienungen von der Anrichte herüber.

»Brauchen noch«, gab Andreas zurück. Und dann musste der Schinken-Ananas-Käse-Aufbau ja auch noch drauf. Doch der lag zum Glück in der Verantwortung eines anderen.

»Soll ich dich mal ablösen?«, fragte Annegret, die ihn mitfühlend anschaute.

»Nur zu gerne!«, rief Andreas und schaute verblüfft zu, wie Annegret eine Schürze von der Wand nahm, sich umband und dann wie selbstverständlich anfing, die Steaks mit einer Grillzange zu wenden. Sie überprüfte die Temperatur, verschob einige der Steaks, legte weitere auf.

Wie kam es, dass Annegret, von der Andreas angenommen hatte, sie esse hauptsächlich Kaninchenfutter, sich so gut mit dem Grillen auskannte?

»He, nehmt mal das gebrauchte Geschirr hier weg!«, rief eine der Bedienungen, die nicht wusste, wo sie ihr Tablett abstellen sollte.

Das war Andreas' Stichwort gewesen. Er holte die benutzten Teller, warf die Reste in den Abfall und türmte sie neben der Maschine auf. Diese lief noch.

»He Leute, ich brauche frisches Besteck!«, schallte es von der Theke herüber.

»Das ist dein Job, Andreas, die sauberen Messer und Gabeln dort drüben in einer sauberen Serviette zusammenrollen.«

Das auch noch? Wie sollte das denn gehen? Gerade war die Spülmaschine fertig, die sollte er ausräumen, dann einräumen, das Besteck richten ....

»Schon wieder dreckiges Geschirr«, tönte es von der Theke.

Andreas wurde ganz schwindlig. Er riss die Spülmaschine auf und eine riesige Wolke heißen Dampfes stieg auf und nahm ihm den Atem. Die Teller waren richtig heiß, doch er stapelte sie schnell aufeinander. Mit einem Küchentuch bewaffnet trocknete er das Besteck ab und warf es auf den Haufen mit den anderen Gabeln und Messern.

»Wo bleibt jetzt mein Besteck?«, wurde Andreas von einer der Bedienungen angegiftet, »Mach mal vorwärts!«

Also wickelte Andreas Besteck in Servietten und häufte dieses auf die Theke.

»Schmutziges Geschirr!«, rief jemand.

»Ich brauche mal frische Gläser«, tönte es aus vom Ausschank her.

Andreas ließ das Besteck liegen, lief wieder zur Spülmaschine, räumte die Gläser aus, und das benutzte Geschirr hinein. Was für ein Stress. Wie sollte er da den Durchblick behalten?

»Besteck!«, wurde wieder mal an der Theke gefordert.

Andreas wickelte weiter, immer mit einem Blick auf die Spülmaschine. Sobald das Licht an der Anzeige erlosch, rannte er wieder hinüber und begann, sie im Eiltempo auszuräumen. Schon wieder ein Riesenstapel an schmutzigem Geschirr. Andreas griff nach den obersten fünf Tellern und dann geschah es: Er rutschte beim Greifen ab, der Teller glitschte ihm aus den Fingern, Andreas wollte nachfassen, bewegte sich ruckartig und alles krachte zu Boden.

Die fünf Teller, nach denen er gegriffen hatte, fielen auf seiner Seite zu Boden, die anderen Teller, die sich darunter befunden hatten, krachten mitsamt Besteck und Essensresten auf der anderen Seite auf den Boden. Es war ein ohrenbetäubender Lärm – und eine Riesensauerei.

»Volldepp!«

»Idiot!«

»Och neeee, all das Geschirr!«

»Ach du liebe Zeit!«

»Verdammt!«

»So viele Scherben!«

Andreas hörte Ausrufe von allen Seiten, herbeieilende Schritte, die anderen aus der Schicht versuchten, die Sauerei am Boden wegzumachen, während er wie erstarrt an Ort und Stelle stehenblieb.

»Mensch Andi, ist nicht schlimm, das passiert halt!«. Das war Susanne, seine ehemalige Trainerin, die versuchte, ihn zu trösten.

Wie peinlich! Andreas wäre am liebsten im Erdboden versunken.

»Hast du dir was getan, bist du verletzt?«, fragte Annegret mit Besorgnis in der Stimme. Sie sah ihn mitfühlend an.

Andreas blickte auf seine Hände. An ihnen klebten Ketchup- und Currysoße, aber sonst schien er sich nicht geschnitten zu haben. Auch seine Schuhe, Socken und nackten Beine, die in Shorts steckten, hatten Spritzer abbekommen, er würde sich erst einmal säubern müssen.

»Alles ok«, meldete er Annegret zurück. »Aber ich glaube, ich gehe mich erst einmal sauber machen.«

Er verließ die Hütte und machte sich auf den Weg zu den öffentlichen Toiletten. Er hätte sich auch in der Baseballerhütte am Waschbecken säubern können, doch ihm war nach diesem Malheur nach frischer Luft und etwas Bewegung.

So komisch er sich selbst fühlte, die anderen Leute auf den Sandwegen schienen keine Notiz davon zu nehmen, wie er aussah. Somit kam er ohne dumme Kommentare an den Toiletten an und holte sich einen Stoß Einmal-Handtücher, die er mit Wasser benetzte und die Flecken an Händen, Beinen und Schuhen entfernte.

Missmutig machte er sich auf den Rückweg in die Hütte des Baseballclubs. Unterwegs blickte er auf die Uhr. 13 Uhr erst. Also mittendrin in der Essenszeit. Noch immer herrschte überall Andrang, die Leute hatten Hunger. Und ausgerechnet jetzt hatte er einen ganzen Tellerstapel in Scherben verwandelt. Doch es half nichts. Er konnte jetzt nicht kneifen, es musste weitergehen.

Zurück in der Hütte sah er Annegret weiterhin am Grill hantieren, während jemand anderes inzwischen die Spülmaschine bediente. Von den Scherben am Boden war nur ein Fleck geblieben, der farblich ein Gemisch aus Ketchup und Currysoße darstellte.

»Andi, du kannst vielleicht bei den Getränken helfen?«, meinte jemand zu ihm, dessen Name Andreas wieder entfallen war.

Bei den Getränken stieß er auf Iris, eine der Spielerinnen aus der Freizeitmannschaft, mit der er sich recht gut verstanden hatte.

»Kannst du das Bierzapfen übernehmen?«, fragte sie hoffnungsvoll. »Ich habe es nicht so mit Bier, weißt du? Ich bin eher für Wein und Sekt zu haben – und natürlich für die lustigen Drinks mit Ananassaft, Sahne und Kokoslikör!«

Andreas war einverstanden. Bier, das lag ihm. Aber wie das Schicksal es wollte, war nach drei gezapften Gläsern das Bierfass leer und musste getauscht werden.

Endlich war es 16 Uhr. Andreas schmerzte der Rücken vom langen Stehen, er war fix und fertig und froh, die Schicht hinter sich zu haben.

Er beobachtete, wie Annegret die Schürze ablegte, sich über die Haare strich, die sie zu einem Pferdeschwanz zusammengebunden hatte, damit sie ihr beim Arbeiten nicht im Weg waren, und sich dann ihm zuwandte.

»Komm, wir setzen uns noch raus an einen Tisch und essen was«, schlug sie vor.

Essen. Das war eine gute Idee. Andreas merkte, wie hungrig er war. Und durstig!

Sie nahmen an einem Tisch Platz, den sie ganz für sich alleine hatten, da um diese Zeit tatsächlich nicht viel los war.

Kaffee und Kuchen hatten sich einige ältere Herrschaften bestellt, sie selbst orderten nun ein Hawaii-Steak mit Reis, Currysoße und Salat, Annegret trank dazu eine Cola, Andreas ein Bier. Kaum war das Essen da, aßen sie genüsslich und schwiegen sich dabei an.

Andreas' Blick schweifte umher. Er beobachtete die Festbesucher, die mit Gasluftballons an Kinderwagengriffen, mit geschossenen Teddybären oder Kindern auf den Schultern über das Fest flanierten. Er beobachtete Liebespaare, die eng umschlungen und langsam die Straße entlang gingen, andere Händchen haltend, wieder andere schweigsam oder mit einer Kugel Eis in der Waffel, die sie während des Gehens aßen.

Und dann sah er ihn. Da war Samanthas Freund. Er hatte eine Blondine im einen Arm, die andere Hand hielt ein Bierglas. So liefen sie im Schneckentempo den Sandweg entlang.

Sein Blick galt nur ihr, während sie ihm irgendetwas zu erzählen schien.

»Der hat sich ja schnell getröstet!«, entfuhr es Andreas.

»Wer? Von wem sprichst du?«, wollte Annegret wissen.

»Der Typ da«, Andreas nickte mit dem Kopf in die Richtung von Samanthas Ex. »Das ist der Freund von Samantha gewesen.«

»Ah!«, war alles, was Annegret dazu sagte.

Andreas blickte den beiden nach. Anscheinend stand er auf Blondinen. Wobei diese da nicht an Samantha herankam.

»Jetzt hat es ja doch noch mit einem gemeinsamen Essen geklappt«, meinte Annegret, als sie ihren Teller leer gegessen hatte und das Besteck ablegte. »Noch einen Kaffee und ein Stück Kuchen?«

Andreas stimmte zu. Nach all diesen Anstrengungen hatte er sich diesen Genuss wirklich verdient. Sie bestellten 2 Tassen Kaffee bei der Bedienung und fragten nach der Kuchenauswahl. Andreas entschied sich für eine Schwarzwälder Kirschtorte, die so garnicht zum Hawaii-Motto passte, Annegret wählte einen Kuchen namens „Summerfeeling", der sich als Biskuit, belegt mit Ananas, Kiwi und Banane, entpuppte.

Nachdem alles verspeist war schlug Annegret wieder das Boxautofahren vor.

»Heute bist du doch richtig angezogen. Und vollgekleckert bist du auch schon«, meinte sie mit einem Blick auf seine verspritzten Socken.

»Stimmt«, meinte Andreas. Ihm fiel keine Ausrede ein, außer, dass er für Vergnügungen dieser Art nicht viel übrig hatte. Aber er war es leid, sich ständig rechtfertigen zu müssen, also wählte er den Weg des geringsten Widerstands und stimmte einfach zu. Ansonsten wären sie wahrscheinlich auf der Riesenrutsche gelandet, was bedeutet hätte, dass er ständig hätte Treppenstufen erklimmen müssen, und dafür war er einfach zu erschöpft. Sich in einem kleinen Boxauto herumfahren lassen, das würde er irgendwie überstehen.

Annegret freute sich wie ein kleines Kind und zog ihn mit sich. Sie stand an der Kasse an und löste gleich Bons für 10 Fahrten. Die wollte sie doch hoffentlich nicht alle jetzt hinter sich bringen, mit ihm?

Sie stiegen ein. Es war, wie Andreas es in Erinnerung hatte: laut, nervig, man wurde durchgeschüttelt und er hatte Angst um seine Wirbelsäule. Das konnte doch nicht gut sein, so hin und her gestoßen zu werden.

Doch Annegret hatte einen Mordsspaß daran, die anderen Autos zu rammen. Sie quietschte vor Vergnügen während Andreas stocksteif neben ihr saß und hoffte, der Spuk möge bald vorüber sein.

Fünf Fahrten hielt er neben Annegret aus, bevor er unter dem Vorwand flüchtete, ihm schliefen die Beine ein, wenn er noch länger so gefaltet in dieser Käseschachtel sitzen müsste.

Sie erlöste ihn und ließ ihn aussteigen. Da sie in diesem Moment eine Mannschaftskameradin erblickte, war schnell Ersatz gefunden. Die andere stieg ein, Andreas winkte Annegret noch einmal zu, dann machte er sich auf den Heimweg.

Zu Hause angekommen ließ er sich eine Badewanne mit heißem Wasser ein. Es war zwar völlig verrückt, an solch einem heißen Tag in die Badewanne zu liegen, doch das brauchte er nun.

Er wollte eine Komplettreinigung nach diesem Tag, den Gestank nach Fett von sich abwaschen, Schmutz, Staub und Erniedrigung wegspülen und seine verkrampften Muskeln entspannen.

Er lehnte sich in der Wanne zurück und lauschte der Musik, die aus dem Radio kam. Je länger er so lag, desto entspannter wurde er.

Irgendwann stieg er aus der Wanne, ließ das Wasser ab, zog sich frische Sachen an und setzte sich auf die Terrasse. Dort schlug er wieder seinen Krimi auf, gönnte sich ein Bier und genoss den Abend.

Als Annegret nach Hause kam, griff sie zu ihren Unterlagen, die sie über Andreas zusammengetragen hatte. Nach den letzten beiden Besuchen jeweils an Sonntagen wusste sie nun was er arbeitete, wohin er gerne in Urlaub fuhr, wie unsportlich er war und vieles mehr.

Nach ihrer gemeinsamen Schicht und ihrer Begegnung bei der Eröffnung des Hawaii-Spektakels wusste sie nun auch, dass er Höhenangst hatte, schnell überfordert war, wenn er mehrere Dinge gleichzeitig tun musste, keine Prioritäten setzen konnte und eine komplette Spaßbremse war.

Diagnose: Langweiler!

Annegret glaubte nie und nimmer, dass Samantha sich für so eine graue Maus interessiert hätte. Es musste ein einseitiges Anhimmeln gewesen sein.

Ob sich Andreas überhaupt je getraut hätte, sie anzusprechen?

Hatte er tatsächlich ihre Vorgängerin entführt und hielt sie irgendwo gefangen, so wie das ihr Trainer vermutete?

War Andreas dafür der Typ?

Sie musste dranbleiben. Noch war es ihr nicht gelungen, bis in seine Kellerräume vorzudringen. Wenn dort etwas oder jemand war, dann würde sie es herausfinden. Sie brauchte nur noch etwas Geduld, irgendwann würde sich hierfür eine Gelegenheit bieten.

Kapitel 20

Am Montag widmete sich Andreas einem ganzen Stapel Akten. Die Besucherzahlen waren erfreulich, das Hawaii-Spektakel hatte der Landesgartenschau zusätzliche Besucher beschert, oder war es umgekehrt?

Für Montag, den letzten Tag des bunten Festes, hatte man sich etwas Besonderes ausgedacht: Alle Besucher der Landes-gartenschau erhielten freien Eintritt, und die Öffnungszeiten wurden sogar bis Mitternacht verlängert, denn auf der Insel im Rhein würde gegen 23 Uhr ein Feuerwerk abgebrannt werden, zum Zeichen, dass das bunte Hawaii-Treiben bis zum nächsten Jahr ein Ende hatte. Auf diese tolle Idee war Andreas' Assistentin gekommen, die irgendwann geäußert hatte, dass das Hawaii-Spektakel in diesem Jahr einen beson-deren Schlussakkord verdient habe. Irgendetwas Spektakulä-res, Buntes. Mit dem Feuerwerk würden beide Attribute er-füllt.

Andreas freute sich auf den Abend. Er würde sich jedoch nicht ins Festgetümmel stürzen und im Anschluss auf der Stadtmauer einen Platz suchen, um gute Sicht zu haben, son-dern das Feuerwerk von Peters Gartengrundstück aus be-trachten. Peter hatte ein paar Freunde zum Grillen eingeladen und so würden sie gemeinsam im kleinen Kreis das bunte Spektakel am Himmel bestaunen können. Danach würde Andreas gleich nach Hause gehen, hatte er sich vorgenommen, schließlich war der nächste Tag ein ganz normaler Arbeitstag für ihn.

Doch zuerst einmal stand das Mittagessen auf dem Fest an. Seine Assistentin stand Punkt 12 Uhr vor seiner Bürotür.

»Kommst du? Wir müssen los!«, forderte sie ihn auf.

Andreas folgte ihr und gemeinsam mit den anderen Kollegen gingen sie aufs Fest. Die Stadtverwaltung hatte sich dafür entschieden, dieses Jahr bei den American Footballern zu reservieren, was Andreas begrüßte. Dort saß man im Schatten großer Schirme und das Essensangebot sagte ihm ebenfalls zu, da es eher typisch amerikanisch gehalten war.

Er entschied sich für Cheeseburger mit Pommes und bestellte sich dazu ein kühles alkoholfreies Bier.

Erstaunlicherweise ging es mit dem Essen recht flott. Die Bedienungen waren wohl extra für die Mittagszeit aufgestockt worden, jedenfalls musste keiner lange auf sein Essen warten.

Gemeinsam mit den Kollegen gab es viel Privates zu bereden, man tauschte sich über Urlaubspläne aus, einer erzählte von seinem Hausbau, der gründlich schief zu gehen schien und eine Kollegin erzählte vom Schwangerschaftserbrechen ihrer Schwester, was Andreas bei Tisch als völlig unangebracht empfand.

Gegen 14 Uhr war Andreas zurück im Büro. Kurz darauf kündigte sein Handy eine Whatsapp an. Es war Annegret, die ihm schrieb.

»Wollen wir uns heute Abend zum Feuerwerk treffen?«

»Hab schon andere Pläne!«, schrieb Andreas zurück.

»Was denn für welche?«, wollte Annegret wissen.

Was für ein neugieriges Weibsbild! Was ging es sie an, mit wem er seinen Abend verbrachte?

»Männerabend« schrieb er zurück, um zu verhindern, dass sie sich selbst einlud.

»Viel Spaß!«, war alles, was dann noch kam.

Na also, dachte Andreas, das wäre also erledigt.

Währenddessen machte sich die Vermieterin Samanthas ganz andere Gedanken. Es waren nun schon knapp drei Monate vergangen, seitdem ihre junge Mieterin verschwunden war. Sie hatte nach wie vor auf ein Lebenszeichen gehofft und darauf, eine sinnvolle Erklärung zu ihrem Verschwinden zu erhalten. Doch inzwischen hatte sie die Hoffnung nahezu aufgegeben.

Während die Wohnung nach wie vor nicht genutzt wurde, erhielt sie zwar weiterhin ihre Miete, da Frau Siederling einen Dauerauftrag eingerichtet zu haben schien, aber sie empfand diese Art des Leerstands als Verschwendung von Wohnraum.

Sie griff zum Telefon und rief die Polizei an, um sich zu erkundigen, ob es irgendwelche Neuigkeiten zum Verschwinden Samantha Siederlings gebe. Sie erhielt jedoch nur die Auskunft, dass es sich um laufende Ermittlungen handeln würde, worüber man ihr keine Auskunft erteilen dürfe.

Sie war somit nach dem Gespräch so schlau wie zuvor. Was sie denn mit den Sachen aus der Wohnung tun solle, hatte sie den Beamten gefragt, schließlich würde sie gerne neue Mieter suchen. Doch dazu konnte der ihr auch nichts sagen.

Ihr nächster Anruf galt einem ehemaligen Nachbarn. Der war auf dem Amtsgericht tätig gewesen und kannte sich hoffentlich mit Rechtssachen aus. Tatsächlich konnte er ihr sagen, dass sie die Sachen auf ihre Kosten hin einlagern könne. Danach könne sie wieder vermieten.

Einlagern auf ihre Kosten? Und wer sollte die ganzen Sachen in Kartons verpacken, sie selbst etwa? Sie empfand die Welt als ungerecht. Nicht alleine, dass die Wohnung unbewohnt war und sie sich deswegen sorgte, sie hatte nun auch noch den Ärger mit den Sachen am Hals.

Sie beschloss, die Sommermonate noch abzuwarten. Zum Packen und Sortieren war es ihr jetzt sowieso viel zu heiß. Sie würde weitersehen, wie sich die Sache entwickelte. Bis Jahresende gab sie sich selbst und der verschwundenen Samantha noch Zeit. Doch spätestens während der Heizperiode musste sie dann tätig werden. Und für das neue Jahr wollte sie unbedingt eine neue Mieterin haben. Und diese sollte am besten Familie in der Gegend haben. Jemanden, an den man sich wenden konnte, wenn die nächste Mieterin auch einfach von heute auf morgen verschwinden würde. Denn dann würde sie die Familienangehörigen zur Rechenschaft ziehen und sich von denen beim Verpacken und Einlagern unterstützen lassen, so viel war sicher!

Der Abend auf Peters Grundstück war tatsächlich ein lustiger. Zwar waren nicht nur Männer anwesend, das war eine Notlüge gewesen, doch war es eine nette Gesellschaft, alle ungefähr im gleichen Alter, so dass es gut harmonierte.

Annegret hätte wie die Faust aufs Auge gepasst, überlegte sich Andreas. Als irgendwer einen Witz über einen Film von Luis de Funes machte, wussten alle, wovon die Rede war, alle lachten. Andreas überlegte, ob Annegret wohl jemals einen dieser Filme gesehen hatte. Wahrscheinlich nicht. Sie war eine ganz andere Generation, hatte völlig andere Interessen, hörte andere Musik, ging zu anderen Veranstaltungen, hatte einen jüngeren Freundeskreis. Zumindest nahm Andreas das an.

»He, Andreas, woran denkst du?«, fragte Peter, der ihn beobachtet hatte.

»An unsere Jugendzeit, was wir da so gemacht haben, und was der Jugend von heute alles abgeht«, antwortete Andreas, ohne speziell auf Annegret abzuzielen.

»Stimmt!«, gab ihm einer der anderen recht, »die Jugend von heute kennt nur noch Handy und Spielkonsole. Was haben wir damals alles draußen unternommen, ohne all die Technik!«

»Ich habe sogar die Milch noch beim Bauern im Stall geholt, so direkt von der Kuh. Die Milch war noch warm, als sie in die Milchkanne abgefüllt wurde!«, schwelgte eine der Frauen in Erinnerungen.

Jetzt wird es richtig nostalgisch, überlegte Andreas und versuchte, sich Annegret mit Milchkanne in einem Kuhstall vorzustellen. Er musste unwillkürlich lachen.

Bald war es kurz vor 23 Uhr und Peter holte drei Flaschen Sekt, damit alle anstoßen konnten und zu Beginn des Feuerwerks volle Gläser hatten. Es war ein buntes Lichterspiel, bei dessen Anblick alle »Ah!« oder »Oh!« oder »Ui!« riefen, und das leider viel zu schnell vorbei war.

Im Anschluss packte Andreas recht flott seine Sachen zusammen, bedankte sich für die nette Feier und schwang sich aufs Fahrrad, mit dem er gekommen war. Um Mitternacht, nachdem er wie jeden Tag einen prüfenden Blick in den Kellerraum mit der Gefriertruhe geworfen hatte, war er im Bett.

Kapitel 21

Andreas träumte. Er lag an einem Sandstrand, über ihm grüne Palmen, das Meer rauschte, eine leichte Brise ging. Am blauen Himmel zogen weiße Wölkchen vorbei, er war im Paradies. Er hörte Papageien, die sich um irgendetwas stritten, und das Klingeln eines Handys. Eines Handys? Hier? Im Paradies? Gab es da überhaupt Empfang?

Langsam wurde Andreas gewahr, dass er tatsächlich ein Handy hörte, nämlich sein Diensthandy. Er lag nicht im warmen Sand, sondern zu Hause im Schlafzimmer bei offenem Fenster. Doch draußen war es stockdunkel. Wer rief ihn mitten in der Nacht an? Andreas tastete nach der Nachttischlampe und knipste sie an. Er konnte die Uhrzeit nicht erkennen, er bekam die Augen kaum auf.

Er griff zum Handy, das noch immer penetrant vor sich hin klingelte. 3.50 Uhr zeigte das Handy. Was zum Kuckuck war hier los, dass er um diese Zeit aus dem Schlaf gerissen wurde? Und warum hatte die Mailbox den Anruf nicht entgegengenommen? Wozu war diese blöde Technik eigentlich nutze? Verärgert meldete er sich.

»Herr Wunderberg, tut mir leid, Sie mitten in der Nacht stören zu müssen, aber es wurde eine Leiche gefunden!«

»Wer ist denn dran?«, fragte Andreas unwirsch nach.

»Tobias Murrer von der Nachtpatrouille.«

So langsam drang die Information zu Andreas vor. Die Nachtpatrouille, ein Team aus zwei Männern, lief nachts über das eingezäunte Gelände der Landesgartenschau, um nach dem Rechten zu sehen. Und nun hatte ihn einer davon darüber informiert, dass eine Leiche gefunden wurde. Konnte das stimmen?

»Was ist passiert und wo sind Sie?«, fragte Andreas nach.

»Auf dem Gartenschaugelände, am Palmenwald. Wir haben eine Tote zwischen den Palmen entdeckt. Sie sollten besser kommen und sich das ansehen.«

Eine Leiche? Im Palmenwald? Andreas sprang aus dem Bett, auf einmal gar nicht mehr müde.

Sein erster Weg führte ihn in den Keller. Dort stand die Gefriertruhe. Er riss den Deckel auf und sah hinein. Friedlich lag dort das Plastikpaket, das die Überreste von Samantha enthielt. Er schloss den Deckel wieder. Leise und beruhigend surrte das Gerät vor sich hin.

Ok. Jetzt nur nicht austicken, dachte Andreas, auch wenn er dieses Jahr eindeutig mit zu vielen Leichen konfrontiert wurde.

Andreas lief wieder nach oben, sprang in ein paar Klamotten, fuhr sich mit der Hand durch die Haare, schlüpfte in Turnschuhe und holte sein Fahrrad aus der Garage. Dann fuhr er so schnell er konnte zum Gartenschaugelände, das er durch den nördlichen Eingang betrat.

Vor Ort traf er auf Polizeibeamte, die den Bereich großzügig mit Flatterband abgesperrt hatten.

Die Leiche hatte man an der nördlichen Seite des Palmenwaldes geborgen, gar nicht weit vom Weg entfernt.

Es handelte sich um eine ganz junge Frau, fast noch ein Teenager, dunkelblond, langhaarig, mit unzähligen Piercings.

Andreas kannte die junge Frau nicht, hatte sie noch nie zuvor gesehen. Einen Ausweis oder andere Papiere führte sie nicht mit sich, in ihrer Handtasche hatte man aber ein Handy gefunden, erfuhr Andreas vom Bürgermeister, der kurz vor ihm eingetroffen war.

»Ein Skandal, Wunderberg, ein Skandal!«, wurde Herr Krapox nicht müde immer und immer wieder zu rufen. Hier ging sicherlich sein südländisches Temperament mit ihm durch. »Was soll nur aus der Landesgartenschau werden, Wunderberg, uns werden alle Gäste wegbleiben wenn in den Medien zu lesen ist, dass es auf dem Gelände eine Tote gegeben hat.«

»Aber da kann doch die Landesgartenschau nichts dafür«, entgegnete Andreas schulterzuckend. Er sah das Problem nicht. »Überall sterben Menschen bei Unfällen. Ich nehme an, die junge Frau hat zu viel getrunken. Vielleicht musste sie mal, ist daher in den Wald gegangen und dort gestürzt, hat das Bewusstsein verloren und ist an ihrem eigenen Erbrochenen erstickt.«

»Oh, hören Sie doch auf, Wunderberg, das macht es auch nicht besser. Leiche ist Leiche. Direkt auf dem Gelände! Eine Spektakel-Besucherin wäre schon schlimm genug gewesen, aber nun wird der Fund direkt mit der Gartenschau in Verbindung gebracht.«

»Ja, aber nun lassen Sie uns doch erst einmal abwarten, Herr Krapox. Die nächsten Tage werden zeigen, ob Sie recht haben.«

Andreas hakte den Bürgermeister unter und zog ihn weg von diesem unangenehmen Ort.

»Soll ich Sie nach Hause bringen?«, fragte er, als sie die Absperrung hinter sich gelassen hatten. Dann erst fiel ihm ein, dass das Unsinn war, da er ja mit dem Fahrrad da war.

»Nein, lassen Sie nur, Wunderberg, ich habe mein Auto am Nordeingang stehen. Ich schaffe das schon. Bis morgen!«

Sie winkten sich zum Abschied zu, dann radelte Andreas nach Hause.

Zu Hause angekommen überlegte Andreas, ob es überhaupt noch Sinn machte, noch einmal ins Bett zu liegen, entschied sich dann aber dafür. Er war einfach zu müde, um aufzubleiben und nachher direkt ins Büro zu gehen.

Er stellte seinen Wecker auf 8 Uhr und legte sich wieder hin. Keine zwei Minuten später schlief er tief und fest.

Beim Klingeln des Weckers fühlte sich Andreas erstaunlich erfrischt nach der nächtlichen Schlafunterbrechung. Er gönnte sich zu Hause noch zwei Tassen starken Kaffees, bevor er sich ins Büro begab.

Dort gab es nur ein Gesprächsthema: den Leichenfund. Den nächtlichen Polizeieinsatz hatte scheinbar die ganze Stadt mitbekommen. Oder es war der Buschfunk gewesen, der die Nachricht verbreitet hatte, jedenfalls sprach man von nichts anderem. Es dauerte auch nicht lange, da rief die Presse an und wollte von Andreas wissen, ob er den makabren Fund als schädlich für die Gartenschau einordne.

»Ganz im Gegenteil«, erwiderte Andreas, der meinte, die menschliche Natur so weit zu kennen und zu wissen, dass gerade solch ein Fund eine große Zahl Schaulustiger anlocken würde. Wahrscheinlich sogar die Sorte Menschen, die sonst im Leben nicht daran gedacht hätten, eine Landesgartenschau zu besuchen.

Im Laufe des Dienstagnachmittags war auf den Onlineportalen der örtlichen Zeitungen zu lesen, dass es sich bei der zu Tode gekommenen 19-Jährigen um eine ortsfremde Hawaii-Spektakel-Besucherin handelte, die dem Alkohol reichlich zugesprochen hatte und daher mit 2,4 Promille aufgefunden worden war. Die Todesursache war also Bewusstseinsverlust durch Alkoholvergiftung. Das Tragische daran war, dass ihre Freunde, mit denen sie zusammen aufs Fest und danach aufs Gartenschaugelände gekommen war, ebenfalls stockbetrunken waren und ihr Fehlen nicht einmal bemerkt hatten.

Für Andreas war der Fall damit abgehakt. Die Tote hatte nicht wirklich mit der Landesgartenschau zu tun gehabt, sie hatte sich lediglich zu ihrem Todeszeitpunkt auf deren Gelände aufgehalten. Da aber kein Fremdverschulden vorlag, würden die Schlagzeilen wahrscheinlich ebenso schnell aus den Medien heraus sein, wie sie hineingeraten waren.

Doch bereits am Mittwochvormittag bei der Frühbesprechung ließen sich die ersten Auswirkungen des Leichenfunds messen: Die Besucherzahl lag um 5.000 Besucher höher, als sonst an einem Wochentag um diese Uhrzeit. Und tatsächlich berichteten die Mitarbeiter, die die Einlasskarten kontrollierten, von ständigen Nachfragen nach dem Todesschauplatz.

Andreas hatte also recht behalten mit seiner Annahme, dass sich diese Begebenheit eher positiv auswirken und Besucher anlocken würde.

Der Bürgermeister hatte mit dieser Entwicklung nicht gerechnet, er rief kurz nach dem Mittagessen an und schien auf das Schlimmste gefasst zu sein.

»Wunderberg, wie schlimm ist es?«

»Was bitte meinen Sie?«

»Die Besucherzahlen natürlich! Wie viele sind gestern und heute weggeblieben?«

»Gestern waren die Zahlen noch relativ normal, weil die Meldung erst im Laufe des Tages publik wurde, heute Morgen waren wir deutlich über dem Tagesdurchschnitt«, fasste Andreas die Entwicklung zusammen.

»Sagten Sie über dem Durchschnitt?«

»Ja, deutlich drüber.«

»Sind Sie sicher?«

»Ich kann es belegen, die Zahlen zeigen es schwarz auf weiß!«

»Das gibt es doch nicht!«

»Doch, Herr Bürgermeister, die Menschen sind so. Wo ein Verbrechen geschieht, da kommen sie neugierig angelaufen!«

»Aber Wunderberg, es war doch kein Verbrechen. Es war ein Unfall!«

»Da scheint der Mensch von heute keinen Unterschied zu machen. Das Morbide scheint Schaulustige zu locken.«

»Ja sieht man denn an dem Platz noch irgendwas?«

»Nicht dass ich wüsste! Aber vielleicht sollten wir ein Hinweisschild anbringen ...«

»Um Himmels Willen, nur das nicht!«

»Aber meines Wissens sind wir die erste Gartenschau mit Leichenfund«, klärte Andreas den Rathauschef auf.

»Ein trauriger Rekord, Wunderberg, sehr traurig! Etwas anderes wäre es gewesen, wenn man hier einen Urzeitmenschen gefunden hätte bei Ausgrabungen. Den Homo Oberrosendorfensis Krapoxis.«

»Bitte wen?«

»Na einen Höhlenmenschen auf der Gemarkung Oberrosendorfs, gefunden unter der Amtsperiode meiner Wenigkeit!«

»Ach so. Aber leider ist das Leben kein Wunschkonzert. Und ich glaube, die Zeit ist so schnelllebig, dass das auch nicht lange anhält. Wir sollten uns also jetzt freuen, so lange dieser makabre Aspekt uns Besucher beschert. Wahrscheinlich knacken wir in den nächsten Tagen die nächste Marke von 750.000 Besuchern!«

»Wissen Sie, Wunderberg, wenn die Besucher nur kommen, weil sie einen Leichenfundplatz sehen wollen, dann habe ich keine Lust auf ein gemeinsames Abendessen mit den nächsten runden Besuchern.«

»Wollten wir nicht sowieso dazu übergehen, den nächsten Besuchern einen Hotelgutschein zu überreichen? Der kann dann viel flexibler genutzt werden.«

»Sie haben recht, Wunderberg, Sie haben recht. Und jetzt sowieso, unter diesen Bedingungen. Einen Gutschein für drei Übernachtungen, gültig bis Ende nächsten Jahres.«

»So sei es«, meinte Andreas und verabschiedete sich von seinem Gesprächspartner.

Er fand es beachtenswert, Mitte Juli schon bei knapp 750.000 Besuchern angekommen zu sein. Wenn es so weiterging schafften sie tatsächlich noch die Marke von einer Million Besuchern. Was derjenige dann erhalten sollte, darüber hatte sich noch niemand Gedanken gemacht. Denn sowohl Andreas als auch Bürgermeister Krapox waren im Vorfeld bei so einer großen Zahl doch skeptisch gewesen. Nun aber war sie in erreichbare Nähe gerückt, sofern das Wetter nicht plötzlich auf Eiszeit und Dauerregen umschalten würde. Doch die Langzeitprognose sprach wieder einmal von einem heißen und viel zu trockenen Sommer.

Kapitel 22

Noch bis Mitte der nächsten Woche hatte der Leichenfund der Landesgartenschau erhöhte Besuchszahlen beschert, danach waren die Zahlen wieder auf Normalmaß zurückgegangen.

Und tatsächlich hatte man einem verdutzten Rentner aus Unteruhldingen beim Betreten des Gartenschaugeländes mitgeteilt, mit ihm habe man die stolze Besuchermarke von 750.000 erreicht und daher erhalte er einen Übernachtungsgutschein als Geschenk.

Der Monat Juli neigte sich langsam dem Ende zu. Eine Umfrage bei den Besuchern hatte ergeben, dass das japanische Teehaus und das Kamelreiten besonders beliebt waren und gemeinsam die Besucherhitliste anführten. Auf Platz Zwei und Drei lagen das Schmetterlingshaus und der üppige Rosengarten. Für den Palmenwald sowie den Kräutergarten hatten weniger Besucher gestimmt. Wahrscheinlich war beides zu gewöhnlich, während das Kakteenhaus immerhin Platz Vier erreicht hatte.

Beim Baseballclub standen die allerletzten Spiele für Herren- und Frauenmannschaft und im Anschluss das internationale Turnier am ersten Augustwochenende an. Für beide

Mannschaften sah es gut aus, zwar waren sie nicht Meister geworden, waren aber auf Platz 2 bei den Herren und auf Platz 4 bei den Damen gelandet.

Andreas überlegte sich, ausnahmsweise am Sonntag zum letzten Heimspiel der Herren zu gehen, da es traditionell im Anschluss daran Freibier gab. Für ihn durchaus ein Argument, sich wieder einmal auf dem Platz blicken zu lassen.

Die Damen spielten ihr letztes Spiel zeitgleich auswärts, und da sie bis nach Tübingen fahren mussten, war auch nicht damit zu rechnen, dass Annegret noch auf dem Platz auftauchen würde, während Andreas dort war.

Nach wie vor hatte er keine Ahnung, was die Sportlerin für einen Narren an ihm gefressen hatte, dass sie ihn geradezu zu verfolgen schien. Er für seinen Teil suchte von sich aus keinen Kontakt zu ihr.

Doch die Entscheidung wurde Andreas abgenommen.

Sein Cousin rief kurz vor dem Wochenende an und teilte ihm mit, dass er mit seiner Familie am Sonntag auf der Durchreise in den Sommerurlaub sei. Ob es Andreas recht sei, dass man bei ihm Halt mache, wollte er wissen. Natürlich hatte Andreas Zeit und freute sich über den spontanen Besuch. Er sah seinen Cousin und dessen Familie nur selten, und wenn sich die Gelegenheit bot, ohne dass er etwas dafür unternehmen musste, dann galt es zuzugreifen.

Von daher ging Andreas am Freitag nach der Arbeit erst einmal in den Super- und in den Getränkemarkt, am Samstagmorgen besuchte er noch den Wochenmarkt auf der Festwiese, um frisches Obst und Gemüse zu besorgen. Bei schönem Wetter wollte man auf der Terrasse grillen, und die Temperaturen waren bereits am Samstagvormittag vielversprechend.

Überhaupt war das ganze Jahr bisher wettertechnisch gesehen ein Traum. Andreas wollte sich nicht ausmalen, wie es um die Landesgartenschau bestellt gewesen wäre, hätte es dauerhaft geregnet oder ständig kühle Temperaturen gehabt. So klagten zwar die Landwirte und Waldbesitzer über viel zu trockene Böden, Waldbrandgefahr und Schädlinge, der Landesgartenschau hätte jedoch nichts Besseres passieren können.

Am Sonntag gegen 11 Uhr trudelten Andreas' Besucher ein. Er staunte jedes Mal, wenn er die drei Söhne seines Cousins sah, die immer größer und erwachsener aussahen.

Und einen enormen Appetit legten sie an den Tag. Das Fleisch, von dem Andreas mengenmäßig angenommen hatte, es reiche locker und lasse ihm sogar noch Reste für die nächsten Tage, war ruckzuck verputzt. Auch die verschiedenen Salate, Grillbrote und Dips, die er zubereitet hatte, waren kurz darauf in den hungrigen Mägen verschwunden, so dass sie vor leeren Tellern saßen.

»Ihr müsst entschuldigen, ich bin solche Esser gar nicht gewohnt!«, entschuldigte sich Andreas.

»Ja, die Jungs sind wie die Heuschrecken«, lachte Sandra, die Frau seines Cousins.

»Gibt es noch was zu trinken?«, fragte einer der Teenager.

»Ist die Cola auch schon leer?«, wunderte sich Andreas, der jede Menge gekühlte Flaschen bereitgestellt hatte. »Ich schau mal im Keller nach, ob ich noch Cola habe«, meinte er und erhob sich.

»Lass nur, Kevin kann selbst nachsehen, sag ihm einfach, wo er die Getränke findet«, meinte Sandra und hielt Andreas dabei am Arm fest. »Wer so viel trinkt, der kann auch selbst für Nachschub sorgen.«

Andreas beschrieb Kevin, in welchem Kellerraum die Getränke lagerten und sah dem Jungen hinterher, der hochaufgeschossen war, nur aus Beinen zu bestehen schien und irgendwie wie ein Storch im Salat wirkte. Unwillkürlich musste Andreas an Annegret denken, da deren Figur ähnlich war. Nur, dass Annegret gut 10 Jahre älter war, als dieser Bursche hier.

»Darf es noch ein Eis zum Dessert sein?«, fragte Andreas in die Runde.

»Eis ist was für Babys«, meinte der Zwölfjährige Austin, der auf cool machte.

»Quatsch nicht, Alter, Eis geht immer!«, rief sein Bruder Quintus, der mit 17 der Älteste war. »Was für Sorten hast du denn?«

»Schwarzwälder Kirsch, Vanille, Schokolade und Pistazie«, zählte Andreas auf.

»Dann von jeder Sorte eine Kugel bitte«, bestellte Quintus prompt. »Gibt es auch Sahne dazu?«

Die beiden Eltern entschieden sich für je eine Kugel Schwarzwälder Kirsch, Austin wollte nur Schokoladeneis.

»Wo bleibt denn Kevin so lange?«, wunderte sich Sandra. »Ist dein Keller so groß, dass er sich dort verlaufen kann? Oder lagerst du dort was Spannendes?«

Andreas fuhr mit einem Mal der Schreck in die Glieder. Kevin würde doch nicht im Keller herumspionieren und sich dabei an der Gefriertruhe mit Samanthas Überresten zu schaffen machen? Andererseits – warum sollte ein 15-Jähriger in Gefriertruhen schauen? Normalerweise lagerten dort Essensvorräte, die alles andere als interessant waren für Teenager. Aber auch Speiseeis lagerte in Gefriertruhen. Ob Kevin sie in der Hoffnung auf ein Eis öffnen würde?

In diesem Moment kam Kevin mit einem Grinsen wieder auf die Terrasse. Unter jedem Arm trug er zwei Flaschen Cola.

»Das hat ja ganz schön gedauert«, meinte Sandra, »hast du da unten noch Staub gesaugt, oder was hast du getrieben?«, neckte sie ihn.

»Ich hab mich umgesehen!«, erklärte Kevin sein langes Wegbleiben.

Also doch! Andreas erstarrte. Er hatte Samantha gefunden!

»Da steht ein Tischkicker im Keller. Ich hab überall gesucht, ob es einen Ball dazu gibt, hab aber keinen gefunden«, meinte Kevin bedauernd.

»Kevin, bei dem schönen Wetter wäre es doch eine Sünde, im dunklen Keller an einem Tischkicker zu stehen!«, tadelte ihn sein Vater. Dass Kevin Andreas' Keller durchsucht hatte, schien seinen Erzeuger überhaupt nicht zu stören.

»Stimmt«, meinte Andreas erleichtert, »da steht ein Tischkicker im Hobbyraum, den hatte ich schon ganz vergessen. Keine Ahnung, wo es Bälle dazu geben könnte, ich nutze das Ding nie.«

»Aber das ist cool, voll retro!«, erwiderte Kevin.

»Kevin, jetzt setz dich hin und sag Andreas, ob du auch ein Eis haben willst«, forderte ihn seine Mutter auf.

Der Junge schüttelte den Kopf.

Während Andreas in der Küche das Eis portionierte, schalt er sich insgeheim, dass er nicht daran gedacht hatte, den Kellerraum, in dem Samanthas Überreste lagerten, abzuschließen. Er konnte einfach nicht riskieren, dass irgendein Besucher sich an dieser Truhe zu schaffen machte und dann von ihm wissen wollte, was sich da verbarg. Es war zu gefährlich, die Truhenruhe war trügerisch.

Wieder einmal wünschte sich Andreas, er hätte eine feste Grabstätte für Samantha gefunden und nicht nur ein Zwischenlager, das ihn jederzeit auffliegen lassen konnte. Sie musste unter die Erde. Und das nicht erst in ein paar Monaten!

Als Andreas' Besucher am Abend weitergefahren waren, begann er, im Internet zu recherchieren. Das Hochbeet, das er sich neulich schon überlegt hatte, um seinen Pflanzen mehr Sonne hinter der Hecke zu ermöglichen, ging ihm nicht mehr aus dem Kopf. So ein Ding sollte doch, wenn man es groß genug baute, Platz für einen Erwachsenen bieten. Dann Erde oben drauf und fertig war das Grab.

Andreas überlegte. War das sinnvoll?

Es war der Garten seines Elternhauses. Dieses war abbezahlt und gehörte ihm. Er hatte nicht vor, in nächster Zeit umzuziehen. Es war auch relativ unwahrscheinlich, dass er demnächst in ein Altenheim musste oder pflegebedürftig wurde. Somit würde er hier noch einige Jahrzehnte leben.

Wie der Verwesungsgrad bis dahin aussehen würde wusste er nicht. Wenn er selbst irgendwann sterben würde und irgendwer das Haus übernahm, war es Andreas völlig egal, sollte er im Nachhinein als Mörder angeprangert werden – er würde von alledem ja nichts mehr mitbekommen.

Zumindest empfand er das Hochbeet für sinnvoller als einen Gartenteich. Das war natürlich die andere Überlegung.

Unter einem Teich wäre Samantha tatsächlich im Erdreich, ganz unten. Aber was würde geschehen, wenn die Teichfolie undicht würde? Wenn sich die Nachbarn über Frösche am Teich beschweren oder sich der Teich als Brutstätte der Tigermücke entpuppen würde?

Dann hätte er wieder Scherereien. Er müsste den Teich vielleicht sogar trocken legen. Auch eine Möglichkeit bestand darin, den Teich so tief zu graben, dass man Samantha darin versenken konnte. Doch was würde geschehen, wenn die Gewichte die Leiche nicht am Boden hielten? Wenn das Wasser kippte und alle Fische Kiel oben schwammen? Wenn irgendwer sich bemüßigt fühlen würde, die Wasserqualität zu prüfen und Proben zu nehmen? Man wusste ja nie, wen einem die Nachbarn auf den Hals hetzen würden, er hatte da schon von schlimmen Szenarien gehört, in denen Gartenteiche selbst langjährige Freundschaften zerstört hatten. Außerdem würde so einem riesigen, tiefen Teich sein halber Garten zum Opfer fallen. Das wollte er eigentlich auch nicht.

Es musste also die trockene Lösung sein. Und die Idee mit dem Hochbeet empfand er als geradezu ideal. Es gab da Anleitungen im Internet, die versprachen, dass selbst einem unbegabten Menschen mit zwei linken Händen so ein Ding gelang.

Man konnte sich im Baumarkt die Bretter schon in der richtigen Länge zurecht sägen lassen, das wusste Andreas. In der Anleitung stand, welches Holz sich dafür eignete, was man zum Zusammenbau benötigte, wie man die Innenseite auskleidete und welche Erde man einfüllte. Je nachdem, ob man lieber Gemüse oder Blumen anpflanzte, gab es da Unterschiede.

Andreas nahm einen Zollstock zur Hand und ging in den Garten. Er schritt die Stelle ab, an der er das Hochbeet anlegen wollte. Zwei Meter zwanzig auf einen Meter zehn, maß er aus. Das waren die Maße eines Betts für Menschen mit Übergröße, überlegte er. Darin sollte tatsächlich massig Platz sein für Samanthas Überreste.

Douglasienholz sei weich aber robust, las Andreas. Das wollte er nehmen. In weiches Holz würde selbst er, der handwerklich völlig unbegabt war, Schrauben eindrehen können.

Andreas googelte, welche Hölzer der nächstgelegene Baumarkt vorrätig hatte. Douglasie war natürlich nicht dabei. Nur auf Bestellung, stand auf der Internetseite.

Am Montag in der Mittagspause rief Andreas im Baumarkt an. Er schilderte sein handwerkliches Vorhaben und geriet an einen Mitarbeiter, der ein wahrer Meister des Hochbeets zu sein schien, denn er rechnete Andreas genau aus, wie viel Holz er benötigte und klärte ihn auch darüber auf, wie ein Hochbeet zu befüllen sei und dass man es in Nord-Süd-Ausrichtung anlegen müsse.

»Kann ich darin Tulpen anpflanzen?«, war die Frage, die für Andreas am allerwichtigsten war.

»Sie können darin anpflanzen, was immer Sie wollen«, entgegnete der Baumarktangestellte, »normalerweise verwenden die Leute es aber, um Gemüse anzupflanzen, ohne sich dabei bücken zu müssen, so dass der Rücken geschont wird.«

Was andere Leute taten war Andreas völlig egal. Er wollte darin eine Leiche entsorgen und Tulpen anpflanzen. Mehr nicht.

»Kann ich das Hochbeet auch schon dieses Jahr aufstellen und erst nächstes Jahr bepflanzen?«

»Wenn Sie nächstes Frühjahr Tulpen haben wollen, dann können Sie die Tulpenzwiebeln schon im Herbst ins Beet tun. Und dann sähen Sie noch ein paar Stiefmütterchen aus, dann haben Sie schon im Spätherbst und je nachdem wo das Beet steht den ganzen Winter über was Blühendes im Hochbeet.«

Das war ein guter Tipp! Er würde sich Zwiebeln seiner Lieblingstulpen bestellen und diese zusammen mit Stiefmütterchensamen im Hochbeet unterbringen.

Voller Tatendrang bestellte er das Holz und vereinbarte mit dem Mann am Telefon, dass es ihm nach Hause geliefert würde.

»Das kann aber ein bisschen dauern«, meinte der Sachbearbeiter, »derzeit ist Sommerpause, es geht erst Mitte oder Ende September wieder los.«

Das passte Andreas gut. Ende September oder auch im Oktober war das Wetter durchaus noch so, dass man viel Zeit im Garten verbringen konnte, und dann würde er seine Freizeit dem Aufbau des Hochbeets opfern. Das war also sein Projekt für den Herbst.

Kapitel 23

Am Dienstag war gerade die Frühbesprechung vorbei, als Andreas eine Nachricht von Annegret erhielt.

»Am Wochenende ist Internationales Turnier bei den Oberrosendorfer Kings and Queens. Sehen wir uns da?«

»Mal sehen«, gab Andreas zurück, der keine Lust hatte, sich zu Wochenbeginn festzulegen. Er befragte seine Wetter-App nach den Aussichten. Es war die ganze Woche über angenehmes Sommerwetter mit 28 Grad gemeldet. Er konnte also nicht darauf spekulieren, dass das Turnier im wahrsten Sinne des Wortes ins Wasser fallen würde.

Sollte er hingehen? Es wäre wohl das letzte Mal in diesem Sommer, bei dem er Annegret treffen würde. Die Baseballsaison war offiziell zu Ende, Nachholspiele waren aufgrund des tollen Wetters nicht nötig geworden und Straßenfeste waren auch keine mehr in Aussicht, bei denen er Annegret treffen würde.

Aber das stimmte so nicht, fiel Andreas ein, das Sommer-Musik-Festival stand noch zur Debatte. Terminlich waren sie sozusagen gerade mittendrin.

Jedes Jahr veranstaltete die Stadtverwaltung von Anfang Juli bis Ende August eine Auswahl an Open-Air-Konzerten auf der Festwiese für Daheimgebliebene und Touristen, der Eintritt war kostenlos und die Gastronomie am Platz sowie jeden Abend ein anderer Verein sorgten dabei für volle Mägen und kalte Drinks.

Die bisherigen Konzerte hatte Andreas absichtlich sausen lassen. An jedem Abend war eine andere Musikrichtung vertreten und weder Bierzeltmusik noch Country oder Fado waren nach seinem Geschmack gewesen.

Am kommenden Samstag würde jedoch ein Duo auftreten, das lateinamerikanische Musik spielte. Er würde sogar tanzen können, sollte er eine Dame dazu finden, denn diese Rhythmen lagen ihm.

Andreas rief die Homepage des Baseball-Clubs auf. Das internationale Turnier hatte dieses Jahr interessante Gäste vorzuweisen. Die Baseball-Nationalmannschaft U23 der Ukraine war zu Gast, ein Team aus Portugal sowie die Altherren-Nationalmannschaft Ü44 aus Brasilien. Und natürlich nahmen die Oberrosendorfer Kings als Gastgeber am Turnier teil.

Andreas wunderte sich wieder einmal, wo diese Randsportart nicht überall gespielt wurde. Für ihn war Baseball typisch amerikanisch. Er wusste es nicht einzuschätzen, wie man in der Ukraine, in Brasilien oder in Portugal Baseball spielte. Wären die Spiele sehenswert? Zum Glück hatte er ja noch ein paar Tage Zeit, sich eine Ausrede einfallen zu lassen.

Keine drei Stunden später wurde Andreas von Susanne erneut auf das Turnier angesprochen.

»Du hast uns so schön beim Hawaii-Spektakel unterstützt, würdest du uns einen Salat machen und einen Kuchen backen für das internationale Turnier? Du kommst doch sicher auch zum Zuschauen? Wir rechnen fest mit dir!«, schrieb sie in einer Whatsapp.

Was war denn das für ein Unsinn? Er hatte sie „schön unterstützt"? Blamiert bis auf die Knochen hatte er sich. Er hatte sich zum Affen gemacht und jeder hatte es mitbekommen! Und nun sollte er noch einen Kuchen backen und einen Salat schnippeln? Ganz gewiss nicht!

»Tut mir leid, bin am Wochenende beschäftigt. Komme auch nicht zum Zuschauen«, antwortete er und verspürte dabei eine erstaunliche Erleichterung. Die Entscheidung war ihm soeben abgenommen worden. Er würde nicht hingehen! Und für Salat und Kuchen müssten sie sich jemand anderen suchen.

Freikarten für die Landesgartenschau hätte er ihnen vermachen können. In seiner Schublade im Büro lagen hundert Stück davon. Aber nein, auf die Idee, ihn danach zu fragen, war noch nie jemand vom Verein gekommen.

Andreas stopfte sein Handy wieder in die Hosentasche.

Annegret hatte sich die ganze Woche über nicht mehr bei Andreas gemeldet. Ob sie es endlich kapiert hatte? Andreas traute dem Frieden nicht so recht.

Er schwang sich gut gelaunt am Samstagabend auf sein Fahrrad und fuhr Richtung Festwiese.

Für Tanzwillige war extra rund um die Bühne, auf der die Festival-Bands auftraten, ein hölzerner Tanzboden errichtet worden, so dass man nicht auf Gras tanzen musste. Und diese Holzfläche war so reichlich bemessen, dass zig Paare tanzen konnten, ohne sich in die Quere zu kommen. Ein Traum für jeden Tänzer, der schon einmal bei öffentlichen Tanzveranstaltungen, Tanzgalas oder Abschlussbällen gewesen war, wo man nie und nimmer alle Figuren tanzen konnte, die man in der Tanzschule gelernt hatte, sondern froh sein musste, wenigstens den Grundschritt und eine Drehung hinzubekommen, ohne dass einem jemand Fremdes auf den Fuß trat oder den Ellenbogen in die Rippen rammte.

Die Musikrichtung schien vielen Mitbürgern zu gefallen, denn die Festwiese war recht bevölkert. Andreas traf ein, als das Duo gerade anfing zu spielen. Einige tanzten sich schon einmal warm, andere saßen erwartungsvoll auf bereitgestellten Bierbänken, vor sich etwas zu trinken und zu essen. Selbst wenn man nicht tanzen konnte oder wollte, Andreas fand diese Art von Abendveranstaltung einfach wunderbar.

Er stellte sich neben den Tanzboden und beobachtete die Tanzpaare. Da war tatsächlich ein Paar, ungefähr in seinem Alter, das Bachata tanzte.

Andreas hatte selbst schon zwei Kurse für diesen speziellen, ursprünglich aus der Dominikanischen Republik stammenden Tanz besucht, hatte dann aber aufgegeben, da er keine feste Tanzpartnerin gefunden hatte und als Mann alleine sah er keinen Sinn darin, weiterzumachen. Zwar wurde in der kleinen örtlichen Tanzschule, die sich auf diese Kurse spezialisiert hatte, ständig bei den Partnern durchgewechselt, so dass er Übung hatte im Führen, aber Andreas hätte lieber eine feste Partnerin gehabt, mit der er auch an Wochenenden zu Tanzveranstaltungen hätte gehen können.

Als die Band eine Pause einlegte, kam die Frau, die so leidenschaftlich und schön mit ihrem Partner getanzt hatte, auf ihn zu und sprach ihn an.

»Kannst du tanzen?«

»Sie meinen, ob ich auch Bachata tanze?«, fragte Andreas ganz verdattert.

»Bachata, oder was auch immer. Ganz egal. Kannst du tanzen? Du siehst aus, als wärst du ein Tänzer.«

»Ja, ich kann ein bisschen tanzen, auch Bachata«, sagte Andreas, der sich nicht zu weit aus dem Fenster lehnen wollte. »Meine Tanzkurse sind aber schon eine Weile her«, gab er zu bedenken.

»Ach was, tanzen verlernt man nicht. Tanzen tut man mit dem Herzen, nicht mit dem Verstand!«

»Wenn Sie meinen!?«

»Lass es uns probieren, sobald die Musik weitermacht!«

»Ist Ihr Partner da nicht sauer?«, fragte Andreas verwundert.

»Alexo? Warum sollte er?«

»Sie beide tanzen so schön miteinander. Warum tanzen Sie nicht gemeinsam weiter?«

»Weil ich dich gesehen habe. Du stehst hier so alleine. Und Alexo kann auch mit einer anderen tanzen.«

Vielleicht will er das aber nicht und ich werde gleich von ihm angegriffen, überlegte Andreas. Er spähte hinüber zu dem hochgewachsenen Tänzer, der sehr südamerikanisch aussah.

Auch die Frau, die Andreas nun abwartend ansah, sah aus, als wäre sie gerade aus Südamerika eingeflogen worden. Sie war braun gebrannt, hatte eine dunkelbraune Lockenmähne, die sie offen trug, schöne dunkle Augen, und als Kontrast zu ihrer gebräunten Haut trug sie eine goldene Kette und goldene Armreife, die bei jeder Bewegungen klimperten.

Sie hatte ein rotes Kleid an, zu dem sie rote Lateinschuhe trug – und trotzdem überragte sie Andreas nicht, sondern musste sogar noch ein bisschen zu ihm aufblicken.

Als die Musik wieder einsetzte, griff sie nach Andreas Arm und zog ihn mit sich auf die Fläche. Auch ihr Tanzpartner schien eine Ersatzpartnerin gefunden zu haben, denn auch er zog eine Frau auf den Tanzboden. Andreas stockte der Atem – es war Annegret!

Die Band spielte einen Cha Cha Cha, das war kein Problem für Andreas. Die schöne Frau ließ sich wunderbar führen und schien mit seinen Tanzkünsten vollauf zufrieden zu sein. Eine Rumba folgte, bei der die rassige Brünette wunderbare Hüftbewegungen vollführte, dann wurde eine Bachata gespielt. Auch dieser Tanz klappte erstaunlich gut.

Andreas sah aus dem Augenwinkel, wie sich der Tänzer mit Annegret abmühte, die eher eckige Bewegungen machte. Nein, sie hatte kein Talent für diesen Sport, sie sollte wirklich lieber beim Baseball bleiben!

Je länger Andreas tanzte, desto lockerer wurde er. Und er wagte hin und wieder eine etwas kompliziertere Figur, die seine Tanzpartnerin problemlos mitmachte. Sie schien genau zu spüren, wohin er sie lotsen wollte und führte jeden der Tanzschritte perfekt aus.

Nach 40 Minuten war Andreas wie im siebten Himmel. Er tanzte!

Annegret und ihr Tanzpartner hatten sich inzwischen wieder getrennt, sie stand am Rand und schaute ihm zu, der Tänzer hatte eine andere Frau aufgefordert, die ähnlich roboterartig tanzte wie Annegret, die aber trotzdem Spaß zu haben schien, denn sie kicherte unentwegt.

Als die Musik aufhörte, weil die Musiker wieder eine Pause einlegten, war Andreas richtig traurig. Die Tänzerin bedankte sich bei ihm, lobte ihn für sein tänzerisches Talent und sein Rhythmusgefühl und kehrte dann zu ihrem Tanzpartner zurück.

Auf diesen Moment hatte Annegret gewartet. Sie kam zu ihm herüber und strahlte ihn an.

»Du bist ein toller Tänzer!«, lobte sie ihn.

Andreas freute sich über das Kompliment. »Ja, beim Tanzen hab ich deutlich mehr Stärken als beim Baseball!«, gab er zu.

»Während ich beim Tanzen zwei linke Füße habe«, lachte Annegret.

»Dafür bist du beim Baseball spitze!«, gab Andreas zurück.

Annegret errötete. »So hat jeder sein spezielles Talent«, fasste sie zusammen.

»Bist du alleine da?«, wollte Andreas wissen.

»Nein, mit den Mädels aus der Mannschaft. Wir waren erst beim Turnier, haben dort noch was gegessen und sind dann hierher gekommen. Die anderen sitzen weiter da drüben.« Annegret deutete hinter sich, zu den Biertischgarnituren. »Als ich gesehen habe, dass hier getanzt wird, dachte ich, ich muss mir das mal aus der Nähe ansehen, schließlich weiß ich ja, dass dort, wo getanzt wird, du meist nicht weit bist. Und dann hab ich nicht laut genug »Nein« gesagt, als mich der Tänzer aufforderte, es auch mal auszuprobieren. Bei den beiden sah das so leicht aus, so elegant und so schön! Und ich hab mich angestellt wie ein Trampeltier!« Sie lachte bei dem Gedanken an ihre mühsamen Tanzversuche.

»Ach was. Dir fehlt sicher nur die Übung«, winkte Andreas ab.

»Die Übung und das Talent!«, meinte Annegret, grinste aber dabei. »Ist ja auch egal. Ich geh mal wieder rüber zu den anderen. Mach's gut! Kannst dich ja mal melden, wenn du magst.«

Andreas sah Annegret hinterher, die zu ihren Kameradinnen zurücklief. Dann wandte er sich wieder dem Tanzpaar zu. Beide hatten sich aus dem Publikum wieder neue Tanzpartner geholt und versuchten ihr Glück.

Andreas blieb noch bis zum Ende des Konzerts, dann schwang er sich wieder auf sein Fahrrad und radelte gemütlich nach Hause.

Da er noch nicht müde war, suchte er im Internet nach Bachata-Musik und wurde auch sogleich fündig. Während diese im Hintergrund lief, überflog er auf der Homepage der kleinen Tanzschule den Kursplan. Nach den Sommerferien startete wieder ein Bachata-Kurs für Leute mit Vorkenntnissen. Aber wahrscheinlich hatte er dafür gar keine Zeit, jetzt, während der Landesgartenschau. Und ab Herbst würde auch noch sein Hochbeet-Projekt Zeit in Anspruch nehmen. Aber sobald das alles vorüber war, würde er sich wieder regelmäßig Zeit fürs Tanzen nehmen und einen weiteren Kurs besuchen, diesen Vorsatz fasste Andreas in diesem Moment.

Annegret holte ihre Notizen über Andreas heraus, als sie zu Hause eintraf. Sie hatte tatsächlich ein Talent bei ihm entdeckt: das Tanzen!

Hatte ihn das Tanzen irgendwie mit Samantha verbunden? Annegret dachte nach. Das, was sie über Samantha gehört hatte, sprach nicht dafür, dass sie ebenfalls diesem Hobby nachging.

Folglich schloss sie aus, dass Andreas Samantha in seinem Keller gefangen hielt, um dort jeden Abend mit ihr zu tanzen. Sie vermutete viel mehr, dass man als Sportler wahrscheinlich entweder für Ballsportarten oder aber für körperbetonten Sport talentiert war. Nachdem Samantha und sie selbst eindeutig im Baseball ihr Talent hatten, waren sie in Sachen Tanz wahrscheinlich hoffnungslose Fälle.

Doch war dies nur eine Vermutung. Sie wollte es genau wissen, sie wollte sicher sein!

Sie musste irgendwie in diesen Keller!

Kapitel 24

Der August verlief wie erwartet. Das gute Wetter hielt an, die Besucher strömten herbei und der Bürgermeister war mit den Besucherzahlen mehr als zufrieden. Alle Führungen durch Palmenwald, Rosengarten und japanischen Garten waren ausgebucht, nur für den Kräutergarten gab es noch buchbare Termine. Die Kamelausritte waren täglich ausgebucht, die Kakteen-Ableger, die in den Souvenirshops angeboten wurden, fanden reißenden Absatz und im Schmetterlingshaus musste jemand an die Tür gestellt werden, der die Besucherzahl kontrollierte, weil sich im Inneren zu viele Personen gegenseitig behinderten.

Wenn das so weiter ging, würden sie das Traumergebnis von einer Million Besuchern schon Ende September erreichen, immer vorausgesetzt, der Herbst würde nicht mit Kälte und Wolkenbrüchen daherkommen.

Andreas besuchte noch zwei weitere Male die Konzerte des Sommer-Musik-Festivals, die einmal unter dem Motto »Rock'n Roll« und einmal unter dem Motto »Musik der 50er Jahre« angepriesen wurden. Die Musik gefiel ihm beide Male außerordentlich gut, allerdings war er zum Zuhören verdammt, denn Rock'n Roll zu tanzen beherrschte er genauso wenig wie die anderen Paare, die es trotzdem versuchten, und am anderen Abend hatte er sich mit Peter auf ein paar Bier verabredet.

Annegret tauchte bei keiner der Veranstaltungen auf, aber ehrlich gesagt hatte Andreas damit auch nicht gerechnet. Sie war beim letzten Mal ja nur wegen des vorangegangenen Turniertages vor Ort gewesen, und er hatte sich seither auch nicht mehr bei ihr gemeldet. Wozu auch?

Es war einer der letzten Tage im August, als Andreas in den frühen Morgenstunden wieder einmal von seinem Handy aus dem Schlaf gerissen wurde.

Zuerst hatte er versucht, die Klingelgeräusche irgendwie mit seinem Traum zu vereinbaren, doch der permanente Dauerlärm ließ ihn nicht lange auf der einsamen Insel ohne Strom und Handynetz verweilen, auf der er sich in seinem Traum befand.

Nachdem er sich orientiert hatte und die Uhr ihm verriet, dass es halb drei Uhr in der Früh war, nahm er das Gespräch entgegen.

»Es brennt!«, rief eine aufgeregte Stimme, die Andreas mitten in der Nacht nicht erkannte.

»Wo brennt es?«

»Auf dem Landesgartenschaugelände. Das Schmetterlingshaus brennt!«

Wie sollte etwas brennen, das nur aus Glas und Grünpflanzen bestand und in dessen Mitte sich ein großer Teich mit Wasser befand?

»Können Sie das nochmal wiederholen?«, fragte Andreas nach, da er glaubte, sich noch immer irgendwo in seinem Traum zu befinden, aus dem er so jäh herausgerissen worden war.

»Kommen Sie lieber her und sehen sie selbst, Herr Wunderberg! Schnell, hier steht alles in Flammen!«

Danach war die Leitung tot.

Andreas, der nach wie vor keine Ahnung hatte, wer ihn da aus welchem Grund angerufen hatte, quälte sich langsam aus dem Bett. Er zog einen der Rollläden in seinem Schlafzimmer hoch und spähte hinaus. Es war dunkel. Aber wenn er genau hinhörte, hatte er den Eindruck, Martinshörner zu hören. Sollte die Meldung doch stimmen? War das einer der Männer von der Nachtpatrouille gewesen?

Aber warum war er angerufen und informiert worden? Er war weder Feuerwehrmann, noch sonst irgendwie von Nutzen bei einem Brandherd. Er würde nur sinnlos herumstehen und wäre allen im Wege.

Andererseits war er der Geschäftsführer und dafür verantwortlich, dass die Besucher am nächsten Tag nicht vor verkohlten Resten standen. Jedoch – wie sollte er das verhindern?

Er musste sich ein Bild von der Verwüstung machen. Also zog er sich rasch an, schwang sich wieder einmal auf sein Fahrrad und fuhr in Richtung Gartenschaugelände.

Dort angekommen musste er nur dem Feuerschein folgen, der ihn vom nördlichen Eingang aus quer über das Gelände zum Schmetterlingshaus führte. Besser gesagt zu dem unschönen Anblick, den es nun bot.

In Flammen stand vor allem der Kiosk, der sich neben dem Glasgebäude befand. Dort konnten die Besucher neben kleinen Snacks vor allem Postkarten, Rosenwasser, Kakteen-Ableger, japanischen Tee, Mini-Palmen in Mini-Gewächshäusern sowie andere touristische Andenken erwerben, wie etwa riesige Schmetterlinge als Stofftier.

Andreas hatte sich immer gefragt, wer solche Kuscheltiere wohl kaufen würde, die völlig überdimensioniert waren. Sie hatten rein gar nichts mit der Leichtigkeit und dem Filigranen eines Schmetterlings gemeinsam. Doch der Absatz hatte gestimmt, die Besucher hatten sich diese Art der Andenken gerne mitgenommen. Oder sie hatten den Forderungen ihres Nachwuchses nach den kitschigen, übergroßen Insekten nicht genug entgegenzusetzen gehabt, überlegte Andreas.

Von dem Kiosk aus war das Feuer auf das Schmetterlingshaus übergesprungen. Durch die Fensterscheiben des Glashauses, die mindestens gesprungen, wenn nicht geborsten waren, waren züngelnde Flammen zu beobachten, denn die Bäume im Inneren brannten lichterloh. Die Stahlkonstruktion schien zu halten, doch konnte man der Statik noch trauen? Die Schmetterlinge waren wahrscheinlich in der heißen Luft gegrillt worden oder hatten das Weite gesucht. An die sündteuren Kois wollte Andreas gar nicht denken. Ob sie Glück gehabt hatten und ihr Teich weit genug von der Feuersbrunst entfernt war? Andreas wusste das nicht einzuschätzen, er konnte nur hoffen, dass sie überlebt hatten.

Aus sicherer Entfernung schaute er den Feuerwehrleuten bei ihrer Arbeit zu. Routiniert und völlig ohne Hektik erfolgte jeder Handgriff und sie versuchten zu retten, was noch zu retten war.

Andreas hatte sich zum Bürgermeister gesellt, der ebenfalls in gebührendem Abstand zu der Hitzequelle stand und die Hände über dem Kopf zusammengeschlagen hatte.

»Jetzt ist alles hin, Wunderberg. Alles ist hin!«

»Nur das Schmetterlingshaus, Herr Krapox, der Rest steht ja noch«, entgegnete Andreas, der keinen Grund sah, den Kopf in den Sand zu stecken.

»Aber die Besucher werden alle wegbleiben!«, jammerte der Bürgermeister weiter. Er neigte in stressigen Situationen zum Dramatisieren.

»Das glaube ich nicht, Herr Krapox, selbst nach dem Leichenfund kamen sie weiterhin zahlreich. Warum sollte ein

Brand sie davon abhalten? Vielleicht haben wir sogar ein ähnliches Phänomen wie im Juli nach dem Alkoholunfall, vielleicht kommen jetzt viele erst recht, weil sie die Brandruine sehen wollen«, spekulierte Andreas.

»Sie meinen, wir lassen das Gerippe so stehen, als Mahnmal?«

Das wiederum fand Andreas völlig überzogen. Schließlich handelte es sich um kein Überbleibsel aus Kriegszeiten, hier war ein Glashaus einem Brand zum Opfer gefallen, nicht mehr, aber auch nicht weniger.

»Ich glaube, es macht wenig Sinn, dass wir hier noch weiter herumstehen, Herr Krapox, wir können sowieso nichts tun. Lassen wir also die Feuerwehr ihre Arbeit machen und dann sehen wir morgen weiter, was zu tun ist.«

»Morgen?« Der Bürgermeister blickte auf seine Armbanduhr. »Es ist bereits morgen!«

»Ja, aber ich meine, morgen früh, wenn wir im Büro sind und es vielleicht erste Hinweise darauf gibt, wie der Brand entstanden ist. Dann können wir besprechen, wie wir weiter verfahren.«

Der Bürgermeister nickte, machte aber keine Anstalten zu gehen.

Andreas war es egal, er drehte sich um und machte sich auf den Weg zu seinem Fahrrad.

Zuhause angekommen, stellte er sich erst einmal für 20 Minuten unter die Dusche. Er musste diesen Brandgeruch von sich abspülen.

An Schlaf war danach nicht mehr zu denken, aber wenigstens konnte er sich in den eigenen vier Wänden besser ablenken, als in der Nähe des Brandherdes, wo er nur zum Zuschauen verdammt war.

Von daher war Andreas der Erste, der an diesem Morgen das Büro betrat. Er lüftete gut durch und begann mit seinem Tagesgeschäft.

Natürlich hatten die Kollegen, die nach und nach eintrudelten, bereits von der Katastrophe gehört, alle waren entsetzt und sorgten sich, welche Auswirkungen dieser Brand auf die Besucherzahlen haben würde.

Als gäbe es sonst nichts Wichtiges auf dieser Welt, dachte Andreas, immer geht es um Umsatz und Besucherzahlen. Denkt mal jemand an die Feuerwehrleute, die sich die Nacht um die Ohren schlagen mussten oder die Verkäuferin, die Tag ein Tag aus in diesem Kiosk gestanden hatte? Was wurde nun aus ihr? Was sollte sie ab heute verkaufen und vor allem – wo?

Die Polizei hatte die Umgebung des Brandes großräumig abgesperrt, wurde Andreas gemeldet, eine Brandwache war weiter vor Ort, um ein Wiederaufflammen des Feuers zu vermeiden.

Die Besucher konnten weiterhin aufs Gelände, jedoch mussten sie den gesperrten Bereich meiden, der jedoch überschaubar war. Andreas überlegte daher, spontan einen Nachlass auf alle Eintritte zu gewähren, da die Besucher auf einen Teil des Vergnügens verzichten mussten. Er würde in der Frühbesprechung mit den anderen darüber beraten und dann tätig werden.

Am Nachmittag gab es erste Ergebnisse von der Untersuchung des Brandhergangs. So wie es aussah, war ein technischer Defekt dafür verantwortlich, dass der Kiosk in Flammen aufgegangen war. Und natürlich war es die Gefriertruhe mit dem Speiseeis gewesen, die durch einen technischen Defekt den Brand ausgelöst hatte.

Wie hätte es auch anders sein sollen.

Eine Gefriertruhe also. Für Andreas ein weiterer Grund, schnellstmöglich dieses Hochbeet aufzubauen und danach die Gefriertruhe wieder abzuschalten. Nicht, dass sein Haus auch eines Nachts in Flammen aufging. Denn schließlich war auch diese Eistruhe auf der Gartenschau eine Neuanschaffung, ähnlich seiner Truhe zu Hause. Aber heutzutage war die Technik nicht mehr verlässlich.

Andreas erinnerte sich daran, dass seine Eltern noch 40 Jahre lang ein und denselben Herd besessen hatten. Kühlschrank, Spül- und Waschmaschine hatten ähnliche Lebensdauern gehabt. Man hatte sie auch noch reparieren können, wenn sie mal defekt waren. Und heute? Die Geräte gaben gerne einmal kurz nach Garantieverfall den Geist auf. Oder sie fackelten vorher ab, wie man soeben gesehen hatte. Keine Qualität mehr, nur noch Quantität zählte.

Andreas blickte auf den Kalender. Ein paar Wochen musste er sich schon noch gedulden, bis das Holz geliefert wurde.

Vorher musste noch sein Geburtstag über die Bühne gebracht werden. Doch falls er feierte, würde er den Kellerraum abschließen, so viel stand fest.

Kapitel 25

Die millionste Besucherin war eine Rentnerin, die anlässlich des Geburtstags ihrer Tochter am 17. September aus München nach Oberrosendorf gekommen war und den Nachmittag auf der Landesgartenschau verbrachte, bevor am Abend groß gefeiert werden sollte. Ihr wurde eine 3-Liter-Magnum-Flasche Landesgartenschausekt überreicht, außerdem ein Gutschein für eine Woche Übernachtung mit Vollpension im Hotel Rheinblick, und als besonderes Sahnehäubchen obendrauf gab es noch einen Gutschein für einen Rundflug über das Gartenschaugelände und den Rhein entlang, der beim Fliegerverein des Nachbarorts innerhalb eines Jahres eingelöst werden konnte.

Die Besucherin war im Glück! Die Sektflasche würde sie am Abend ihrer Tochter schenken, während sie den Rundflug sowie den Hotelgutschein für ihre Goldene Hochzeit aufbewahren wollte, die im nächsten Sommer anstand. Somit stand deren Programm auch schon fest.

Also waren alle glücklich: Die Besucherin, der Bürgermeister, der insgeheim nie daran geglaubt hatte, dass die Landesgartenschau so einschlagen würde, und Andreas, der nach dem Unglück am Hawaii-Spektakel und dem Brand erst recht davon überzeugt gewesen war, dass die Million erreicht werden würde.

Denn wie beim ersten Unglück, so strömten auch nach Bekanntwerden des Schmetterlingshaus-Brandes die Menschen auf die Landesgartenschau, um sich das verbrannte Glashaus anzusehen.

Andreas und sein Team hatten beschlossen, die Überreste des Schmetterlingshauses erst einmal stehen zu lassen, hatten die Absperrung aber durch einen massiven Zaun ersetzt, der es den Besuchern unmöglich machte, zum Brandort zu gehen, während sie jedoch alles sehen konnten.

Es war gekommen, wie Andreas erwartet hatte: Die Besucherzahlen waren durch das Unglück angestiegen und hatten sich 2 Wochen lang relativ konstant hoch gehalten, bevor sie wieder leicht sanken.

Das Feuer hatte von der tropischen Urwaldpracht nichts übrig gelassen. Was an Pflanzen nicht verbrannt war, war im Nachhinein kümmerlich eingegangen. Der Teich war in Teilen verdampft, den Kois war der Brand auch nicht gut bekommen und von den Schmetterlingen blieben nur verkohlte Kokons zurück. Die Glasscheiben des Hauses waren zerborsten oder blind geworden, den Metallteilen war in Sachen Statik nicht mehr zu trauen. Doch das ehemalige Gewächshaus mit seinen flatternden Bewohnern war zwischenzeitlich zu einem der beliebtesten Fotomotive avanciert, jeder wollte das Grauen ablichten.

Noch gut einen Monat blieb die Landesgartenschau geöffnet, dann würde sie zu Ende sein und man würde Bilanz ziehen. Die würde auf jeden Fall positiv ausfallen, das war Andreas jetzt schon klar.

Für ihn war das Hauptziel erreicht, die unglaubliche Zahl von einer Million Besuchern war keine Illusion geblieben. Alles, was jetzt noch kam, war eine nette Zugabe.

Er aber würde sich erst einmal auf seinen Geburtstag kon-zentrieren, der am 3. Oktober anstand und anschließend wollte er sich um sein Hochbeet kümmern.

Kapitel 26

Auch an diesem Feiertag, der noch dazu Andreas' Geburtstag war, spielte das Wetter mit. Es war fast zu warm für die Jahreszeit und Andreas hatte sich zum Mittagessen einige Arbeitskollegen, Nachbarn, Freunde sowie Peter eingeladen, mit denen er auf der Terrasse grillen wollte.

Am Morgen hatte er eine Whatsapp-Nachricht von Annegret erhalten, die ihm zum Geburtstag gratulierte und ihm alles Gute wünschte. Andreas hatte sich artig bedankt und sich insgeheim gefragt, woher sie seinen Geburtstag kannte.

Der Jubilar hatte einige Biertischgarnituren aufgestellt, in den Bäumen und Sträuchern rings um die Terrasse hingen Lichterketten. Aufgehängte Lampions und Luftballons auf der Terrasse sowie bunte Papier-Tischdecken und -servietten sorgten für Farbtupfer und verbreiteten Partystimmung.

Im Kühlschrank lagerten Unmengen an Fleisch, Grillkäse, -gemüse und Würsten, denn dass seine Gäste hungrig bleiben müssten, wollte er dieses Mal unbedingt vermeiden. Da war ihm der Familienbesuch vor ein paar Wochen eine Lehre gewesen.

Der eigens für Getränke vorgesehene Kühlschrank im Keller war auch bis oben gefüllt und ließ – egal ob Bier oder Softgetränk – keine Wünsche offen.

Der Kellerraum, in dem Samantha in der Gefriertruhe lag, war abgeschlossen, der Schlüssel lag in Andreas' Schlafzimmer zwischen den Socken versteckt. Insofern sollte also alles glatt gehen, außer, die Truhe meinte, gerade heute austicken und in Flammen aufgehen zu müssen. Aber davon ging Andreas nicht aus.

Und nachdem keiner seiner Gäste kleine oder zumindest jüngere Kinder hatte, musste er auch nicht damit rechnen, dass sich jemand heimlich, still und leise ins Haus schlich, in sein Schlafzimmer huschte und dort die Kommode mit der Sockenschublade aufzog, um dort einen versteckten Schlüssel zu finden, von dem man herausfinden musste, zu welcher Tür im Haus er gehörte.

Andreas hoffte inständig, wenigstens an seinem Geburtstag von bösen Überraschungen verschont zu bleiben.

Kurz vor halb 12 trudelten die ersten Gäste ein. Es wurden immer mehr, das Salatbuffet füllte sich mit jedem Gast zusehends, denn anstatt Geschenken hatte sich Andreas Salate und Brote erbeten.

Als gegen 12.30 Uhr alle da waren, konnte sich die Auswahl an Salaten und Brotspezialitäten sehen lassen. Einige hatten noch Kuchen oder Torten mitgebracht, schließlich wollten sie bis in die Nacht feiern.

Die Party verlief voll nach Andreas' Geschmack. Alle waren ausgelassen, unterhielten sich, gaben Anekdoten zum Besten und erzählten lustige Begebenheiten. Manch einer erzählte von komischen Begegnungen im Sommerurlaub, andere überlegten, wo sie die Feiertage über Weihnachten verbringen könnten, ohne ein Vermögen los zu werden.

Gegen 15.30 Uhr tauchte plötzlich Annegret auf Andreas'
Terrasse auf. Sie sei dem Lärm gefolgt, erklärte sie ihm fröhlich, daher habe sie sich gespart, an der Haustür zu klingeln.

Andreas war überrascht. Was wollte sie hier? Er hatte sie
nicht eingeladen! Woher wusste sie, dass er überhaupt zu
Hause war und feierte? Er hätte genauso gut wegfahren können, dann hätte sie umsonst hier gestanden mit ihrem Kuchen. Hätte sie ihn dann vor der Haustür abgestellt? Oder
wieder mitgenommen und selbst gegessen?

Andreas mochte Überraschungen dieser Art nicht. Er sah
sich den Kuchen etwas genauer an. Es war eine Blüte. Wahrscheinlich ein Biskuit, der in Form geschnitten war, gefüllt
mit Sahne, vermutete Andreas, und dann mit Fondant und
Marzipan in verschiedenen Farben verziert.

Das klebrige Kunstwerk sah gut aus, das musste er ihr lassen, aber der Kuchen versprach auch, unheimlich süß und ka-
lorienhaltig zu sein, etwas, von dem er nie gedacht hätte, dass
Annegret so etwas produzieren würde. Oder hatte sie dieses
zuckrige Ding etwa gar nicht selbst gebacken, sondern in
Auftrag gegeben?

Andreas wusste nicht recht, wie er nun reagieren sollte.

»Das ist aber nett von dir«, meinte er und wagte, nachzufragen: »Hast du den selbst gebacken?«

»Ja, den habe ich heute Morgen gemacht. Ich bin Spezialistin für solche Motivtorten!«

»Davon hast du mir noch nie erzählt.«

»Wann auch?«

»Und ich habe eine Blüte bekommen, weil .....?«

»... du der Chef der Landesgartenschau bist. Ein Tanz-
schuh wäre die Alternative gewesen, aber wer isst schon gerne Schuhe?«

»Ja, da hast du recht!«, nun musste Andreas lachen. »Was für Motive hast du sonst schon gebacken, wenn du sagst, du seist Spezialistin darin?«

»Baseballs schon öfter, einen Fußball, eine Kochmütze, einen Doktorhut, eine Schultüte, eine Giraffe, ach, alles mögliche«, zählte Annegret auf.

»Klingt spannend. Woher nimmst du die Ideen dafür?«

»Ich bin einfach kreativ. Das Grundmaterial ist ja immer dasselbe. Dann muss es in Form geschnitten werden, und dann wird das Ganze ausgestaltet. Das macht eigentlich am meisten Spaß. Ach ja, zu Halloween hab ich mal eine Torte gestaltet, die sah aus wie ein geschnitzter Kürbis.«

»Klingt toll! Gab es auch schon Weihnachtstorten?«

»Ja, klar. Weihnachtsmänner und Nikoläuse, Schneemänner auch. Und einmal musste es unbedingt eine Schneefrau sein!«

»Woran hat man erkannt, dass es eine Schneefrau war?«

»Sie hat lange Wimpern bekommen, Rouge auf die Wangen und rote Lippen.«

Andreas grauste es bei dem Gedanken daran. Das hatte sicher furchtbar kitschig ausgesehen! Da war ihm eine Blüte doch lieber, auch wenn er lieber eine Bierflasche in Tortenform bekommen hätte und nichts, das mit seinem Beruf zu tun hatte.

»Setz dich doch! Magst du was trinken? Du bist gerade rechtzeitig gekommen, ich wollte gleich den Kaffeetisch decken«, lud er sie ein.

»Ich helfe dir«, bot sich Annegret an und gemeinsam gingen sie in die Küche, um Kuchenteller, Kaffeetassen und Besteck zu holen.

Drei Nachbarn hatten ihre Kaffeekapsel-Maschinen mitgebracht, so dass sich jeder einen Kaffee mit oder ohne Milchschaum, je nach Geschmack zubereiten konnte.

Insgesamt 5 Kuchen und Torten hatten sie nun, neben der Blütentorte, die großes Lob bekam, war auch eine Schwarzwälder Kirschtorte mitgebracht worden, die anderen Kuchen waren einer mit Äpfeln, ein Käsekuchen sowie ein Marmorkuchen.

Annegret drückte den Altersdurchschnitt gewaltig nach unten, hatte sich aber mit einem großen Stück Schwarzwälder Kirschtorte und einer Tasse Kaffee zu Peter gesellt, der ihr irgendwas von Rucola erzählte, wie Andreas den Wortfetzen entnahm, die er von ihrem Gespräch aufschnappte.

Unwillkürlich musste er an die peinliche Unkrautaktion denken, auf die ihn Peter glücklicherweise nicht mehr angesprochen hatte. Und ausgerechnet ihm, der eine Nutzpflanze von Unkraut nicht unterscheiden konnte, schenkte Annegret einen Blumenkuchen. Er hätte auch nicht sagen können, was das für eine Blüte sein sollte, die sie da gestaltet hatte. Gab es so eine bunte überhaupt? Oder war das ein reines Fantasiegebilde? Eine Tulpe hätte er wenigstens erkannt.

Das Kaffeetrinken ging in den Abend über, irgendwann wurde das Kaffeegeschirr gegen Pappteller getauscht und Andreas wartete auf den Cateringservice, der pünktlich um 19.30 Uhr vorfuhr und jede Menge kalte Platten auf der Terrasse auftischte.

Da waren Häppchen mit geräuchertem Fisch, kalter Braten, Hackbällchen, Käse der verschiedensten Sorten, Radieschen, Trauben ohne Kerne und vieles mehr. Auch eine Schale Obstsalat wurde dazu gestellt. Hatte er den etwa bestellt? Obstsalat? Zum Abendessen? Den Gästen erschien es weit weniger komisch als Andreas, sie häuften sich zum Käse wie selbstverständlich auch einen Löffel Obstsalat auf den Teller.

So wurde auch diese Mahlzeit irgendwann beendet und die Reste weggeräumt. Andreas machte sich gegen 23 Uhr langsam Gedanken, ob noch irgendwer erwartete, dass er um

Mitternacht eine Gulaschsuppe auftischte, denn irgendwie machte niemand Anstalten aufzubrechen. Doch seine Essensvorräte waren erschöpft, der Getränkekühlschrank hatte sich auch gewaltig geleert und es gab keine Flaschen mehr, die er hätte nachlegen können.

Als hätten seine Gäste Gedanken lesen können, stand plötzlich der Erste auf und verkündete, er müsse endlich nach Hause, das Bett warte. Wie aufs Stichwort sprangen die anderen ebenfalls auf, dankten Andreas für die tolle Party und brachen auf.

Annegret war unter ihnen, sie hatte sich wunderbar mit Andreas' Nachbarin unterhalten und war noch mitten ins Gespräch vertieft, als sie Andreas einen Kuss auf die Backe hauchte und ihm eine gute Nacht wünschte. Dann war plötzlich Ruhe, alle waren weg.

Am nächsten Vormittag erhielt Andreas einen Anruf vom Baumarkt. Die Holzlieferung könne ab sofort erfolgen, hieß es, er möge einen Tag und eine Uhrzeit nennen. Das waren mal gute Nachrichten, dachte sich Andreas und bestellte die Hölzer für den nächsten Nachmittag.

Als er nach Hause kam, musste er erst einmal Ordnung schaffen und war damit einige Zeit beschäftigt. Da standen noch leere Flaschen herum sowie volle Aschenbecher, und geplatzte Luftballonreste hingen in den Bäumen. Immerhin waren noch allerletzte Reste von den kalten Platten im Kühlschrank, so dass es ihm noch für ein Abendessen reichte.

Als Dessert gab es noch das allerletzte Stück Marmorkuchen, dann war auch das letzte Überbleibsel des Kuchenbuffets verspeist. Die beiden Torten hatten schon an seinem Geburtstag reißenden Absatz gefunden, sie waren als erste weg gewesen.

Zufrieden mit seiner Aufräumaktion ließ sich Andreas am Küchentisch nieder und freute sich auf den nächsten Tag. Endlich würde es losgehen mit dem Hochbeet.

Am selben Abend klingelte es an der Haustür bei Coach Damian. Er öffnete die Haustür, blickte schnell nach links und rechts, dann bat er seinen Gast mit einem Wink ins Haus. Es war Annegret. Er hatte sie erwartet.

»Geh durch ins Wohnzimmer«, wies er sie an und deutete ihr den Weg.

Sie tat, wie ihr geheißen und setzte sich aufs Sofa.

»Und – was hast du herausgefunden?«

»So gut wie nichts, leider!«

»Hast du gestern irgendwas finden können, aus dem du hättest schließen können, dass Samantha dort gefangen gehalten wurde?«

»Nein, nichts. Überhaupt nichts!«

»Hast du nach ihr suchen können?«

»Ja, ich habe mich mal reingeschlichen ins Haus, während alle mit dem Abräumen des Abendessens beschäftigt waren. Ich bin nach oben in sein Schlafzimmer und ins Bad, im Keller war ich auch. Es sah nirgendwo so aus, als hätte sich da schon jemals eine Frau aufgehalten.«

»Und einen abgeschlossenen Raum hast du auch nicht gefunden?«

»Doch, im Keller gab es eine abgeschlossene Tür ohne Schlüssel. Ich hab durchs Schlüsselloch gesehen. Schien der Vorratskeller zu sein, eine Gefriertruhe stand drin. Mehr war nicht zu entdecken.«

»Du meinst, wir sind auf der falschen Fährte?«

»Ich kann es wirklich nicht sagen. Seit Monaten versuche ich alles nur erdenklich Mögliche, seine Aufmerksamkeit zu bekommen, mich für ihn interessant zu machen, mich als

Freundin einzuschleimen, als Geliebte bei ihm zu landen oder nenn es wie du willst. Er lässt mich nicht an sich ran, blockt immer ab! Ich habe immer das Gefühl, dass ich ihm lästig bin, wenn ich mich bei ihm melde.«

»Und meinst du, er wäre der Typ für eine Entführung?«

»Keine Ahnung. Manchmal frage ich mich, ober er überhaupt hetero ist. Er zeigt null Interesse an mir.«

»Vielleicht bist du nicht sein Typ.«

»Ja, das kann schon sein. Wie Samantha sehe ich nicht aus.«

»Aber du bist ähnlich jung.«

»Scheinbar hat er es nicht auf junge Frauen an sich abgesehen, er scheint sich nichts beweisen zu müssen.«

»Beweisen? Indem er eine Jüngere für sich gewinnt?«

»Naja, es soll ja Männer in der Midlifecrisis geben, die es nochmal wissen wollen und sich daher eine Junge suchen, weil sie selbst das Gefühl haben, alt zu werden.«

»Also, nichts für ungut, aber je jünger die Frau, desto weniger Erfahrung hat sie doch!«

»Oder umso formbarer ist sie?«

»Oder so, ja. Für mich wäre das nichts!« Damian schüttelte den Kopf. »Was machen wir jetzt?«

»Aufgeben, denke ich. Das bringt alles nichts. Es tut mir leid, Damian. Vielleicht bin ich als Spionin auch einfach die Falsche!«

»Aber auf dem Spielfeld bist du die Richtige!«. Damian lachte.

»Vielleicht solltest du ihm nochmal auf den Zahn fühlen, so von Mann zu Mann«, schlug Annegret vor.

»Wie soll das gehen? Ich habe doch gar keine Berührungspunkte mit ihm.«

»Aber ich habe demnächst Geburtstag. Ich könnte ihn zu mir einladen, zu einer Party. Und du bist unter den Gästen und kommst mit ihm ins Gespräch. Ihr redet über Frauen und Baseball, so ganz allgemein.«

»Gute Idee. Lass uns das noch versuchen. Wenn das auch nichts bringt, brechen wir die Aktion ab.«

Kapitel 27

Andreas schaute während der Mittagspause auf dem Bauhof vorbei, um sich dort einen Akkuschrauber auszuleihen und den Umgang damit erklären zu lassen. Dem Mitarbeiter, der Andreas geduldig zeigte, wie man das Gerät bediente und worauf man achten musste, schilderte Andreas sein Vorhaben und fragte ihn nach geeigneten Schrauben. Er hatte Glück.

Der Bauhof hatte Unmengen an Schrauben vorrätig und der freundliche Mitarbeiter gab ihm gleich ein Start-Sortiment zum Ausprobieren mit. Je nachdem, welche ihm bei der Verarbeitung am besten lagen, konnte er sich dann eine Großpackung nachkaufen.

Wieder im Büro angekommen, googelte Andreas nach Tulpenzwiebeln und Stiefmütterchensamen. Wenn er nun beides bestellte, sollte die Lieferung kommen, bis er fertig war. Denn ein paar Bretter aufeinanderschichten und festschrauben, das konnte ja nun nicht allzu lange dauern.

Der Bauhofmitarbeiter hatte Andreas auch noch ein paar Winkel mitgegeben, die er von innen in das Hochbeet schrauben sollte. So etwas hatte er auch in der Anleitung gesehen, erinnerte sich Andreas, die waren sicher nützlich. Auch diese würde er bei Bedarf nachkaufen.

Nun musste er nur noch überlegen, wie viele Tulpenzwiebeln der späten Sorte, die ihm so gefiel, er bestellen sollte. Waren 50 ausreichend? Oder hundert? Waren das zu viele? Er versuchte, sich die Beete auf der Landesgartenschau vorzustellen. Was er nicht wollte, war, dass man bis auf die Erde schauen konnte. Er wollte einen Blumenteppich, bei dem Blatt an Blatt wuchs und die Blütenköpfe sich dicht an dicht öffneten. Natürlich sollten die Pflanzen auch nicht wie die Sardinen in der Dose gedrängt sein. Es musste ein Mittelmaß sein. Wie immer, auf die richtige Dosis kam es an. Wobei man bei Pflanzen sicher nicht von einer Dosierung sprach.

Andreas begann zu rechnen. Da war angegeben mit wie viel Abstand die Pflanzen zueinander gesetzt werden mussten. Vorsichtshalber gab Andreas jeder Pflanze etwas weniger Platz. Dann rundete er die Zahl auf. So sollte das Ergebnis dem entsprechen, wie er sich das vorstellte.

Nach Feierabend traf die Holz-Lieferung bei Andreas ein. Der Lastwagenfahrer lud Unmengen an Holzlatten in Andreas' Garten ab, es schien überhaupt kein Ende zu nehmen. Und da sollte er noch den Überblick behalten?

Als die vollständige Lieferung im Garten lag und Andreas in alter Jeans und fleckigem T-Shirt, ausgestattet mit dem Akkuschrauber, bereit stand, wurde ihm doch etwas flau im Magen. Ob er das schaffen würde? Doch jetzt gab es kein Zurück mehr, er musste nur erst einmal beginnen, dann würde Schicht auf Schicht folgen.

Zwei Stunden später war Andreas mit seinem Latein am Ende. Gerade mal acht Bretter hatte er bisher verarbeitet. Das hölzerne Viereck auf seinem Rasen sah aus wie der misslungene Versuch, dort einen Sandkasten aufbauen zu wollen. Das Holz schien in sich verzogen, Andreas fluchte ununterbrochen und hatte schon Blasen an den Händen. Wenn das so in dem Tempo weiterging, würde er an Weihnachten noch hier stehen.

Gut, das war nun auch übertrieben. Aber so hatte sich Andreas das nicht vorgestellt. Sein Rücken schmerzte von der ungewohnten Haltung und ein Ende war noch lange nicht in Sicht. Er beschloss, am nächsten Tag weiterzuarbeiten.

Am nächsten Tag herrschte im Büro Endzeitstimmung. Die letzten Tage der Landesgartenschau, man konnte sie an den Fingern abzählen. Zwar würden die Arbeiten auch nach offizieller Schließung für die Angestellten weitergehen, schließlich gab es noch genug abzuwickeln, doch inzwischen war allen bewusst geworden, dass es mit der Pracht nun bald ein Ende haben würde. Und irgendwann würden all ihre Verträge auslaufen. Doch daran mochte Andreas nun erst einmal nicht denken. Die Zahlen waren hervorragend und für den letzten Öffnungstag hatten sie sich etwas Besonderes einfallen lassen: Alle Besucher bekämen freien Eintritt, die Öffnungszeiten wurden bis 22 Uhr verlängert, und um 21 Uhr gab es als Höhepunkt und Abschiedsgeschenk noch ein großes Feuerwerk. Es sollte, wie schon im Sommer, auf der Insel im Rhein abgebrannt werden. Das Feuerwerk wäre jedoch nicht ganz so umfangreich wie das des Hawaii-Spektakels, denn man rechnete mit deutlich weniger Besuchern zu dieser Jahreszeit. Und am nächsten Tag würde die ganze Landesgartenschaugesellschaft gemeinsam im Fliegenden Fisch zu Mittag essen. Denn das hatten sie sich wirklich verdient!

Doch bevor es so weit war, war noch allerlei zu tun. Die Presse hatte bei Andreas angefragt, was er als Highlights des Gartenjahres empfunden hätte, welche Veranstaltungen am besten besucht gewesen waren und ob es berichtenswerte Zwischenfälle gegeben hatte, von denen bisher keiner wusste.

Als ob man irgendwelche Zwischenfälle vor der Presse hätte verbergen können! Waren denn der Bombenfund, der Brand und die Leiche nicht genug Zwischenfälle?

Andreas reichte das durchaus, alle anderen waren dagegen sowieso nur Kinkerlitzchen. Er wollte lieber die schönen Sachen hervorheben. Eine Rückschau mit tatsächlichen Highlights.

Die sieben Hochzeiten beispielsweise, die im Rosen- sowie im japanischen Garten stattgefunden hatten, eine davon aufgrund von strömendem Regen und eiskaltem Wind im Teehaus.

Oder der Heiratsantrag, von dem ihm jemand berichtet hatte, der im Schmetterlingshaus stattgefunden hatte, als es noch intakt war.

So etwas war doch berichtenswert, genauso wie der Junggesellenabschied, den 77 Freunde miteinander gefeiert hatten, und das ausgerechnet auf dem Gelände der Landesgartenschau. Ob das alles Gärtner gewesen waren, oder warum die sich ausgerechnet diese Location ausgesucht hatten, war Andreas nicht bekannt. Er hatte die jungen Männer, die allesamt mit einer türkisfarbenen Scherpe ausgestattet waren und laut gesungen hatten, nur auf Fotos gesehen.

Und dann war da diese Hochzeit, war es eine eiserne gewesen? 65 Jahre war das Ehepaar verheiratet gewesen und ließ sich an seinem Ehrentag – beide saßen im Rollstuhl – von ihren Familienangehörigen über das Gartenschaugelände schieben. So etwas war toll. Also die Feier, nicht unbedingt so lange verheiratet zu sein, überlegte Andreas. Andererseits – wenn man es so lange miteinander aushielt, dann musste es tatsächlich Liebe sein. Oder nur Gewohnheit? Keine Alternative zur Hand? Egal.

Je länger Andreas nachdachte, desto mehr schöne Begebenheiten in Zusammenhang mit der Landesgartenschau fielen ihm ein.

Irgendwo auf der Liegewiese war punktgenau ein Fallschirmspringer gelandet. Es war dabei um eine Wette gegangen.

Eine junge Frau hatte einen 100-Euro-Schein auf dem Gelände verloren und ein ehrlicher Finder hatte ihn tatsächlich an einem der Kassenhäuschen abgegeben. So etwas begeisterte Andreas.

Oder die Cheerleader-Gruppe aus Griechenland, die auf ihrer Reise zu den Europameisterschaften in Finnland in Oberrosendorf Station machte, die Landesgartenschau besuchte und dort aus Spaß an der Freude für das Publikum den Aufbau menschlicher Pyramiden zeigte.

All dies waren berichtenswerte schöne Momente nach Andreas' Geschmack. Es hätte ruhig noch mehr davon geben dürfen!

Die Abende während dieser letzten Tage gestalteten sich hingegen als Desaster für Andreas. Mit dem Hochbeet lief es nicht so geschmiert, wie er sich das vorgestellt hatte. Trotz guten Werkzeugs, jeder Menge Schrauben, Winkel und vorgebohrter Löcher zog sich die Aufbauarbeit hin und nervte ihn gewaltig.

Und dann waren sie da, die letzten drei offiziellen Öffnungstage der Landesgartenschau. Und es kam, wie es kommen musste: Die Temperatur sank auf ungewohnt kalte 10 Grad und es regnete pausenlos.

Andreas kam es vor, als wäre der Wettergott in Trauer verfallen und heulte zu früh los. Die Besucherzahlen dieser letzten Tage waren dermaßen niedrig, dass sie drohten, den gan-

zen Monats-Durchschnitt zu verhunzen. Und so folgte als logische Konsequenz, dass das große Feuerwerk am letzten Tag
und die Abendöffnung abgesagt wurden. So endete ein Som-
mermärchen mit einer eiskalten Dusche. Schade drum!

Kapitel 28

Am 25. Oktober rief Annegret in Andreas' Büro an.

»Und, wie geht's?«, fragte sie, »Lange nichts von dir gehört!«

»Ja, stimmt. Liegt daran, dass ich sehr beschäftigt war!« Andreas dachte an sein Hochbeet, das noch immer nicht ganz fertig war. Am Wochenende aber sollte es soweit sein. Da war gutes Wetter angesagt und er würde es endlich fertigstellen und befüllen.

»Ich wollte fragen, ob du am 6. November Zeit hast«, fiel Annegret mit der Tür ins Haus.

»Was findet da statt?« Andreas wusste mit dem Datum nichts anzufangen.

»Mein Geburtstag!«

»Oh! Das tut mir leid, da kann ich nicht, da bin ich im Urlaub!«. Andreas war richtiggehend froh darüber, dass er damit eine gute Ausrede hatte, nicht zu einer Geburtstagsparty zu gehen, auf der bestimmt nur junge Leute anzutreffen waren und auf der er sich wie im falschen Film vorgekommen wäre. »Weißt du, während der Landesgartenschau konnte ich ja nicht verreisen, da musste ich vor Ort und erreichbar sein. Aber jetzt nach Schließung kann ich endlich meinen Jahresurlaub nehmen!«

»Wie schade!«

»Du gönnst mir meinen Urlaub nicht?«

»Doch, natürlich, nur nicht gerade jetzt. Wo geht es denn hin?«

»Nach Thailand.«

»Und für wie lange?«

»Sechs Wochen. Es ist mein gesamter Jahresurlaub!«

»So lange?«

»Jepp!«

»Wahnsinn!«

»Ja, irgendwie schon, aber ich finde, den habe ich mir jetzt verdient!«

»Und wann genau fliegst du?«

»Am Montag.«

»Das ist ja schon demnächst!«

»Ja, stimmt, am Wochenende muss ich packen und dann geht es los.«

Darauf wusste Annegret nichts mehr zu sagen. Und Andreas wollte ihr nicht erklären, dass er nun nur noch sein allerletztes Projekt zu Ende bringen musste, um sein Jahresprogramm endgültig abzuschließen.

Dieses Wochenende würde für ihn ein ganz spezielles werden. Er würde das Hochbeet fertigstellen, es befüllen mit Erde, Leiche, Tulpenzwiebeln und Stiefmütterchensamen, würde alles gut wässern, die Koffer packen und dann sechs Wochen am heißen Sandstrand abhängen.

Er brauchte sich dann nicht mehr mit Besucherzahlen beschäftigen, sich keine Gedanken mehr machen, ob irgendwelche strombetriebenen Geräte beschließen würden zu brennen, Annegret könnte ihn dort nicht belästigen – er würde es sich einfach nur gutgehen lassen!

»Hallo, Andreas, bist du noch da?«

Scheinbar hatte ihm Annegret irgendeine Frage gestellt, während er gedanklich schon unter Palmen lag.

»Entschuldige, ich war in Gedanken, mir ist gerade noch etwas Wichtiges eingefallen, was ich auf jeden Fall in den Koffer packen muss«, redete er sich heraus.

»Ich wollte wissen, ob wir uns vorher nochmal sehen.«

»Wir? Das wird kaum möglich sein. Am Montagmorgen geht mein Flieger. Und das Wochenende brauche ich zum Packen.«

»Wer versorgt denn deine Pflanzen und leert deinen Briefkasten, während du im Urlaub bist?«

»Naja, es ist fast Winter, um die Pflanzen im Garten braucht sich da keiner kümmern!«

»Ja, aber du hast doch auch Pflanzen in der Wohnung. Und dein Briefkasten wird in sechs Wochen überquellen!«

»Um den Briefkasten und die wenigen Zimmerpflanzen kümmert sich Johanna, meine Nachbarin. Sie war an meinem Geburtstag auch da. Die Blonde mit der Brille, die Frau von Gerd, du hast die beiden vielleicht kennengelernt?«

»Da waren so viele ….«

»Ja, stimmt. Also jedenfalls brauchst du dir um meinen Haushalt keine Sorgen zu machen!«

Schweigen am anderen Ende der Leitung. »Ok, dann hast du ja alles bestens organisiert.«

»Ja, klar.«

»Schickst du mir mal ein Foto aus dem Urlaub?«

»Klar, kann ich machen!«

»Dann mach's gut und gute Reise!«

»Danke! Gute Zeit dir!«

Das wäre also auch erledigt. Um diesen Geburtstag war er herumgekommen.

Nun konnte nichts mehr schiefgehen!

Annegret war enttäuscht, dass ihr Plan nicht aufgehen wollte. Sie hätte zu gerne gewusst, was Damian noch an Informationen aus Andreas herauskitzeln hätte können, hätten sich die beiden auf ihrer Geburtstagsparty getroffen.

Andererseits, wenn Andreas nun für 6 Wochen verreiste, sprach das eindeutig gegen die Theorie der gefangengehaltenen Samantha in seinen Kellerräumen, oder auch sonst wo.

Es war eine Schnapsidee von Damian gewesen, sie hatte das von Anfang an für ziemlich an den Haaren herbeigezogen gehalten. Andererseits hatte sie die Vorstellung gereizt, ein bisschen Detektiv spielen zu dürfen.

Wie sie zugeben musste, war das alles nicht so gelaufen, wie sie sich das vorgestellt hatte. Als Amateurdetektivin hatte sie keine gute Figur gemacht. Andererseits – hatte sie ernsthaft erwartet, Andreas eines Verbrechens zu überführen? So etwas gab es nur im Film!

Nein, sie musste akzeptieren, dass Damian und sie auf dem Holzweg gewesen waren.

Andreas war unschuldig und damit konnte sie das Kapitel schließen. Aber irgendwie wollte sie das nicht. Bevor er endgültig aus ihrem Leben trat, wollte sie sich wenigstens noch vernünftig von ihm verabschieden.

Kapitel 29

Da stand es nun fix und fertig: das Hochbeet. Zumindest die äußere Hülle. Das Innenleben würde demnächst folgen.

Den ganzen Samstag über hatte Andreas damit verbracht, die letzten Bretter anzuschrauben, einen Rand als Abschluss zu konstruieren und die erste Lage, die aus Ästen und gut luftdurchlässigem Material bestand, einzubringen. Er hatte alles Werkzeug gesäubert und weggeräumt, war zigmal in den Baumarkt gefahren und hatte jede Menge Säcke mit Erde geholt, die er am nächsten Tag einen nach dem anderen ins Beet entleeren würde.

Das war eine schöne Sonntagsarbeit, das Beet zu füllen, die Zwiebeln und Samen zu vergraben, im Anschluss alles zu wässern und dann einfach darauf zu warten, was sich innerhalb der nächsten sechs Wochen, in denen er abwesend war, tun würde.

Er ging davon aus, dass sich die Erde noch etwas setzen würde, daher hatte er wirklich so viele Säcke mit Blumenerde gekauft, dass die Holzkonstruktion noch einen Hügel oben drauf bekam, wenn er sich nicht verrechnet hatte. Aber lieber zu viel Erde, als zu wenig.

Stolz stand Andreas vor seiner Holzkonstruktion. Sie war sehr schwer und stabil geworden. Er musste keine Sorge haben, dass irgendetwas splittern oder brechen würde, alles war zigfach verschraubt. Das Konstrukt sah aus, als halte es für alle Ewigkeit. Genau so hatte er sich das vorgestellt!

Andreas ging in den Keller, wo er die Tulpenzwiebeln und die Stiefmütterchensamen seit ihrem Eintreffen per Post gelagert hatte. Er holte sie aus dem Regal, wo sie nach wie vor in ihrer Verpackung lichtgeschützt lagerten, und nahm sie mit nach oben. Das würde am morgigen Tag seine letzte Tat sein, dann konnte der Urlaub kommen!

Am Sonntag erwachte Andreas voller Tatendrang. Heute war der große Tag, an dem Samantha endlich ihre letzte Ruhestädte beziehen würde. Ein denkwürdiger Tag, der Andreas endlich seinen Seelenfrieden zurückbringen würde!

Voll Vorfreude setzte er sich an den Frühstückstisch, genoss seine Morgenmahlzeit und machte sich im Anschluss daran, die Koffer zu Ende zu packen.

Nach dem Mittagessen war es so weit. Es war ungewohnt für Andreas, daran zu denken, die Leiche bei Tageslicht und so ohne jede Heimlichkeit und ohne jedes Hilfsmittel umzulagern, doch er hatte sich das lange durch den Kopf gehen lassen.

Mit der Taschenlampe in der Nacht zu hantieren hielt Andreas in diesem Fall für weit verdächtiger, als in aller Seelenruhe am Tag tätig zu werden. Schließlich hatten seine Nachbarn mitbekommen, dass er ein Hochbeet baute und somit hätte er nur auf sich aufmerksam gemacht, wenn er plötzlich in der Nacht begonnen hätte, daran zu hantieren.

Er schlitzte den ersten Sack Blumenerde auf, wuchtete ihn über den Hochbeetrand und sah zu, wie die Erde langsam hineinrieselte. Das ging ihm eindeutig zu langsam. Er schlitzte den Sack tiefer auf und entleerte ihn auf einen Schlag. Das war ja wie ein Tropfen auf den heißen Stein! Sogleich folgte der nächste Sack. Nachdem er dies mehrmals wiederholt hatte und vor lauter Erde die Äste und den Boden darunter nicht mehr sah, war er der Meinung, dass nun der eigentliche Inhalt des Beetes hineingehöre.

Andreas begab sich in den Kellerraum, in dem Samanthas Gefriertruhe stand. Er schaltete sie aus, zog den Stecker aus der Steckdose und holte tief Luft. Nun also war es soweit!

Andreas öffnete den Deckel. Ihm war fast schon feierlich zumute. Da lag sie, oder das, was von ihr übrig war. Der Anblick des überdimensionierten Plastikpakets war ihm mittlerweile schon vertraut.

Quasi während der ganzen Dauer der Landesgartenschau hatte er sie beherbergt, war er der Einzige, der wusste, was mit ihr geschehen war. Er war der Hüter ihres Leichnams gewesen.

Andreas schloss die Augen. Er dachte zurück an Zeiten, in denen er glücklich gewesen war, Samantha beim Spielen zusehen zu können, ihr zuzujubeln, sie hochleben zu lassen. Damals war die Welt noch in Ordnung gewesen.

Und dann war jene schreckliche Nacht gekommen.

Sie hatte dort gestanden, an dem Geländer, hatte sich über ihr Handy gebeugt. Andreas sah es vor sich, als wäre es gestern gewesen.

Er hatte sie angesprochen.

Sie war herumgefahren, hatte ihn angestarrt, als hätte er sie bei etwas Verbotenem ertappt. Dann hatten sich ihre Gesichtszüge verhärtet. Sie hatte begonnen, ihn anzukeifen:

»Du schon wieder, das hätte ich mir denken können, du elender Spanner! Spionierst mir hinterher! Bei jedem Spiel hockst du auf der Tribüne und starrst mich an. Aber wenn du meinst, dass ich auf ältere Männer stehe, dann irrst du dich! Du hässlicher, alter, faltiger Sack! Verpiss dich! Lass mich in Ruhe, hörst du? Scher dich zum Teufel, du Spanner!«

Andreas stand da, wie vom Donner gerührt. Was geschah hier? Wo war diese strahlende junge Frau hin, die er immer von Weitem bewundert hatte, die engelsgleich zu sein schien? Wieso entpuppte sie sich jetzt als giftspeiender Drache?

»Samantha, nun beruhige dich doch!«, versuchte er, sie zu beschwichtigen.

Doch sie hatte begonnen, zu schreien.

»Mach dich vom Acker, Alter, lass mich in Ruhe! Ich will nichts von dir, versteh das doch, du alternder Lustmolch!«

Ihr Gesicht war zu einer Fratze verzerrt, so hatte sie ihn angebrüllt.

Andreas musste sie beruhigen. Wenn sie so weiterschrie, hörte man sie sicher oben im Ort. Mit beschwichtigenden Handbewegungen ging er langsam auf sie zu.

»Samantha, jetzt mach doch mal langsam, ich tu dir doch gar nichts!«

Doch Samantha war in Rage und beleidigte ihn weiter.

Andreas war nun bei ihr. Er legte ihr beruhigend eine Hand auf die Schulter. Doch sie hob ruckartig den Arm, so dass seine Hand abglitt.

»Fass mich nicht an!«, fauchte sie ihn an. Noch bevor Andreas begriff, was Samantha vorhatte, kletterte sie geübt über das Geländer, stand nun auf der anderen Seite, unter ihr die Tiefe.

»Samantha, um Himmels Willen, was machst du denn da?«, hatte Andreas erschrocken gerufen.

Er beobachtete, wie sie auf der Außenseite des Geländers versuchte, in Richtung Stadtmauer zu laufen. Was für ein wahnwitziges Unterfangen. Fassungslos sah er zu, wie sie auf dem extrem schmalen Grad einen Fuß vor den anderen setzte und sich dabei mit den Händen am Geländer hielt. Doch sie war zu hektisch. Noch keinen Meter weit war sie auf diese mühsame Art gekommen, als einer ihrer Füße abrutschte. Ihre Hände am Geländer schafften es nicht, ihr Gewicht zu halten.

Obwohl Andreas sofort hinzusprang und versuchte, sie zu greifen, war er zu spät. Sie stürzte in den Tod.

Und seither war sie sein heimlicher Gast gewesen. Eine hübsche junge Frau, die sich als Monster entpuppt hatte.

Noch immer verstand Andreas nicht, warum Samantha ihn so angeschrien hatte, warum sie so auf ihn reagiert hatte. Er hatte nie zuvor mit ihr gesprochen. Er hatte sie nicht bedrängt. Es war geradezu lächerlich, dass sie so reagiert hatte.

Nun, er hatte sich in ihr getäuscht, hatte ein Wesen gesehen, dass nichts mit der Realität zu tun gehabt hatte.

Nun musste er es zu Ende bringen!

Er griff hinein in die Truhe und wuchtete sich Samanthas sterbliche Überreste auf die Schulter. Langsam und darauf bedacht, nicht zu stolpern, schritt er mit seiner seltsamen Fracht die Treppen hinauf.

Andreas bekam eine Gänsehaut. Er kam sich vor wie ein Totengräber – der er in diesem Fall ja tatsächlich war – der seine Angebetete zur letzten Ruhe geleitete.

Er durchquerte das Wohnzimmer und spähte durch die offene Terrassentür hinaus in den Garten. Alles war ruhig, keiner konnte ihn sehen. Zwar war es helllichter Tag, doch die Hecken zu den Nachbargrundstücken waren so hoch, dass er sich nicht vor den Blicken der anderen fürchten musste. Lediglich die Hecke parallel zum Hochbeet war nur so hoch, wie dieses selbst, doch dahinter war nur ein Waldstück und weder Fußweg noch irgendein bewirtschaftetes Feld, dort hielt sich nie jemand auf, außer vielleicht Rehe, Füchse oder Hasen.

Andreas beugte sich vor und ließ das Paket ins Beet plumpsen.

»Was machst du denn da?«, hörte er plötzlich eine Frauenstimme hinter sich.

Andreas erstarrte. Das durfte nicht sein! Nicht jetzt! Langsam drehte er sich um. Er ahnte, wer ihn angesprochen hatte. Es war Annegret!

Sie sah zu ihm her, war wohl wie bei ihrem letzten Besuch an seinem Geburtstag einfach ums Haus herum gelaufen, ohne an der Haustür zu läuten. Ihr Gesicht verriet Fassungslosigkeit.

»Was machst du da?«, wiederholte sie ihre Frage, dieses Mal drängender. Langsam ging sie auf das Hochbeet zu.

Wo kam sie so plötzlich her? Warum hatte Andreas sie nicht kommen hören?

»Und was machst du hier?«, fragte er, seine Stimme zitterte. Dann packte ihn unendliche Wut.

Dieses penetrante Weibsstück! Konnte sie ihn nicht einfach in Ruhe lassen? Nun machte sie alle Vorbereitungen, alles, was er in den letzten Monaten ertragen hatte, zunichte. Das durfte nicht sein.

Annegret stand am Hochbeet und starrte hinein.

»Was ist das?«, fragte sie mit nun ebenfalls zitternder Stimme und deutete in die überdimensionale Holzkiste.

»Abfall!«

»Was für Abfall?«

»Menschlicher Abfall, wenn du es genau wissen willst!«

»Menschlicher Abfall? Was meinst du damit?«

»Na, wie ich es sage.« Andreas verlor langsam die Geduld.

»Ist das ….. eine Leiche?«

Andreas sah, wie es in Annegrets Kopf zu arbeiten schien, wie sie eins und eins zusammenzählte.

Sie sah ihm direkt in die Augen, als sie sagte »Das ist Samantha! Du hast sie umgebracht! Also doch!«

»Also doch? Was soll das heißen?«

»Damian hatte dich im Verdacht. Er hat dich beobachtet. Du warst bei jedem ihrer Spiele. Du hast sie geradezu verfolgt. Du warst besessen von ihr!«

»Ich habe sie nicht verfolgt!« rief Andreas empört.

»Du warst hinter ihr her. Und weil sie dich hat abblitzen lassen, hast du sie gekidnappt! Und dann hast du sie hierher geschleppt. Aber du bist zu weit gegangen. Was auch immer du mit ihr gemacht hast, du bist zu weit gegangen! Dann hast du sie umgebracht, dass sie niemandem davon erzählen kann. Du Mörder!«

Bisher hatte Annegret in normaler Lautstärke gesprochen. Doch Andreas musste verhindern, dass sie laut wurde.

»Sie hat mich völlig zu unrecht einen Spanner genannt«, versuchte er es mit Erklärungen.

»Ja, Damian sagte so etwas. Du hast sie förmlich mit den Augen ausgezogen.«

»Das ist nicht wahr! Ich hab sie nur angesehen!«

»Ja, aber wie du sie angesehen hast, das war es, Andreas.«

»Sie hat mich beschimpft!«

»Ja, auch das hat Damian immer wieder gesagt. Sie habe im Dugout immer wieder geschimpft, dass der alternde Lustmolch wieder da draußen säße. Er hat geahnt, dass du mit ihrem Verschwinden zu tun hast. Nur glaubte ihm keiner. Darum hat er mich geholt.«

»Wie meinst du das?«

»Er hat mich auf dich angesetzt!«

»Er hat was?«

»Er hat mich damit beauftragt, dich unter die Lupe zu nehmen. Dich für mich zu gewinnen. Leider ist mir das nicht gelungen!«

Da hatte sie recht.

So war das also. Daher das Interesse dieser viel jüngeren Frau an ihm. Es war nicht echt gewesen, es war eine Finte!

»Du hast versucht, mich auszuspionieren?« Andreas konnte es nicht glauben.

»Ich habe es zumindest versucht, aber du hast mich ja ständig abblitzen lassen.«

Daher die ständigen Telefonanrufe.

»Und der Bürgermeister? Hielt der mich auch für verdächtig?«

»Der Bürgermeister?« Annegret sah ihn verständnislos an. »Keine Ahnung, was der Bürgermeister gedacht hat. Er war nur einfach leichter um den Finger zu wickeln als du. Ein Mittel zum Zweck, um an dich heranzukommen.«

»Und was hast du herausgefunden?« wollte Andreas nun wissen.

»Eigentlich nichts. Du hast ja geblockt, wo es nur ging. Wäre ich jetzt nicht vorbeigekommen, ich hätte Samantha nie im Leben in dem Teil gesucht.« Annegret deutete wieder auf das Hochbeet.

Ja. Wäre Annegret nicht ausgerechnet in diesem Moment dahergekommen, er wäre nicht aufgeflogen.

»Und warum bist du jetzt hier?«, wollte er wissen.

»Ich dachte, ich verabschiede mich von dir. Für immer. Ich hätte mich bestimmt nicht nochmal bei dir gemeldet, darauf kannst du Gift nehmen, so, wie du mich behandelt hast!«

»Schade, dass du nicht weggeblieben bist!«

Andreas griff nach dem Spaten, der am Hochbeet lehnte und packte seinen Stiel fest mit beiden Händen. Dann holte er aus.

Das Metall sauste so schnell auf Annegrets Kopf hinunter, dass sie sich nicht mehr rechtzeitig wegducken konnte. Ein dumpfer Ton erklang, als Metall auf Knochen traf und dieser barst.

Es war kein schöner Anblick.

Andreas stellte den Spaten wieder zurück. Er hatte ihn benutzen wollen, um die Erde im Hochbeet gleichmäßig zu verteilen, nun war er spontan zur Waffe geworden.

Andreas blickte in das hölzerne Grab. Wo Platz war für eine Leiche, da passten auch zwei hinein.

Er packte Annegret an den Schultern, wuchtete sie hoch und auf den Rand des Hochbeets, dann kippte er sie hinein zu Samantha. Wie gut, dass er das hölzerne Grab so groß geplant hatte. Und die zusätzliche Leiche würde ihm glatt einen Sack Erde sparen.

Andreas nahm den nächsten Sack Erde, schlitzte ihn auf, ließ die Erde auf die Leichen fallen. Sack auf Sack folgte.

In Andreas' Kopf arbeitete es. Er musste das Gehörte erst einmal verdauen. Annegrets Interesse hatte gar nicht ihm als Person gegolten. Nun ergab das alles plötzlich Sinn! Und sein Ego fühlte sich verletzt. Sie hatte ein Ziel verfolgt, bei der ihr jedes Mittel recht gewesen war. Nun – das hatte sie jetzt davon!

Irgendwann war so viel Erde im Hochbeet, dass der Rand erreicht war. Mit dem Spaten klopfte er alles platt, prüfte, ob die Erde irgendwo nachgab, drückte alles an. Andreas klopfte und drückte, bis er überzeugt war, dass alles passte. Dann markierte er die Stellen, an denen die Tulpenzwiebeln gepflanzt werden sollten.

Andreas schnitt die Tüten mit den Tulpenzwiebeln auf, drückte die Zwiebeln an den markierten Stellen in die Erde, mit der Hand warf er von der Seite her wieder Erde darauf. Dann folgten die Samen für die Stiefmütterchen. Er verteilte sie großzügig obenauf, nahm dann wieder Erde aus einem der drei übrig gebliebenen Säcke und bedeckte die Samen damit ganz locker.

Zum Schluss musste alles gut angegossen werden. Der Gartenschlauch war auf der Terrasse angeschlossen, er zog ihn von dort aus durch den Garten bis hin zum Beet. Dann gab es eine Dusche für sein Hochbeet. Schön gleichmäßig durchnässte Andreas die Erde.

Dann besah er sich die hölzerne Umrandung. Er entdeckte Blut, drehte den Brausenkopf an seinem Gartenschlauch auf einen härteren Wasserstrahl und spülte es damit ab. Auch der Rasen, wo sich weitere Blutflecke befanden, wurde abgespritzt, bis nichts mehr zu sehen war. Zum guter Letzt musste der Spaten gründlich gereinigt werden.

Andreas räumte den Schlauch zurück auf die Terrasse und den Spaten in das kleine Gartenhäuschen neben der Garage.

Es war vollbracht. Er besah sich sein Werk. Es war perfekt. Ein Tulpengrab. So wollte er selbst auch einmal ruhen in ewigem Frieden, unter spät blühenden, bunten Tulpen. Es würde eine üppige Blütenpracht geben im nächsten Frühjahr.

Hier lagen sie nun, seine ehemalige Angebetete und die Spionin Damians. Andreas ging davon aus, dass sie heute Abend niemand mehr vermissen würde. Und was morgen passieren würde, das war ihm erst einmal egal.

Um 8 Uhr würde er aufbrechen zum Flughafen und ins Palmen-Paradies fliegen.

Und vielleicht würde er einfach dort bleiben.

ENDE

Zur Entstehung

Die Idee zu diesem Roman kam mir durch meine mehrjährige Tätigkeit als Journalistin.

Ich bekam seit der Planungsphase der hiesigen Landesgartenschau, die im Jahr 2022 stattfinden wird, mit, dass es darüber recht unterschiedliche Meinungen in der Bevölkerung gibt.

Das Thema begann, meine Fantasie zu beflügeln. Was könnte auf einem Gartenschaugelände während des Jahres alles passieren? Welche speziellen Attraktionen könnte ich mir auf einem Gartenschaugelände vorstellen? Welche Besucher kämen? Wie ginge das normale Leben rundherum weiter?

Zuerst plante ich, die Geschichte in Neuenburg spielen zu lassen, jedoch wurde mir beim Schreiben klar, dass die Leser aus meiner Region immer die aktuellen Amtsinhaber vor Augen haben könnten. Das wollte ich vermeiden. Somit verlegte ich „meine" Gartenschau in eine fiktive Stadt am Rhein, die ich nach meinen Ideen gestaltete.

Neuenburg am Rhein, im Dezember 2020

Jutta Geiger

Danke

Ich bedanke mich bei all meinen Testlesern, die sich die Mühe gemacht haben, mein Buch nicht nur zu lesen, sondern mir auch sehr konstruktive Rückmeldungen zu geben, die mich weiterbrachten.

Mein besonderer Dank gilt meinem Ehemann Uli für die Gestaltung des Covers und interessante Denkanstöße, meinem Freund Ralf für die guten Anregungen, meiner Schwester Sabine für ihren Einfallsreichtum und meinem Bruder Uwe für kritisches und analytisches Lesen.